www.ingramcontent.com/pod-product-compliance
Lightning Source LLC
Chambersburg PA
CBHW061245310726
48971CB00007B/2219

راز نیمه شب

آخوندها

سهیل روحانی

Print ISBN: 979-8-9876104-2-8
eBook ISBN: 979-8-9876104-3-5

تقدیم به

شکیبا بدیهی

فهرست

فصل ۱

سال ۲۰۱۹ با هر یک از دوازده سالی که در سیا خدمت کرده بودم تفاوت داشت. روز پنج شنبه، ۲۱ مارس، در نخستین روز سال نو ایرانی، نامه ای که فقط دوجمله داشت به دفترم رسید. نامه را چند روز بعد، پس از بازگشت از مرخصی عید نوروز، خواندم. در آن آمده بود:

جمهوری اسلامی در تأسیساتی فوق سری در نزدیکی تهران سرگرم ساختن بمبِ هسته ای است. اگر اطلاعات بیشتری می خواهید پرچمی در بالایِ درِ اصلی سفارت، از پنجره ای در طبقه سوم، آویزان کنید تا با شما تماس بگیرم.»

نامه به سفارت آمریکا در اسلام آباد ارسال شده بود؛ جایی که من در طبقه سوم آن، در بخش سازمان سیا، مسئول میز ایران بودم. اگر رابطه ایران و آمریکا عادی بود باید در سفارت آمریکا، در خیابان طالقانی، در تهران کار می کردم. اما رابطه دو کشور از سال ۱۹۷۹، یعنی زمانی که دانشجویان مسلمان پیرو خط امام سفارت آمریکا را در تهران اشغال کردند و ۵۲ نفر از کارمندانش را به مدت ۴۴۴ روز به گروگان گرفتند، تیره شده بود. آمریکا در سال ۱۹۸۰ رابطه اش را با ایران قطع کرد و سازمان سیا ایران را از سفارتخانه های آمریکا در پاکستان و دیگر کشورها تحت نظر گرفت.

نامه را شخصی به نام پرستو امضا کرده بود. پرستو نوعی پرنده و نامی زنانه است.

نامه پرستو نشان نمی داد که او دانشمند هسته ای است و یا به اسناد طبقه بندی شده دسترسی دارد. از این گذشته، ادعای او با تمام اطلاعاتی که من مرتباً از سازمان های اطلاعاتی آمریکا در باره برنامه هسته ای ایران دریافت می کردم در تضاد بود. در نتیجه، این نامه من را به هیجان نیاورد و باعث نشد که به سرعت در باره آن اقدام کنم.

به نامه پرستو فکر می کردم که موبایلم زنگ زد. مادرم، از آمریکا تلفن می کرد تا به من اطلاع بدهد که هواپیمایش در فرودگاه دیترویت به زمین نشسته و او از طریق جاده ۹۴ عازم خانه اش در آن آربر است. پروین یک هفته پیش به اسلام آباد آمده بود تا عید نوروز را با من جشن بگیرد و روز گذشته پاکستان را به مقصد آمریکا ترک کرده بود. عکسی را که در فرودگاه اسلام آباد از او گرفته بودم قاب کرده و روی میز کارم گذاشته بودم.

در کنار این عکس، عکسی که ۴۰ سال پیش، در بهمن ۱۳۵۷، در آستانه پیروزی انقلاب اسلامی، از او در یکی از خیابان های تهران گرفته شده بود قرار داشت. در آن عکس، مادرم، غرق در غرور و شادی، در حالی که مسلسلی را با دست راست بالای سرش گرفته و انگشتان دست چپش را به علامت پیروزی بالا برده بود، روی تانک چیفتنی که انقلابیون از ارتش شاه به غنیمت گرفته بودند ایستاده بود. خیابان از مردان مسلح، کیسه های شن، سنگرها، و لاستیک های شعله ور لبریز بود. صدها نفر از مخالفان شاه دور تانک حلقه زده و با تحسین به او می نگریستند. مادرم روی عکس نوشته بود: تقدیم به فرزند عزیزم سهراب. او این نام را از کتاب شاهنامه گرفته بود. اما نام مستعار من، خارج از سیا، جورج مورگِن بود.

پس از آن که گفتگوی تلفنی ما تمام شد مدتی به عکس ها خیره ماندم. چهره و جهان بینی مادرم نسبت به گذشته تغییر کرده بود. او در زمان انقلاب، همچون میلیون ها ایرانی دیگر، گمان می کرد که با سرنگون کردن شاه تمام مسائل ایران حل خواهند شد. اما اندکی پس از پیروزی انقلاب، آخوندهای زن ستیز به سرکوب زنان پرداختند و او ناچار از ایران گریخت

راز نیمه شب آخوندها

و به آمریکا رفت. مادرم سرانجام به این نتیجه رسید که انقلاب ۱۳۵۷ اشتباهی بزرگ و یک خودکشی دسته جمعی توسط ملت ایران بوده است.

نامه را بار دیگر خواندم. ادعای پرستو با ارزیابی های سازمان های اطلاعاتی آمریکا و دیگر کشورهای غربی مبنی بر این که ایران در سال ۲۰۰۳ برنامه هسته ای نظامی اش را متوقف کرد، مغایرت داشت. اسرائیل یگانه کشوری بود که ادعا می کرد که ایران کماکان برنامه هسته ای اش را ادامه می دهد و بیش از چند ماه با ساختن بمب هسته ای فاصله ندارد. اما من برای ارزیابی های اسرائیل اعتبار زیادی قائل نبودم چرا که رهبران این کشور سالها بود که چنین ادعاهایی را تکرار می کردند. باور من این بود که ایران برای ساختن سلاح هسته ای دست کم به پنج سال زمان احتیاج دارد.

نامه پرستو می توانست تلاشی از سوی اسرائیل، کشورهای عرب یا ایرانیان مخالف جمهوری اسلامی برای تحریک آمریکا علیه این رژیم باشد. با اینهمه، من هیچ گزارشی را بدون بررسی رد نمی کنم زیرا به تجربه دریافته ام که گاهی گزارش های به ظاهر بی ارزش به کشف اسرار مهمی می انجامند. بنابراین، چند روز بعد، نامه را به دایره انگشت نگاری فرستادم اما اثر انگشت پرستو در بانک داده های سیا وجود نداشت. بعد نامه را به آزمایشگاه فرستادم تا اگر پرستو سَر پاکت را، پیش از چسباندن، با زبانش تر کرده باشد دی اِی او را تعیین کنند. آزمایش ها نشان دادند که فرستنده نامه زن است اما همانندی برای دی ان ای او پیدا نکردند.

برای کسب اطلاعات بیشتر باید به درخواست پرستو که خوشبختانه انجامش آسان و بی هزینه بود عمل می کردم. بنابراین، پرچم آمریکا را در طبقه سوم، بالای درِ سفارت، آویزان کردم و منتظر ماندم. گمان نمی کردم که پرستو با سفارت تماس بگیرد اما تماس گرفت. یک هفته بعد، نامه ای که حاوی تصویر نقاشی شده یک مرد و سه زن برهنه بود دریافت کردم. مرد قدی بلند، بدنی عضلانی، چهره ای سبزه، و سبیلی پُرپشت داشت و با نگاهی شهوانی به زنها می نگریست. زنها، پشت به مرد، کنار یکدیگر، در یک ردیف ایستاده بودند و پشتشان مجروح بود. در زیر تصویر نوشته شده بود:

سهیل روحانی

«ژنرال پاکستانی که خال گوشتی بر باسن دارد بمبی از زرادخانه هسته ای پاکستان دزدیده و به آخوندها فروخته است.»

به نظرم رسید پرستو می خواهد دولت آمریکا را دست بیاندازد. زرادخانه هسته ای پاکستان توسط نیروی زبده ای به نام اِس پی دی محافظت می شد. اعضای این نیرو به دقت انتخاب می شدند، ماه ها آموزش می دیدند و همواره تحت نظر بودند. دولت پاکستان دائماً ارتباطات و وضع مالی این افراد را رصد می کرد تا مطمئن شود که آنها اطلاعات و امکانات هسته ای پاکستان را در اِزای دریافت پول به کشور های دیگر نمی فروشند. دزدیدن بمب از زرادخانه هسته ای پاکستان غیر ممکن بود.

با اینهمه، تحقیقات معمولی را انجام دادم. هما نگونه که انتظار داشتم، دستخط، اثر انگشت و دی ان ای روی این نامه با نامه قبلی می خواند که ثابت می کرد که هر دو نامه را یک نفر فرستاده است. اما کشف بعدی کاملاً غیر منتظره و نگران کننده بود. سیا، با استفاده از نرم افزار های پیشرفته، تصویر مرد پاکستانی را با عکس ژنرال های پاکستانی مقایسه کرد و دریافت که مرد پاکستانی به ژنرال احمد شوکت، سرتیپ بازنشسته سازمان اطلاعاتی پاکستان، یعنی آی اِس آی، شباهت دارد. این شباهت، بر اعتبار ادعای پرستو افزود و من را بر آن داشت که موضوع را با فِرَنک کِلِیمَن، مسئول کل عملیات سیا در سفارت پاکستان، در میان بگذارم.

فرنک را، نخستین بار، ده سال پیش، در پایگاه هوایی آمریکا در بَگرَم، در افغانستان، ملاقات کرده بودم. او، در آنجا، در اتاق ساده ای، عملیات سرّی سیا را در افغانستان رهبری می کرد. فرنک پشت میز نشین نبود و شخصاً در عملیات خطرناک «جستجو و نابودسازی» در کوههای صعب العبور شرکت می کرد. دوستی ما از زمانی آغاز شد که در غاری در تورا بورا یکی از جنگجویان طالبان را که به رویش آتش گشوده بود از پای در آوردم. پس از آن که فرد مهاجم بر زمین افتاد فرنک نگاه محبت آمیزی به من کرد اما از من تعریفی نکرد. از دید او، من فقط وظیفه ام را انجام داده بودم و او عادت نداشت که افرادش را صرفاً به دلیل انجام وظیفه تشویق کند. با گذشت زمان اما اعتماد و احترامش به من بیشتر شد. با هم دوست صمیمی شدیم.

٤

راز نیمه شب آخوندها

به هنگام گفتگو در باره نامه پرستو به فرنک پیشنهاد کردم که ژنرال شوکت را شبانه روز تحت نظر قرار دهیم. فرنک پیشنهادم را پذیرفت و افزود که باید حساب های بانکی سرّی اش را هم پیدا کنیم و تعیین کنیم که آیا از ایرانی ها پولی گرفته است یا نه.

برای این که بفهمیم که شوکت خال گوشتی بر باسن دارد به مأمور زن نیاز داشتیم. فرنک، هِلِن تَنِر را پیشنهاد کرد و قرار گذاشت که چند روز بعد، در دفترش، با او گفتگو کنیم.

هلن ۳۸ سال سن داشت. قدِ بلند، صورت هوس انگیز، و لبهای برجسته اش زیبائی خیره کننده ای به او بخشیده بود. شانه های پهن، پستانهای خوش تراش، کمر باریک، و پاهای کشیده اش مردان را به او جلب می کرد. برنامه ورزشی روزانه اش او را نیرومند کرده بود. زمانی که دانشجو بود، در باشگاه های شبانه برهنه رقصیده و با مردان بسیاری آشنا شده و رموز اغواگری را به خوبی آموخته بود. در عملیات مخفی سیا، در نقش زنی افسونگر ظاهر می شد و مردان را تخلیه اطلاعاتی می کرد و به همکاری با سیا وامی داشت.

هلن پس از گذراندن دوره مقدماتی جاسوسی در مدرسه سیا، در ایالت ویرجینیا، برای رخنه در نیروی قدس به عراق رفت. نیروی قدس شاخه برونمرزی سپاه پاسداران انقلاب اسلامی بود و یکی از وظایفش گردآوری اطلاعات و خرابکاری علیه آمریکا و رژیم های سنی عرب بود.

هلن در عراق زبان عربی را فرا گرفت و مدتی در حوزه علمیه نجف تحصیل کرد و شیعه شد. او، به عنوان زنی تازه مسلمان و علاقمند به ازدواج موقت، با افسران ارشد سپاه قدس دوست شد و برخی از آنها را برای سیا عضوگیری کرد. هلن فرماندهان سپاه و گروه های جهادی را که خواهان همسر موقت بودند به خانه های امن می کشاند و به دام مأموران سیا می انداخت. عملیات او به نابودی برخی از فرماندهان گروه های جهادی انجامید.

هلن را نخستین بار در افغانستان ملاقات کردم. او تحت پوشش خبرنگار مسلمان استرالیائی به افغانستان آمده بود تا درباره جنگ داخلی این

کشور گزارش تهیه کند. مأموریت اصلی اش اما این بود که یکی از جنگجویان القاعده را پیدا و نابود کند. هلن به مساجد و کلاسهای قرآن می رفت، در روزنامه های محلی در باره کوههای سر به فلک کشیده افغانستان مقاله می نوشت و به دوستان افغانستانی اش از تمایلش به ازدواج با جنگجویان مسلمان سخن می گفت. این تلاشها به نتیجه رسید و موفق شد که در غاری در کوههای سفید، در شرق افغانستان، با جنگجوی القاعده ملاقات و مصاحبه کند. هلن شجاعت، تدیّن و موضع استوار او علیه آمریکا را ستود و با عشوه هایش او را شیفته خود کرد. مرد کوهستانی می خواست با او همبستر شود اما هلن نمی خواست که این کار را در غار انجام بدهد. سرانجام، جنگجوی زیرکی که یک دهه از دست تعقیب کنندگان آمریکائی گریخته بود در حالی که کلاشنیکفی در دست داشت از کوه های صعب العبور پایین آمد تا در خانه ای به ظاهر امن، در دهکده ای کوچک، از هلن کام دل برگیرد. پیش از ورود او، محافظانش خانه را به دقت گشتند اما موفق نشدند که تونل عمیقی را که به یکی از پستوهای خانه منتهی می شد کشف کنند. من از تونل وارد خانه شدم، آهسته به اتاق خواب رفتم، مرد برهنه را با هفت تیر صامتم کشتم و با هلن از آنجا گریختم.

کشتن این جنگجو آخرین عملیاتی بود که با هلن انجام دادم. اکنون باز هم باید با او کار می کردم اما این بار مأموریت او آسان تر بود و من هم قرار نبود که کسی را بکُشم.

هلن مدتی به تصویری که پرستو فرستاده بود نگاه کرد و گفت: «نمی فهمم چرا پرستو از خال باسن برای معرفی ژنرال پاکستانی استفاده کرده.» گفتم: «شاید اِسمشو نمی دونه.»

حرفم را با تکان سر تأیید کرد و گفت: «در این صورت پرستو باید فاحشه باشه چون فاحشه ها مردها رو برهنه می بینند بی آن که اسمشونو بدونند. اما یک فاحشه چرا باید دلواپس برنامه هسته ای ایران باشه.»

فرنک عکسی را از داخل پوشه قطوری که روی میزش قرار داشت بیرون کشید و در حالی که آن را به ما نشان می داد گفت: «این، عکسِ ژنرال شوکته. سیا او رو در دهه ۱۹۸۰، زمانی که در ارتش پاکستان افسر

اطلاعاتی جزء بود، آموزش داد. شوکت در پاکستان مجاهدین رو سازمان می داد و برای نبرد علیه نیروهای شوروی و رژیم مارکسیستی افغانستان به این کشور می فرستاد. در پی سقوط حکومت کمونیستی در افغانستان، شوکت به طالبان کمک کرد که رقیباش رو شکست بده و به قدرت برسه. چند سال هم با برنامه هسته ای مخفی پاکستان همکاری می کرد. حالا بازنشسته است و در اسلام آباد زندگی می کنه.»

من برنامه سرّی هسته ای نظامی پاکستان را از سفارت آمریکا در اسلام آباد رصد کرده و با آن آشنا بودم. پاکستان برنامه هسته ای اش را در دهه ی ۱۹۵۰ آغاز کرد و نخستین آزمایش هسته ای اش را در ۱۹۹۸ انجام داد. چین و آمریکا هر دو به پاکستان کمک کردند. چین، به دلیل اختلافات مرزی اش با هندوستان، به پاکستان نزدیک شد و اورانیوم و تجهیرات مربوط به ساختن بمب هسته ای در اختیار این کشور قرار داد. آمریکا هم دانشمندان هسته ای برای پاکستان تربیت کرد و، در دهه ی ۱۹۸۰، فعالیت های هسته ای پاکستان را به دلیل نقش جایگزین ناپذیری که این کشور در مبارزه علیه کمونیسم در افغانستان ایفا می کرد نادیده گرفت. در نتیجه، پاکستان، برخلاف ایران، با تحریم های سخت رو به رو نشد.

فرنک به توضیحاتش ادامه داد: «شوکت چهل ساله که ازدواج کرده. در این مدت معشوقه های متعددی داشته و با فاحشه های بسیاری همبستر شده. چهار تا فرزند داره. چند روزه که او رو تحت نظر گرفتیم. به اتومبیلش دستگاه ردیاب وصل کردیم و هر بار که از خانه خارج میشه او رو تعقیب می کنیم. ایمیل هایش رو می خوانیم و به مکالمات تلفنیش هم گوش میدیم.»

هلن پرسید: «با ایرانیها ارتباط داره؟»

«با برخی از فرماندهان سپاه قدس در دوبی تماسهایی داشته اما از مضمون این تماسها بی خبریم.»

هلن از بی توجهی سازمان های اطلاعاتی آمریکا به تماسهای مشکوک شوکت سخت تعجب کرد: «ما باید خیلی زودتر به این تماسها توجه می کردیم. وضع مالیش چطوره؟»

گفتم: «شوکت در یک خانواده فقیر به دنیا اومد. حقوق بازنشستگیش زیاد نیست اما مثل شاه زندگی می کنه. یک کاخ چند میلیون دلاری در اسلام آباد و یک ویلای مجلل در دوبی داره. کشتی تفریحیش که کنار ویلاش در دوبی لنگر انداخته میلیونها دلار می ارزه. رولزرویس و مرسدس بنزش هم هر کدام بیش از دویست هزار دلار ارزش دارند. معلوم نیست چطور اینقدر ثروتمند شده.»

فرنک از جا برخاست و به سراغ قهوه جوشی که در گوشه اتاق قرار داشت رفت و دو فنجان از قهوه پر کرد و به هلن و من داد. بعد پشت میزش نشست و قوطی شیرینی کوچکی که روی میزش قرار داشت را به سوی من هل داد. فرنک این شیرینی را به خاطر من از مغازه ای ایرانی در اسلام آباد خریده بود و هر بار که به اتاقش می رفتم به من تعارف می کرد.

هلن جرعه ای از قهوه اش نوشید و گفت: «آمریکا و عربستان سعودی در دهه ی ۱۹۸۰ و ۱۹۹۰ برای جنگ با دولت کمونیستی افغانستان به آی اس آی پول می دادند. شاید شوکت بخشی از این پولها رو بالاکشیده.»

فرنک پاسخ داد: «فکر نمی کنم. شوکت اون موقع افسر جزء بود. به این پولها دسترسی نداشت.»

هلن لحظه ای فکر کرد و از فرنک پرسید: «با دولت پاکستان در باره شوکت صحبت کردید؟»

فرنک فنجان قهوه اش را روی میز گذاشت و گفت: «نه، نکردیم. ارتش و سازمان های اطلاعاتی پاکستان پر از مسلمانهای ضد آمریکایی است. اگر با دولت پاکستان تماس بگیریم این افراد ممکنه به شوکت اطلاع بِدَن. از این گذشته، همدستهای شوکت در آی اس آی ممکنه او رو بکشند تا ما رو از دستیابی به اطلاعاتش محروم کنند.»

فرنک درست می گفت. پاکستان متحد قابل اعتمادی برای آمریکا نبود و بسیاری از سیاست هایش برخلاف منافع ملی آمریکا بود. زمانی که آمریکا میلیاردها دلار برای سرکوب طالبان در افغانستان هزینه می کرد پاکستان طالبان را مسلح می کرد و به آنها آموزش نظامی می داد. پاکستان به اسامه بن لادن، طراح حمله های ۱۱ سپتامبر به خاک آمریکا، پناه داده بود. وجود

راز نیمه شب آخوندها

مخفیگاه بن لادن در شهر نظامی اَبِت آباد نشانگر همکاری نظامیان پاکستان با او بود.

هلن گفت: «پس چاره ای جز صحبت با شوکت نداریم.»

حرفش را با تکان سر تأیید کردم: «درسته. اما اول باید مطمئن بشیم که شوکت خال بزرگی روی باسَنش داره وگرنه نمی تونه مرد مورد نظر پرستو باشه. به نظرت چطور باید این کار رو انجام بدیم؟»

هلن چیزی نگفت و من ادامه دادم: «ما می تونیم شوکت رو در خیابان غافلگیر کنیم، شلوارش رو به سرعت پایین بکشیم و به باسنش نگاه کنیم. این کار بیش از چند ثانیه طول نمی کِشه اما می تونه خطرناک باشه. اگر شوکت مسلح باشه و دست به اسلحه ببره ممکنه مجبور بشیم برای دفاع از خودمون او رو بکشیم. اما این همون کاریه که نباید بکنیم چون اگر شوکت همون فردی باشه که دنبالش هستیم، دیگه نمی تونیم از او اطلاعاتی به دست بیاریم.»

فرنک عکس شوکت را در پوشه اش گذاشت و پوشه را روی یک سینی در گوشه میزش قرار داد. بعد رو به هلن کرد و گفت: «سهراب درست میگه. اگر پاکستانی ها بفهمند که آمریکائی ها در این کار شرکت داشتند به درد سر می اقتیم. مسلمانها از این که آمریکائی های کافر شرافت یک ژنرال مسلمان رو بَ پائین کشیدن شلوارش لکه دار کردند به خشم میان. القاعده و دیگر گروه هَی جهادی هم از این ماجرا برای تحریک مسلمانها علیه آمریکا استفاده می کنند.»

هلن به من چشم دوخت و پرسید: «پس چه باید کرد؟»

نقشه ای را که با فرنک کشیده بودم برایش شرح دادم:

«این مسئله آنقدرها هم مشکل نیست. مردها معمولاً در چهار جا شلوارشون رو پایین می کشند: در توالت، زیر دوش حمام، در مطب دکتر، و هنگام سکس. ما نمی تونیم با شوکت به توالت، زیر دوش، و مطب دکتر بریم اما می تونیم باسنش رو هنگامی که برای سکس لخت می شه ببینیم.»

هلن لبخندی زد و گفت: «پس مأموریت من این است که شلوارش رو دربیارم.»

«درسته. تو باید در نقش فاحشه به سراغش بری و کاری کنی که تو رو به هتلِ اسلام‌آباد لوکس ببره. همانطور که می‌دونی این هتلِ مجلل متعلق به سیا است و در اتاقهاش دوربین‌های نظارتی مخفی و وسایل شنود کار گذاشته شده.»

هلن سرش را به علامت تأیید تکان داد و من به توضیحاتم ادامه دادم.

«همین که شوکت لخت شد بهش حمله می‌کنیم و چشم و دستهاش رو می‌بندیم. اگر روی باسَنش خال گوشتی داشت او رو برای بازجویی به زیر زمین می‌بریم. اگر نداشت، پولهاش رو برمی‌داریم و فرار می‌کنیم تا این تصور رو براش ایجاد کنیم که یک فاحشه و همدستهاش به او کلک زدند و پولاش رو دزدیدند. فکر نمی کنم که شوکت ماجرا رو به پلیس گزارش بده چون نمی خواد که دیگران، به ویژه زن و بچه هاش، بفهمند که با فاحشه بوده. خُب. نظرت چیه؟»

هلن با خنده گفت: «نقشه خوبیه. می تونم در تاریخچه شغلیم بنویسم که نقش فاحشه هم بازی کردم.»

هلن باید موقعی که شوکت تنها بود به سراغش می رفت. خوشبختانه مجبور نبودیم که زیاد منتظر بمانیم چون که بر اساس شنودهایی که انجام داده بودیم می دانستیم که شوکت شب بعد در رستوران مونال شام می خورد.

به هلن گفتم: «فردا شب عمل می کنیم. بعد از این که شوکت تو رو بلند کرد بهش بگو به هتل لوکس بره. ما هم دنبالت میایم.»

«اگر خواست من رو جای دیگری ببره یا در اتومبیلش بگُنه چی؟»

«بگو که فقط در هتل لوکس به مشتری هات سرویس میدی چون که جای مجلل و امنیه. لوکس هتل مشهوریه. شاید شوکت زن های دیگری هم به اونجا برده باشه.»

از هلن پرسیدم چه لباسی دوست دارد بپوشد. پوزخندی زد و گفت: «من هیچ وقت مثل فاحشه ها لباس نپوشیدم. شما بگید مردها دوست دارند فاحشه ها رو در چه لباسی ببینند.»

راز نیمه شب آخوندها

فرنک سرفه ای کرد و گفت: «من در این مورد تجربه شخصی ندارم اما چون تو نقش یک فاحشه گران قیمت رو بازی می کنی نباید لباست جلف باشه. به نظرم یک جفت کفش پاشنه بلند، یک شورت تنگ کوتاه و یک گُرست توری کافیه. چادر هم لازم داری.»

از فرنک خواستم که ترتیبی بدهد که دکتر سیا در دسترش باشد تا اگر لازم شد به ما کمک کند. بعد ساعت مچی کوچکی به هلن دادم و گفتم که شبِ بعد آن را به مچ دستش ببندد تا موقعیت جغرافیائی و صحبت هایش را به من مخابره کند.

من و هلن مسیر رستوران مونال به هتل را بررسی و دستگاه های شنود هتل را امتحان کردیم تا مطمئن شویم که به خوبی کار می کنند. سپس در رستوران مونال شام خوردیم و در پارکینگ وسیع رستوران و خیابان های اطرافِ آن گشت زدیم تا با محیط آن جا آشنا بشویم. نزدیک نیمه شب هلن را جلو خانه اش پیاده کردم و گفتم «خوب استراحت کن. فردا خیلی کار داریم.»

فصل ۲

حدود ساعت هشت شب، درِ خانه شوکت باز شد و بنز باشکوهی به آهستگی بیرون آمد. سایه شوکت که فرمان را در دست داشت از پشت شیشه تار اتومبیل دیده می شد. پس از آن که درِ خانه بسته شد من و تیم مراقبت ماشین هایمان را روشن کردیم و از دور به تعقیب او پرداختیم.

نیم ساعت بعد به رستوران رسیدیم. من، اندکی پس از شوکت، وارد رستوران شدم و چند متر دورتر از او پشت میز نشستم و غذا سفارش دادم. شوکت و دوستانش که احتمالاً نظامی بودند از خاطرات نظامی شان سخن می گفتند. دو ساعت بعد، هنگامی که شوکت برای رفتن آماده می شد، به هلن تلفن کردم. چند لحظه بعد، یکی از افسران سیا او را در پارکینگ رستوران، نزدیک بنز شوکت، پیاده کرد.

شوکت چند دقیقه در پارکینگ با دوستانش صحبت کرد و بعد به سوی ماشینش به راه افتاد. هنگامی که به ماشین رسید هلن به او نزدیک شد، چادرش را باز کرد و لبخند زنان با او سرگرم صحبت شد. لحظاتی بعد، شوکت او را سوار کرد و از پارکینگ خارج شد.

من از طریق بلندگوی ماشینم به گفتگو هایشان گوش می کردم.

هلن با لحن اغواگرانه ای پرسید: «ممکنه بفرمائید بنده افتخار آشنایی با چه کسی رو دارم؟»

شوکت با لحن متکبرانه ای گفت: «ژنرال احمد شوکت.»

«چه اسم قشنگی. شما باید خیلی ثروتمند باشی. برای من باعث افتخاره که با شما هستم.»

راز نیمه شب آخوندها

«متشکرم. اما از کجا می دونی که ثروتمندم؟»

«از اینجا که در اسلام آباد هیچ کسی ماشینی مثل ماشین شما نداره. شما باید خیلی زرنگ و باهوش باشی که اینقدر ثروتمند شدی.»

به جلو خم شدم و با اشتیاق گوشهایم را به بلند گو نزدیک کردم تا بهتر بشنوم که شوکت درباره ثروتش چه می گوید.

«من آدم باهوشی هستم اما خداوند من رو ثروتمند کرد. ثروت و سرنوشت ما ناشی از مشیت الهی است.»

شوکت روباه حیله گری بود که می دانست چطور جواب سربالا بدهد. پیدا کردن منبع ثروتش برای کشف فعالیت های مشکوکش ضروری بود.

هلن گفت: «پس حضور من در اینجا هم ناشی از مشیت الهی بود. درسته؟»

«البته که درسته. تو هدیه الله به من هستی. من تنها بودم و الله، با فرستادن تو، من رو از تنهایی نجات داد. زن زیبا پاداشیه که الله در این جهان و در بهشت به مؤمنان میده. راستی، اولین باره که تو رو می بینم. اسمت چیه؟ اهل کجائی؟»

«اسم من به چه دردت می خوره. تنها چیزی که باید برات مهم باشه اینه که چقدر می تونم بهت حال بدم.»

از این که هلن از اسم مستعار استفاده نکرد تعجب کردم اما هلن برای به هیجان آوردن مردان روشهای خاص خودش را داشت.

شوکت گفت: «درست میگی. خُب، حال دادن به من چقدر خرج داره؟»

«ساعتی دویست هزار روپیه. البته بستگی داره که چی بخوای. چون دفعه ی اوّلته می گذارم به اختیار خودت. هر چی خواستی بده. وقتی ببینی چه حالی بهت میدم مشتری میشی.»

اگر هلن فاحشه بود می توانست، به دلیل زیبائی اش، قیمت بالائی برای خدماتش مطالبه کند. بااینهمه، دویست هزار روپیه مبلغ هنگفتی در پاکستان به حساب می آمد. نگران واکنش ژنرال بودم اما او اعتراضی نکرد، شاید به این دلیل که هلن زیرکانه تعیین قیمت را بر عهده ی او گذاشت.

هلن پرسید: «می دونی هتل اسلام آباد لوکس کجاست؟»

«آره، می دونم.»

«بریم اونجا. این هتل یکی از تمیزترین و مجلل ترین هتل های اسلام آباده. اما اگر اونجا رو دوست نداری من رو ببر خونت.»

شوکت فریاد زد: «مگه دیوونه شدم؟ اگر زن و بچه هام من رو با فاحشه ببینند پدرمو درمیارن.»

از شنیدن این حرف خشنود شدم. شوکت یکی از نقطه ضعف هایش را برملا کرده بود. می توانستم تهدیدش کنم که اگر با من همکاری نکند خانواده اش را در جریان خانم بازی هایش قرار خواهم داد.

هلن پرسید: «حالا چرا انقدر تند می رونی؟ مگه می خوای پلیس تو رو جریمه کنه؟»

«نگران نباش. هیچ پلیسی خایَشو نداره که ژنرال آی اس آی رو جریمه کنه.»

«آی اس آی چیه؟»

«چشم و گوش نامرئی پاکستان. خون آشامی که خون دشمنان پاکستان رو می مکه. هیولایی که می تونه هر بلایی که دلش خواست سر هر کسی بیاره و هیچ کسی جرأت نداره باهاش درگیر بشه.»

توصیف مبتکرانه اما اغراق آمیزش از آی اس آی من را به خنده انداخت. آی اس آی بی تردید سازمانی کارآمد و بی رحم بود و نقش مهمی در حفظ استیلای ارتش پاکستان بر این کشور ایفا می کرد و در طالبان افغانستان هم بشدت نفوذ داشت. اما، بر خلاف ادعای شوکت، شکست ناپذیر نبود. آمریکا در آن رخنه کرده و از بسیاری از فعالیت هایش مطلع بود.

هلن با لحنی هیجان زده گفت: «چه جالب! خیلی دوست دارم ببینم که یک خون آشام چطور مَنو می گُنه. درضمن، اگر نمی خوای توی این خیابون شلوغ تصادف کنی بهتره دستت رو از توی شورت من دربیاری و بگذاری روی فرمون.»

راز نیمه شب آخوندها

رفتار شوکت ناگهان عوض شد و خشمگین فریاد زد: «فاحشه به ژنرال دستور نمی ده که چه کار بکنه. دستم رو هر جا که بخوام می گذارم. اگر می خوای مشکلی پیش نیاد دهنت رو ببند و پاهات رو باز نگه دار.»

قلبم فرو ریخت. هلن می توانست با یک حرف یا حرکت بیجا شوکت را طوری خشمگین کند که او را بزند و از ماشین به بیرون بیاندازد. در آن صورت، عملیات شکست می خورد. اما هلن مأموری کار کشته بود و می دانست که در موقعیت های دشوار چطور عمل کند. پس با لحنی گرم و اغواگرانه گفت: «پاهام بازه ژنرال. چیزی هم که لای پاهامه مال توست. هر کاری که دوست داری بکن.»

شوکت در پارکینگ هتل پارک کرد و با هلن وارد هتل شد. متصدی پذیرش که زنی پاکستانی و مأمور سیا بود آنها را کمی معطل کرد تا من و افرادم به اتاقمان که دَرش به سوئیت آنها باز میشد برسیم. بعد هلن و شوکت را به سوئیت بزرگ و مجللشان برد. من در مانیتور اتاقم آنها را می دیدم.

هلن به شوکت گفت که لخت بشود و بعد به دستشوئی رفت تا به من فرصت بدهد که در اتاق مجاور مستقر بشوم. من چند لحظه بعد، با ارسال پیامی به ساعت مچی اش، آمادگی ام را اعلام کردم.

وقتی هلن به اتاق برگشت شوکت که شورتی به پا و یک اسکناس صد روپیه ای در دست داشت به پشت روی تختخواب دراز کشیده بود. هلن نگاه خشم آلود و تحقیر آمیزی به او کرد و گفت: «ژنرال! پولت رو کنار بگذار و روی شکم بخواب تا یک ماساژ عالی بهت بدم.»

شوکت روی شکم برآمده اش خوابید. هلن روی تخت کنارش نشست و شورتش را آهسته پائین کشید و، همچون من، از دیدن خال گوشتی قهوه ای رنگ روی باسنش خوشحال شد. اما هنگامی که می خواست روی پاهای شوکت بنشیند و به او ماساژ بدهد ناگهان شوکت غلتی زد و او را روی تخت انداخت. بعد، پشت گردنش را گرفت، سرش را به سوی خود کشید و گفت: «ماساژ بی ماساژ. کیرم رو بِمِک.»

هلن که رزمنده ای کارکشته بود مشت محکمی به دماغ شوکت زد و صورت و بدن او و ملافه ها را غرق در خون کرد.

من و همکارانم بی درنگ به اتاق هجوم بردیم و به شوکت دست بند زدیم. بعد، چشمانش را بستیم و او را به زیرزمین بردیم. در آنجا، دستبند و چشم بندش را باز کردم و یک حوله کوچک و یک چسب زخم به او دادم و گفتم: «خودت رو تمیز کن و این چسب زخم رو روی دماغت بگذار. بعد دماغت رو معاینه می کنیم تا مطمئن بشیم که نشکسته باشه.»

شوکت، در زیرزمینِ نیمه تاریک، برهنه، با صورت و بدن خونین، ایستاده بود. چهره اش نشان می داد که گیج و وحشتزده است. من هم اگر جای او بودم وحشت می کردم.

پشت میز بزرگی نشستم و به او اشاره کردم که، رو به روی من، روی صندلی بنشیند. شوکت به پرچم آمریکا که روی میز قرار داشت و عکس قاب گرفته رئیس جمهور آمریکا که پشت سر من از دیوار آویزان بود نگاهی کرد و با صدای لرزانی پرسید: «شما کی هسین؟ از من چی میخواین؟»

«من جورج هستم. شما در زندان سیا هستی.»

رنگ از چهره اش پرید و چشمانش غرق در هراس شد. شوکت افسر آی اِس آی بود و مسلماً از وجود زندان های سیا در خارج از آمریکا اطلاع داشت و می دانست که سیا، در این زندانها، رزمندگان دشمن را برای کسب اطلاعات مورد بازجویی قرار می دهد.

گفتم: «ژنرال شوکت! شما قطعاً متوجه ای که اینجا خارج از حوزه قضایی آمریکاست و بنابراین من هیچ محدودیت قانونی در مورد شیوه بازجویی از شما ندارم.»

ابروهایش بالا رفت و با حیرت پرسید: «اسم من رو از کجا میدونی؟»

«یادت رفته؟ سیا تو رو سالها پیش در لَنگلی، در ایالت ویرجینیا، آموزش داد. اگر بخواهی می تونم پرونده پِرسُنِلیت رو بِهت بدم تا یادت بیاد.»

چند ثانیه با چشمان بهت زده به من نگریست و سپس با صدایی گرفته و کم رمق پرسید: «از من چی میخوای؟»

راز نیمه شب آخوندها

از جایم بلند شدم و به سراغ قهوه جوشی که روی میزی در کنار دیوار قرار داشت رفتم و آن را روشن کردم. بعد، پشت میزم نشستم و چند دقیقه اوراق روی میز را بررسی کردم. سرانجام، به او نگاه کردم و گفتم: «ژنرال! مٰ به کمک شما احتیاج داریم.»

شوکت فریاد زد: «به کمک من احتیاج دارید؟ نا سلامتی شما آمریکایی هستید. قهرمانان دفاع از حقوق بشرید. نماینده بزرگترین دموکراسی جهان هستید. نمی تونستید به شکل متمدنانه تری عمل کنید؟ نمی تونستید به من تلفن کنید و وقت ملاقات بگیرید و تقاضای کمک کنید؟ چرا من رو توسط یک فاحشه به اینجا کشوندید؟»

از جا بلند شدم و به کنار قهوه جوش رفتم و فنجانم را پر کردم. بعد، سر جایم نشستم و جرعه ای نوشیدم. شوکت با دهان باز و چشمان گشاد منتظر بود.

چشم در چشمش دوختم و با لحن آمرانه ای گفتم: «ژنرال! زمانی که علیه کمونیزم می جنگیدی دولت آمریکا شما رو افسری میهن پرست و شرافتمند به حساب می آورد. آن زمان، مستحق نهایت احترام بودی. اگر افسران سیا می خواستند با شما صحبت کنند مسلماً از شما وقت ملاقات می گرفتند. اما تو به کشورت خیانت کردی و حالا تهدیدی برای صلح جهانی و امنیت پاکستان و آمریکا محسوب میشی. به این دلیل، ما تو رو این طوری به اینجا آوردیم.»

شوکت مات و مبهوت به نظر می رسید: «حرف شما منصفانه نیست. من دوست آمریکام. در کنار آمریکا علیه کمونیزم جنگیدم. در ارتش پاکستان صادقانه و با تمام توان خدمت کردم و به دلیل ابراز لیاقت ژنرال شدم. من میهن پرستم. درست نیست که من رو بربائید و، بدون هیچ مدرکی، به خیانت متهم کنید.»

لحظه ای سکوت کرد و منتظر واکنش من شد اما من چیزی نگفتم. پس، ادامه داد.

«شما آمریکایی هسین و حتی با دشمنانتون منصفانه رفتار می کنین. چرا مدارکی رو که علیه من دارین به دولت پاکستان نمیدین تا من رو محاکمه کنه. میدونید که دولت پاکستان هر کاری که آمریکا ازش بخواد انجام میده.»

شوکت مرد باهوشی بود. می دانست که در تله افتاده و سعی می کرد با شیرین زبانی خودش را نجات بدهد. او در زیر زمین سرد و نیمه تاریک می لرزید اما من نمی خواستم که تا زمانی که با من همکاری نکرده به او اجازه لباس پوشیدن بدهم.

گفتم: «ژنرال: پرونده شما نشون میده که در دهه ۱۹۷۰ که به دبیرستان می رفتی می خواستی پزشک بشی. چرا به جای دانشکده پزشکی به دانشکده افسری رفتی؟»

«چون پول نداشتم که به دانشکده پزشکی برم.»

«درسته. موقعی که دبیرستان می رفتی پدرت فوت کرد و مادرت ناچار شد که مخارج زندگی تو و برادرات رو تأمین کنه. تو چون فقیر بودی وارد ارتش شدی. اما حالا دیگه فقیر نیستی. حالا در یک خانه مجلل زندگی می کنی، ماشین های گرانبها میرونی، کشتی تفریحی داری و در رستوران های درجه یک غذا می خوری. تو با حقوقی که از ارتش می گرفتی نمی تونستی چنین زندگی شاهانه ای برای خودت درست کنی. هزینه این زندگی اشرافی رو از کجا تأمین می کنی؟»

شوکت دیگر نتوانست خونسردی ساختگی اش را حفظ کند. رنگ از چهره اش پرید، دانه های عرق بر پیشانی اش نقش بست، شانه هایش فرو افتاد و در صندلی مچاله شد. اکنون کاملاً درمانده به نظر می رسید. شوکت شب سختی را از سر گذرانده بود. او را فاحشه ای کتک زده و تحقیر کرده بود و اکنون، با صورت و بدنی خونین، در زیر زمینی تاریک، به دام مردانی افتاده بود که اطلاعات بسیاری در باره اش داشتند و می توانستند هر بلایی که دلشان می خواست بر سر او بیاورند.

مدتی به من خیره شد و بعد گفت: «ثروت من پاداشیه که خداوند به خاطر مبارزه ام با کمونیست های خدا نشناس به من داده.»

راز نیمه شب آخوندها

از این که پای خدا را به میان کشیده بود تعجب کردم. او که سالها افسر اطلاعاتی بود می دانست که هیچ بازجویی این پاسخ را قبول نمی کند. شاید می خواست کاری کند که بیشتر حرف بزنم تا بفهمد که در باره او چه اطلاعاتی دارم. شاید هم می کوشید که زمان بخرد تا بتواند پاسخ قابل قبولی پیدا کند.

به پشتی صندلی ام تکیه دادم و با لبخند تحقیرآمیزی گفتم: «هزاران نفر با دشمنان خدا در افغانستان جنگیدند و بسیاری از آنها اکنون فقیرند. چرا سخاوتمندی خداوند فقط شامل حال تو شده؟»

«نمی دونم. این سؤالیه که باید از خداوند بپرسی. من فقط میدونم که الله از راههای مختلف به بندگانش پاداش میده.»

گفتم: «درست میگی. الله به تو از طریق ایرانیها پاداش داده.»

رنگ از رویش پرید و چشمانش از شدت هراس گشاد شد. بعد به زمین چشم دوخت و پس از مدتی زیر لب گفت: «از من چی میخوای؟»

«می خوام تمام اطلاعاتی که در باره تماسهات با ایرانی ها و برنامه هسته ای شون داری به من بدی.»

«چرا فکر می کنی با ایرانیها ارتباط دارم؟ چه مدرکی داری؟»

نگاه تحقیرآمیزی به او کردم و گفتم: «ژنرال: واقعاً فکر می کنی اگر مدرک نداشتیم تو رو به این جا می آوردیم؟ همدست هات به تو خیانت کردند و ما رو در جریان تماسهات با سپاه قدس در کشورهای عربی قرار دادند. مدت هاست که تو رو تحت نظر داریم. به تلفنات گوش میدیم، ایمیلات رو میخونیم و هر جا میری تعقیبت می کنیم. مدارک بسیاری علیهت داریم. خودت رو بد جوری تو دردسر انداختی. وضعت خیلی خرابه.»

شوکت ساکت ماند.

پرسیدم: «تو سُنّی هستی. درسته؟»

«بله.»

«نظرت در باره شیعه گری چیه؟»

«شیعه گری بدعته.»

«درباره دولت شیعه ایران چه نظری داری؟»

«اون رو دولت اسلامی نمیدونم.»

«پس تو با رژیم ایران به خاطر دلبستگی مرامی همکاری نمی کنی، به خاطر پول همکاری می کنی. در این صورت، همکاری با ما نباید برات دشوار باشه چون ما هم حاضریم در برابر خدماتت به تو پول بدیم.»

شوکت کمرش را راست کرد، سینه اش را جلو داد، سرش را بالا گرفت و دست به سینه نشست. چشمانش را تنگ کرد و لبها و دندانهایش را به هم فشرد. نگاه غضب آلودی به من کرد و گفت: «اما شما اول باید ثابت کنی که من با ایرانی ها همکاری می کنم.»

از جا برخاستم، صندلی یی از کنار دیوار برداشتم و آن را پشت به او در برابرش گذاشتم. روی صندلی، رو به او، نشستم و دستهایم را دور پشتی صندلی حلقه کردم. بعد، با لبخندی تمسخرآمیز، حدود یک دقیقه به چشمانش خیره شدم تا این که نگاهش را به زمین دوخت.

سرانجام گفتم: «تو با دریافت پول از ایرانی ها ثروتمند شدی؟ این طور نیست؟»

مدتی صبر کردم اما پاسخی نداد.

گفتم: «گوشهات رو باز کن ژنرال. می خوام مطمئن بشم که حرفام رو خوب می شنوی. ما می دونیم که با فروش اسرار هسته ای پاکستان به ایرانیها پولدار شدی. باید به خاطر این کارت اعدام یا تا آخر عمر زندانی بشی.»

در پرونده پرسنلی شوکت چیزی که نشانگر دلبستگی اش به ایدئولوژی شیعی رژیم ایران باشد دیده نمی شد. به نظرم او صرفاً به خاطر پول برای جمهوری اسلامی جاسوسی کرده بود اما اکنون مسلماً می فهمید که اگر زندانی یا اعدام شود این پولها دیگر به دردش نخواهند خورد. وفاداری به ایران دیگر به سودش نبود. تردیدی نداشتم که دیر یا زود زیر بازجویی در هم خواهد شکست.

گفتم: «ژنرال! تا حقیقت را نگی دست از سرت برنمی داریم. دیشب از تو و اون فاحشه فیلم گرفتیم. می تونیم این فیلم رو در اینترنت بگذاریم تا همسرت، بچه هات، آی اس آی، ارتش پاکستان، دوستای ایرانیت و تمام مسلمان های جهادی ببینند که فاحشه ای تو رو کتک می زنه و تحقیر می کنه.».

شوکت، خسته و گیج، همچون توپی که بادش خالی می شود، قوز کرد و مچاله شد. سرش را پائین انداخت و صورتش را با دستهایش پوشاند.

ادامه دادم: «اما اگر به ما کمک کنی هیچ کاری علیه تو نمی کنیم. ما، برخلاف ایرانی ها، اَزت نمی خوایم که اسرار هسته ای کشورت رو فاش کنی. فقط می خوایم بگی به ایرانیها چی دادی تا بتونیم ضررهایی رو که زدی جبران کنیم. در اِزای این کار پول هم بهت میدیم. حالا باید تصمیم بگیری که می خوای پیش خانوادت برگردی و به زندگی تجملاتیت ادامه بدی یا این که به خاطر یک مشت شیعه ی بدعت گذار نابود بشی. تصمیمش با خودته.».

شوکت پس از سکوتی طولانی گفت: «من وطن پرستم. نمی خواستم به پاکستان یا آمریکا صدمه بزنم. ایرانیها از من سوء استفاده کردند.».

خوشبختانه شوکت حاضر به همکاری شده بود. وگرنه، بازجویان سیا ناچار می شدند که به او اجازه خوابیدن ندهند و او را در سلول کوچکی که نه می توانست در آن بایستد و نه دراز بکشد زندانی کنند.

گفتم: «بسیار خوب، لباست را بپوش و یک فنجان قهوه بخور. بعد به من بگو که ایرانیها چطور از تو سوء استفاده کردند.».

فصل ۳

به دستور من نگهبان ها به شوکت حوله ای دادند تا خون را از روی صورتش پاک کند. به دفتر فرنک تلفن کردم و برایش در مورد بازجویی پیام گذاشتم. بعد فنجانی از قهوه پر کردم و به شوکت دادم و پشت میزم نشستم و منتظر اعترافاتش شدم. گمان می کردم که فقط تعدادی نقشه و تجهیزات هسته ای به جمهوری اسلامی داده است اما سخنانش من را متحیّر کرد.

شوکت گفت: «رابطه من با ایرانیها به دهه ی ۱۹۸۰ بر میگرده. آن زمان ایران و پاکستان به مجاهدین افغان در مبارزه علیه کمونیستها کمک می کردند. من مجاهدین رو آموزش می دادم و ساز و برگ نظامی در اختیارشون قرار می دادم. از این راه با ایرانیها آشنا شدم و رابطه محکمی با برخی از آخوندها و افسران سپاه برقرار کردم که تا امروز ادامه داره.»

«آی اس آی از این موضوع اطلاع داشت؟»

«بله، اطلاع داشت. آی اس آی به من دستور داد که با ایرانیها ارتباط برقرار کنم و اون رو گسترش بدم تا بتونم اطلاعاتی در باره رابطه ایران با افغانستان کسب کنم. پاکستان افغانستان رو حیاط خلوت خودش می دونه و تلاش می کنه که نفوذ ایران و هندوستان رو در این کشور به حد اقل برسونه.»

شوکت درست می گفت. آی اس آی، در دهه ی ۱۹۹۰، به طالبان پول، سلاح، آموزش و پایگاه عملیاتی علیه دولت افغانستان داده بود تا نفوذ

راز نیمه شب آخوندها

هند را در این کشور محدود کند. سیاست پاکستان مهمترین دلیل شکست تلاش های بین المللی به رهبری آمریکا برای بازسازی افغانستان بود.

پرسیدم: «ایرانی ها چی می خواستند؟»

«ایرانیها، از اواخر دهه ۱۹۸۰، در پی دستیابی به فن آوری هسته ای بودند. اونها محرمانه به سراغ دانشمندان هسته ای پاکستان رفتند و با دکتر عبدالقدیر خان، پدر بمب اتمی پاکستان، تماس گرفتند.»

از شنیدن نام عبدالقدیرخان متعجب نشدم چون این دانشمند به ایران و چند کشور دیگر مخفیانه و به طور غیرقانونی فن آوری هسته ای فروخته و با این کار به اشاعه ی سلاح های هسته ای کمک کرده بود. عبدالقدیرخان جاسوس موفقی هم بود. وی، در اوایل دهه ی ۱۹۷۰، نقشه سانتریفیوژهای غنی سازی اورانیوم را از شرکتی هلندی دزدیده و در اختیار پاکستان قرار داده بود.

پرسیدم: «این موضوع رو به دولت پاکستان اطلاع دادی؟»

«نه، ندادم چون می دونستم که دولت پاکستان با این کار مخالفت می کنه. پاکستان می خواد تنها قدرت هسته ای در جهان اسلام باشه.»

لبخند کوچکی بر لبانم نشست. شوکت مدرک دیگری علیه خودش در اختیارم گذاشته بود. اگر بطور کامل همکاری نمی کرد می توانستم او را تهدید کنم که فعالیت های غیرقانونی اش را به دولت پاکستان اطلاع خواهم داد.

پرسیدم: «چیزهایی رو که ایرانیها می خواستند چطور براشون فراهم می کردی؟»

«از طریق دوستام در ارتش و سازمان انرژی هسته ای پاکستان.»

«دوستات نگران نبودند که یک کشور شیعه هسته ای در همسایگی پاکستان به وجود بیاد؟»

«دوستام تنها نگران پولهایی بودند که از ایران دریافت می کردند. اونها به هیچ یک از درخواست های ایرانی ها جواب منفی ندادند. ایرانیها طوری پول خرج می کردند که هر چه می خواستند بهشون میدادیم.»

از این حرف متعجب نشدم. در نخستین سال های جنگ سرد ایدئولوژی انگیزه اصلی کسانی بود که علیه دولت هایشان برای دیگر کشورها جاسوسی می کردند. اما از دهه ی ۱۹۷۰، و به ویژه پس از سقوط اتحاد شوروی، پول جای ایدئولوژی را گرفته بود.

پرسیدم: «چرا ایرانیها تجهیزات مورد نیازشون رو مستقیماً از تولیدکنندگان نمی خریدند؟»

«برای این که تولیدکنندگان به دلیل تحریم هایی که بر ایران تحمیل شده بود با ایران تجارت نمی کردند.»

«بازار سیاه چطور؟»

«ایرانیها در بازار سیاه بد جوری کلاه سرشون رفت. سازمان های اطلاعاتی کشور های غربی از طریق شرکتهای صوری یی که درست کرده بودند، با قیمت های سرسام آور، تجهیزات و قطعه های معیوب به ایران می فروختند. این قطعه ها باعث تصادف های بسیاری در کارخانه های ایران شدند و میلیون ها دلار به ایران ضرر زدند. در نتیجه، ایرانیها، برای تأمین نیازهاشون، بیش از پیش به من وابسته شدند.»

نتوانستم جلو لبخندم را بگیرم چون برخی از این شرکت ها قلابی را خودم ایجاد کرده بودم.

«چیزهایی رو که نمی تونستی در پاکستان پیدا کنی از کجا تهیه می کردی؟»

«از کشورهای خارجی به اسم پاکستان می خریدم و به ایران می فرستادم.»

«ایرانیها دیگه چی می خواستن؟»

«بمب اتم.»

از شنیدن این حرف شوکه شدم و بی اختیار فریاد زدم: «بمب اتم؟»

«بله، بمب اتم. چند ماه پیش یک آخوند ایرانی از من خواست که یک بمب از زرادخانه هسته ای پاکستان براش بدزدم.»

«اسمش چیه؟»

راز نیمه شب آخوندها

«آیت الله همشهری. در اسلام آباد زندگی می کنه. بهش گفتم این کار غیر ممکنه چون از سلاح های هسته ای پاکستان بشدت مراقبت میشه. گفت اگر جای بمب رو نشونش بدم کماندوهای سپاه رو میاره پاکستان که اون رو بدزدند. براش توضیح دادم که ارتش پاکستان بمب های هسته ایش رو در خودروهای غیر نظامی یی که دائماً در جاده ها در حرکتند قرار داده تا مکان دقیق اونها رو مخفی نگه بداره. تنها شمار اندکی از ژنرال های ارشد پاکستان از مکان این خودروها خبر دارند.»

سرم را به علامت تأیید تکان دادم. توضیحاتش درباره شیوه محافظت از سلاح های هسته ای پاکستان درست بود.

شوکت ادامه داد: «اما همشهری دست بردار نبود. چندتا چمدان پر از دلار در برابر من گذاشت و گفت که حاضره صد میلیون دلار برای یک بمب بپردازد. موضوع رو با دوستام در میان گذاشتم. گفتند که دزدیدن بمب غیر ممکنه اما می تونند قطعات و نقشه بمب رو به ایرانیها بدن تا خودشون بمب رو مونتاژ کنند. به همشهری گفتم. با اکراه پذیرفت. بعد دوستام به تدریج قطعات یک بمب رو از کارخانه ها و انبارها دزدیدند و به من دادند. من هم اونها رو به همشهری تحویل دادم.»

صورتم داغ شده بود. با حیرت گفتم: «باورنکردنیه. پاکستان به آمریکا اطمینان داده که هر روز تجهیزات هسته ایش را بازرسی می کنه. چرا بازرسان متوجه مفقود شدن قطعات بمب نشدند؟»

«متوجه شدند اما بهشون رشوه دادند و مرعوبشون کردند که در این باره حرفی نزنند.»

تصمیم گرفتم که بعداً در باره همدستان شوکت و پولی که ایرانیها در ازای همکاری شان به آنها پرداخته بودند تحقیق کنم. تردیدی نداشتم که اشخاص مهمی در این ماجرا شرکت داشته اند. شوکت قادر نبود قطعات یک بمب هسته ای را بدون همکاری اشخاصی در بالاترین سطوح دولت بدزدد.

پرسیدم: «می تونی فهرست این قطعات رو به من بدی؟»

شوکت سرش رو به علامت موافقت تکان داد. اکنون اضطرابش کاهش یافته و آرامتر به نظر می رسید.

پرسیدم: «ایرانیها بمب رو مونتاژ کردند؟»

«نه، نکردند.»

«چرا؟»

«برای این که چاشنی معیوب بهشون دادم و نقشه بمب رو هم کمی دستکاری کردم.»

«چون می خواستی ایرانیها رو محتاج نگه بداری تا بتونی اونها رو بیشتر بدوشی. اینطور نیست؟»

«همینطوره.»

چهره اش نشان نمی داد که به خاطر نارو زدن به دوستان ایرانی اش احساس گناه کند. شوکت مردی ریاکار، بی وجدان، و حریص بود. باید حواسم را جمع می کردم که از پشت به من خنجر نزند.

«حالا ایرانیها چطور میخوان این بمب رو بسازند؟»

«یک دانشمند هسته ای بازنشسته روس استخدام کردم که به ایران بره و به اونها کمک کنه. این شخص دو هفته دیگه به اسلام آباد میاد.»

یک پاکت سیگار مالبرو از کشو میزم در آوردم و سیگاری به او تعارف کردم و آن را برایش روشن کردم. بعد از آن که چند پک به آن زد تصویری را که پرستو فرستاده بود از کشو میزم بیرون آوردم و به او نشان دادم. دهانش از حیرت باز ماند.

«این رو از کجا آوردی؟»

«خبرچینام بِهم دادند. می دونی این زنها کی ین؟»

«فاحشه های ایرونی.»

«کجا هستن؟»

«در خانه آیت الله همشهری در اسلام آباد.»

«کِی اونا رو می بینی؟»

«معمولاً هفته ای یک بار.»

راز نیمه شب آخوندها

«چقدر بر اشون می پردازی؟»

«چیزی نمی پردازم. قرارداد با همشهری به من اجازه می ده که به طور رایگان به این زنها دسترسی داشته باشم.»

گذاشتن ماده ای در یک قرارداد مخفی هسته ای در باره دسترسی به سکس عجیب می نمود. این موضوع حتما برای شوکت خیلی مهم بوده که آن را در این قرارداد گنجانده بود.

گفتم: «پاکستان پر از فاحشه است. چرا از اونها استفاده نمی کنی تا مجبور نباشی برای آخوندها کار کنی؟»

پس از مکثی طولانی گفت: «موضوع به این سادگی ها نیست. من از زجر دادن زنها لذت می برم. پزشک ها میگن سادیسم دارم. جاکش های پاکستانی اجازه نمیدن که فاحشه هاشون رو شکنجه کنم. اما همشهری اجازه میده که هر کری که خواستم با فاحشه هاش بکنم.»

دلم می خواست او را بزنم یا بر سرش فریاد بکشم اما این کار کمکی به من نمی کرد. احساساتم را کنترل کردم و پرسیدم: «کِی قراره اونا رو ببینی؟»

«وقتی که دانشمند روس رو به همشهری تحویل میدم.»

تلفن همراهی که شماره اش غیرقابل ردگیری بود به او دادم تا به همسرش اطلاع دهد که برای کاری از شهر خارج شده است و تا چند هفته دیگر بر نمی گردد. بعد دکتر سیا بینی اش را معاینه و پانسمان کرد. نگهبان ها به او صبحانه و قهوه دادند و اتاقی برای استراحت در اختیارش گذاشتند.

به سفارت آمریکا رفتم و متن اعترافات شوکت را به فرنک دادم. فرنک با دقت آن را خواند و گفت: «عالیه. دستت درد نکنه. شوکت یک مزدوره که فقط به فکر منافع خودشه و به هیچ کسی وفادار نیست. می تونی بهش اعتماد کنی؟»

گفتم: «شوکت بی تردید آدم فاسد، حقه باز و حسابگریه. اما حالا که تخمش توی دست ماست داره همکاری می کنه. او اعتراف کرد که قطعات یک بمب هسته ای رو به ایران فروخته. این حرفش نمی تونه دروغ باشه

چون از این دروغ سودی نمی بره. به نظرم اعترافاتش درسته. می تونیم بهش اعتماد کنیم.»

«بسیار خوب. حالا میخوای چکار کنی؟»

«خیلی ساده. باید دانشمند روس رو از صحنه خارج کنیم. بعد من تحت پوشش دانشمند هسته ای به ایران میرم تا به آخوندها در مونتاژ بمب کمک کنم. اونجا، در برنامه هسته ای شون نفوذ و خرابکاری می کنم. در ضمن، سعی می کنم که پرستو رو پیدا کنم و ازش اطلاعات بیشتری کسب کنم.»

فرنک اخمهایش را در هم کشید و پس از کمی فکر کردن گفت: «این کار ریسک بزرگیه. تو اطلاعات بسیاری در باره عملیات و مأموران ما در ایران داری. اگر اسیر بشی و اعتراف کنی ضربه بزرگی به سیا وارد میشه.»

گفتم: «امیدوارم که کار به اونجا نکشه. اما ما با یک وضعیت اضطراری رو به رو هستیم و باید ریسک کنیم. گزینه های ما محدودند. من یگانه افسر سیا هستم که هم فارسی حرف می زنم و هم می تونم بمب هسته ای بسازم. از این ها گذشته، من کارآزموده ام و به آسانی گیر نمی افتم.»

اما فرنک قانع نشد: «تو چهار ساله که پشت میز کار می کنی. وَزِنِت زیاد شده و مهارت های رَزمیت کاهش یافته. خیلی وقته که تو رو در ورزشگاه ندیدم. نمی خوام در ایران خودت رو به کشتن بدی.»

حق با فرنک بود اما من نمی خواستم که فرصت رخنه در برنامه هسته ای ایران را از دست بدهم. در واقع، برنامه هسته ای ایران من را به مهندسی هسته ای علاقمند کرده بود. در آمریکا که بودم هر وقت که دوستان مادرم به دیدن ما می آمدند در باره برنامه هسته ای ایران جر و بحث می کردند. بنابراین، پس از ورود به دانشگاه، بی هیچ تردیدی رشته مهندسی هسته ای را انتخاب کردم. پس از پیوستن به سیا، به دلیل آشنائی ام به زبان فارسی و علاقه ام به ماجراجویی، مدتی در افغانستان خدمت کردم و بعد به رصد کردن برنامه هسته ای ایران پرداختم. مأموریت در ایران به من امکان می داد که با برنامه هسته ای و گردانندگانش آشنا شوم و در صورت امکان با قوم و خویش های مادرم ملاقات کنم. باید از این فرصت استفاده می کردم

راز نیمه شب آخوندها

چون اگر آخوندهای آمریکاستیز سر کار می ماندند ممکن بود که هرگز نتوانم به ایران بروم.

بنابراین، در حالی که گفته های فرنک را با تکانِ سر تأیید می کردم، گفتم: «قبولْ دارم که خیلی تو فُرم نیستم اما این موضوع به نفع مَنه چون دانشمندها معمولاً هیکلشون مثل هیکل ورزشکارها نیست. با اینهمه، به شما اطمینان میدم که تقریباً مثل زمانی که در افغانستان بودم ورزیده و توانا هستم.»

فرنک افسر اطلاعاتی کارکشته ای بود و به خوبی می دانست که ممکن است که دیگر فرصتی برای رخنه در تأسیسات هسته ای ایران پیش نیاید. بنابراین، پس از چند ثانیه فکر کردن، گفت: «خوشحالم که اعتماد به نفس داری. امیدوارم که دچار توهم نشده باشی.»

با خوشحالی گفتم: «ممنون رفیق. پس موافقی.»

فرنک با مسئول ایران در ستاد سیا در لَنگلی صحبت کرد و او را متقاعد کرد که با مأموریت من موافقت کند. حالا می توانستم نقشه نفوذ و خرابکاری در تأسیسات هسته ای ایران را طراحی کنم.

هوا تازه تاریک شده بود که برای دیدن شوکت به هتل لوکس رفتم. او به خوبی استراحت کرده بود و سر حال به نظر می رسید اما از زندانی شدن در هتل ناراحت بود.

پرسید: «کِی می تونم به خانه برگردم.»

«بعد از این که قطعات بمب رو از ایران خارج کردم.»

با حیرت به من نگاه کرد و گفت:«این کار غیرممکنه.»

«غیرممکن نیست. اگر به من کمک کنی این کار رو انجام می دم. می تونی دانشمند روس رو اخراج کنی؟»

«البته که می تونم. اما من مقدار هنگفتی پول بهش دادم»

«اشکالی نداره. دولت آمریکا این پول رو به تو پس میده.»

چهره اش اندکی از هم باز شد و گفت: «باشه. اما اگر به ایرانیها دانشمند هسته ای تحویل ندم پیش اونا بی اعتبار می شم.»

«نگران نباش. من رو به اونا تحویل بده.»

ابروهایش بالا رفت و دهانش باز ماند و گفت: «ولی تو که دانشمند نیستی؟»

«من مهندس هسته ای ام.»

با تعجب ادامه داد: «ولی ایرانی ها به آمریکائی ها اعتماد ندارند.»

«بهشون بگو من کانادائی ام.»

این پوشش البته بی عیب و نقص نبود اما پوشش بهتری وجود نداشت. چون پدرم کانادایی بود و در کانادا به دبیرستان رفته بودم می توانستم خودم را به سادگی کانادایی جا بزنم.

پرسیدم: «وقتی با ایرانی ها ملاقات می کنم از من چی می پرسند؟»

«درباره سابقه ات سؤالاتی می پرسند اما این ها فرمالیته است. اونها به هر کسی که من بهشون معرفی کنم اعتماد می کنند.»

«عالیه. حالا می خوام آزت خواهشی بکنم. من هم مثل تو به زنهای جوان علاقه مندم. می خوام ترتیبی بدی که به فاحشه های همشهری دسترسی داشته باشم.»

لبخند شیطنت باری بر چهره اش نقش بست و گفت: «با همشهری صحبت می کنم ببینم قبول می کنه یا نه.»

گفتم: «اگر بهش بگی که جورج پیشنهاد کارکردن روی پروژه هسته ای رو به شرط دریافت سکس پذیرفته حتماً قبول می کنه. می تونی این کار رو بکنی؟»

«چرا که نه.»

چشم در چشمانش دوختم و گفتم: «ژنرال! می خوام یک موضوع رو کاملاً روشن کنم. اگر در ایران اتفاق بدی برای من بیفته دولت آمریکا طبعاً گمان می کنه که تو من رو لو دادی و تو رو زنده نمی گذاره. بقای تو در این جا به بقای من در ایران بستگی داره. می خوام مطمئن بشم که هیچ مطلب مهمی رو از من مخفی نمی کنی. می فهمی؟»

راز نیمه شب آخوندها

با لحن قاطعی گفت: «من از شکست مأموریت شما سودی نمی برم. حالا با آمریکایی ها هستم. کِی میخوای با ایرانیها ملاقات کنی؟»

«یک ماه وقت لازم دارم تا آماده بشم.»

شوکت گفت: «من سالهاست که هفته ای یک بار با همشهری ملاقات می کنم. اگر یک ماه از من خبری نشه مشکوک میشه. بهتره بهش تلفن کنم و بگم دارم میرم مسافرت.»

درخواستش منطقی بود. تلفنی که غیر قابل ردیابی بود به او دادم. شوکت به همشهری تلفن کرد و به او گفت که تا یک ماه دیگر نمی تواند به دیدنش برود. بعد، به درخواست من، آزمایش دروغ سنجی داد و قبول شد.

فصل ٤

چند روز بعد، پال هاربینگِر، تکنسین سیا، به اسلام آباد آمد و در سفارت آمریکا با من ملاقات کرد. پال جعبه نقره ای باریکی به من داد. در این جعبه بیش از صد ابزار که دانشمندان هسته ای دائماً از آنها استفاده می کردند قرار داشت. سیا برخی از این ابزارها را تغییر داده بود تا مأمورانش از آنها برای گردآوری، پنهان کردن، و مخابره اطلاعات استفاده کنند. این ابزارهای جاسوسی سالها در شکل های مختلف وجود داشتند اما سیا آنها را کوچکتر، دقیق تر، پرقدرت تر، و بادوام تر کرده بود.

پال طرز استفاده از ابزارهای جاسوسی را نشان داد و به پرسش هایم پاسخ گفت. بعد سه هزار دلار به من داد که پول کمی بود اما چون ارزش ریال بسیار کاهش یافته بود مبلغ قابل توجهی محسوب می شد. بعد دلارها، ابزار جاسوسی، یک چاقوی ضامن دار و مقداری ریسمان نایلونی را در کیف چرمی بند داری گذاشت و به من تحویل داد.

من چهار هفته نقشه بمب را مطالعه کردم و شیوه تعمیر چاشنی و سوار کردن قطعات بمب را فرا گرفتم. دانشمندی هسته ای که از واشنگتن آمده بود من را راهنمایی می کرد و به پرسشهایم پاسخ می داد. در ضمن، روزی چند ساعت به کلاس بازآموزی رزمی می رفتم و نبرد با دست خالی و با سلاح سرد و گرم را تمرین می کردم.

من سالها قبل برای مقابله با بازجویی آموزش دیده بودم. با اینهمه، به پیشنهاد فرنک، بازجوهای سیا، در لباس سپاه پاسداران، چشمان و دستهای من را بستند، به من بی خوابی دادند، من را اعدام ساختگی کردند و مورد

راز نیمه شب آخوندها

ضرب و شتم قرار دادند تا مطمئن شوند که می توانم در زیر بازجویی دوام بیاورم. بازجویی سه روز ادامه داشت.

اکنون آماده بودم که با آیت الله همشهری ملاقات کنم. شوکت گفت:

«آیت الله همشهری مسئول خریدهای هسته ای ایران در پاکستانه. آیت الله یعنی نشانه خدا و لَقبی است که برای آخوندهای عالی رتبه به کار میره. این که این مرد فاسد چطور می تونه نشانه خدا باشه یک معماست. من او رو حاج آقا صدا میزنم چون به مکه رفته و حاجی شده. تو هم می تونی او رو حاج آقا صدا کنی. همشهری، مثل خیلی از آخوند ها، شغل های مختلفی داشته. او یک مقام امنیتی عالی رتبه است. مدتی قاضی دادگاه انقلاب بوده و ایرانیان بسیاری رو اعدام کرده. سمینارهایی درباره اخلاق اسلامی برگزار کرده و کتابهایی هم درباره عفت و پاکدامنی نوشته. جاکشی هم می کنه و برای آیات عظام و بازاری های گردن کلفت و مقامات دولتی خانم میاره. حریص و بیرحم و متکبره. عوام رو جزء آدم به حساب نمیاره و به خارجی ها مشکوکه. دمدمی مزاجه و رفتارش قابل پیش بینی نیست. دروغ هم زیاد میگه. وقتی با او هستی باید مواظب حرف زدنت باشی.»

شوکت به آیت الله همشهری تلفن کرد و قرار شد که ساعت پنج بعد از ظهر، در آرامگاه ضیا الحق، در مسجد فیصل، با رابط ایرانی اش ملاقات کند. من، از روی احتیاط، به واحد تعقیب و مراقبت سیا دستور دادم که از دور مراقب ما باشند. شوکت این کار را ضروری نمی دانست اما من به حرفش توجهی نکردم.

مسجد فیصل، در شمال اسلام آباد، در دامنه تپه های زیبای مارگالا قرار دارد. این مسجد، بر خلاف مساجد معمولی، گنبد و تاق ندارد اما چهار مناره مرمری دارد که از کیلومترها دورتر دیده می شوند. مسجد فیصل، که با پول عربستان سعودی ساخته شده، مسجد ملی پاکستان است و هر سال هزاران جهانگرد از آن دیدن می کنند. مقبره ژنرال ضیاء الحق، رئیس جمهور و دیکتاتور نظامی پیشین پاکستان، که در سال ۱۹۸۸ در سانحه هوایی کشته شد، در حیاط آن قرار دارد.

هنگامی که وارد مسجد شدیم پرسیدم: «با ایرانی ها همیشه در اینجا ملاقات می کنی؟»

«همیشه. آخوندهای شیعه علاقه عجیبی به مسجد و قبرستان و تشییع جنازه دارند.»

در ساعت پنج، مرد بلند بالای درشت اندامی که شکم برآمده، ابروهای مشکی، دماغ بزرگ، و ریش شانه نکرده ای داشت وارد آرامگاه شد. گردنِ کلفت، شانه های پهن، بدن عضلانی، و گوشهای له شده اش نشان می داد که کشتی گیر است. پیراهن سیاه آستین بلندی پوشیده بود و تسبیح قهوه ای رنگی در دست داشت. کنار قبر ایستاد و در حالی که دانه های تسبیح را به سرعت با انگشتانش حرکت می داد زیر لب دعایی به زبان عربی خواند و از آرامگاه بیرون رفت.

به دنبالش رفتیم. مرد سوار وَنی که پنجره نداشت شد و پشت فرمان نشست. ما هم سوار شدیم و پشت سرش نشستیم.

مرد شروع به صحبت کرد: «سلام ژنرال. حال شما خوبه؟»

«سلام جواد آقا. خوبم. حال شما چطوره؟ ایشون دوست عزیز من آقای جورج مورگِنه.»

جواد، به رسم ایرانیان، دستش را روی سینه اش گذاشت و تعظیم کوتاهی کرد و گفت: «از آشنائی با شما خوشوقتم، آقای جورج.»

چند دقیقه بعد، به ساختمان قدیمی دو طبقه ای که درِ بزرگی داشت رسیدیم. جوان ریشوئی در را گشود. جواد اتومبیل را به داخل حیاط راند و در پارکینگ زیر زمینی خانه پارک کرد. بعد از ماشین پیاده شد، در اتومبیل را برای ما باز کرد و به ما خوش آمد گفت.

از راهرو دراز نیمه تاریکی گذشتیم و پس از بالا رفتن از چند پله وارد راهرو دیگری شدیم. بعد در برابر در چوبی بزرگی ایستادیم و کفش هایمان را بیرون آوردیم. جواد آهسته در زد. صدای زمختی ما را به داخل اتاق دعوت کرد. وارد شدیم. مرد قد کوتاهِ شکم گنده ای در لباس آخوندی در وسط اتاق بزرگی ایستاده بود.

راز نیمه شب آخوندها

شوکت سلام کرد. همشهری او را در آغوش گرفت و، به رسم ایرانی ها، چند بار صورتش را بوسید و گفت: «حالت چطوره؟ خوبی؟ سلامتی؟ خوش می گذره؟ چه خبر؟»

شوکت من را معرفی کرد: «حاج آقا. ایشون آقای جورج مورگِنه. همان دانشمندی که قرار بود بیارم خدمتتون. ترجیح میده او را رو جورج صدا بزنند. فارسی هم حرف میزنه.»

همشهری دست من را به آرامی فشرد و گفت: «به کلبه محقر من خوش آمدید. صفا آوردید. اینجا منزل خودتونه. بفرمائید بنشینید.»

چهار زانو روی زمین نشستیم و پشتمان را به بالشهای کنار دیوار تکیه دادیم. اتاق پنجره نداشت. عکسهای قاب گرفته خمینی و خامنه ای روی یکی از دیوارها دیده می شد. دیوارهای دیگر با نقاشی های مربوط به جنگ ایران و عراق و پوسترهای مرگ بر آمریکا، مرگ بر اسرائیل، و خون بر شمشیر پیروز است پوشیده شده بود. تنها چیز زیبای اتاق قالی باشکوهی بود که تصویر پرندگان و حیوانات کوچک در آن بافته شده بود و رنگ روشنش حالتی خودمانی و دوست داشتنی به اتاق می داد.

همشهری حدود شصت سال سن داشت. پیشانی اش بلند و پر از چین و چروک بود و زیر چشمهای سیاه و ترسناکش پف کرده بود. ریش خاکستری اش را کوتاه کرده و به آن عطر زده بود. دستهای چاق و لطیفش نشان می داد که هرگز کار سخت یَدی نکرده است. پیراهن سفید بدون یقه ای زیر لباده اش پوشیده بود. عبای قهوه ای رنگی بر دوش افکنده و چند انگشتر عقیق در انگشتانش کرده بود. عمامه سیاهش نشان می داد که خود را نواده پیغمبر اسلام به حساب می آورد. صدایش زمخت و گوشخراش بود.

چند دقیقه بعد، جواد با یک سینی گِرد نقره وارد شد و آن را در برابر همشهری روی قالی گذاشت. لبه های گلدار و نقش های برجسته سینی یادآور صنایع دستی زیبای دوران قاجار بود. روی سینی یک کتری آب داغ، یک قوری چینی بزرگ، سه استکان و نعلبکی، یک ظرف سوهان و باقلوا، یک قندان، وظرف کوچکی که حاوی مقداری دارچین، زعفران، بهار نارنج و

لیموی قاش کرده بود قرار داشت. من در افغانستان سوهان و باقلوا خورده بودم و آنها را خیلی دوست داشتم.

جواد استکان ها را در برابر ما گذاشت و پرسید که چای کم رنگ می خواهیم یا پررنگ. بعد استکان ها را، مطابق میل ما، از چای و آب داغ پرکرد. سپس از جا برخاست، تعظیم کوتاهی کرد، از اتاق خارج شد و در را پشت سرش بست.

همشهری یک بطری کوچک ویسکی از زیر بالشی که به آن تکیه داده بود بیرون آورد و چند قطره ویسکی در استکانش ریخت و از من پرسید: «هیچ وقت چایی رو با ویسکی خوردی؟»

سرم را تکان دادم و گفتم: «نه، نخوردم.»

«باید بخوری. مزه چایی رو خیلی بهتر می کنه. دارچین و زعفران و بهار نارنج هم چایی رو خوشمزه می کنند اما ویسکی چیز دیگریه.»

همشهری یک قاچ لیمو در استکانش انداخت. بعد، یک حبه نبات در دهانش گذاشت و کمی چای نوشید و گفت: «آقای مورگن! شما اهل کجا هستی؟»

در حالی که قندی بر می داشتم گفتم: «کانادا.»

«کجای کانادا؟»

«تورنتو.»

لبخندی زد و گفت: «از تورنتو خیلی خوشم میاد. چند سال پیش با برادر کوچکم یک خونه اونجا خریدیم.»

گفتم: «پس اونجا بودید؟»

«دوبار برای دیدن اقوام و معاینه پزشکی به اونجا رفتم. البته ترجیح می دادم که برای معالجه به کلینیک میو در آمریکا برم اما چون می ترسیدم که دشمنام به من برچسب جاسوس آمریکا بزنند به اونجا نرفتم.»

جرعه ای از چای نوشید و پرسید: «چی شد که فارسی یاد گرفتی؟»

«مادرم ایرانیه.»

راز نیمه شب آخوندها

«چه جالب. پدرتون چی؟»

«کانادائیه.»

«مسلمان هستند؟»

«مادرم مسلمانه اما پدرم مسیحیه.»

آیت الله کمی اخم کرد و پرسید: «شما چی؟ دین شما چیه؟»

پرسش ناراحت کننده ای بود اما غیر منتظره نبود. آمریکائی ها از کودکی فرا می گیرند که دین موضوعی خصوصی است و نباید از مردم پرسید که دینشان چیست. اما در کشورهای اسلامی کنجکاوی در مورد اعتقادات مذهبی دیگران امری رایج است. نمی توانستم به این آخوند بگویم که از دین خاصی پیروی نمی کنم چون چنین پاسخی می توانست خصومت او را علیه من بر انگیزد. بنابراین، به پرسشش پاسخ مثبت دادم.

«مسلمان هستم.»

«شیعه یا سنّی؟»

سینه ام را جلو دادم و با غروری ساختگی گفتم: «شیعه.»

«از کدام مرجع تقلید پیروی می کنی؟»

شیعیان معمولاً آخوندی را به عنوان مرجع تقلید انتخاب می کنند و سؤالهای دینی شان را از او می پرسند و به او وجوهات شرعی می دهند. بسیاری از شیعیان از آیت الله سیستانی که در عراق ساکن بود پیروی می کردند. بنابراین، خود را مقلد او معرفی کردم.

پرسید: «چرا سیستانی؟»

«برای این که مادرم از او تقلید می کنه و خیلی به او احترام می گذاره.»

همشهری چائی اش را تمام کرد و پرسید: «نظرت درباره اشاعه ی سلاح های هسته ای چیه؟»

گفتم: «من طرفدار خلع سلاح عمومی ام. دوست دارم که تمام کشورها سلاح های هسته ای شون رو نابود کنند.»

باقلوایی در دهان گذاشتم و جرعه ای چای نوشیدم و ادامه دادم: «اما تا زمانی که کشورهای هسته ای سلاح های هسته ای شون رو نابود نکنند کشورهای غیر هسته ای حق دارند سلاح هسته ای بسازند.»

همشهری با تکان سر حرفم را تأیید کرد و گفت: «ممکنه درباره سابقه شغلی تون صحبت کنید.»

سیا قبل از آمدنم به ایران برایم کارت ویزیت و رزمه تهیه کرده و در رزمه ام نوشته بود که در کانادا شرکت مهندسی مشاور دارم و در این کشور و مکزیک و آفریقای جنوبی روی پروژه های هسته ای کار کرده ام. اگر کسی به شماره تلفن روی کارتم زنگ میزد صدای ضبط شده ای از یکی از دفاتر سیا از او می خواست که نام و پیامش را در پیام گیر بگذارد تا بعداً با او تماس گرفته شود.

رزمه و کارت ویزیتم را به همشهری دادم و گفتم: «من مهندس هسته ای ام. در کانادا، مکزیک و چند کشور دیگه روی پروژه های هسته ای کار کردم.»

«برای این کشورها چه کار می کردید؟»

«براشون راکتور اتمی نصب و راه اندازی می کردم و به مهندساشون آموزش می دادم.»

«برای چه کشورهایی بمب اتم درست کردی؟»

سؤال سختی بود. نمی توانستم همینطوری از کشوری نام ببرم و انتظار داشته باشم که حرفم را باور کند. آن زمان، هیچ کشوری، غیر از ایران، مظنون به ساختن پنهانی بمب اتم نبود. عراق و لیبی سالها پیش، زمانی که من هنوز مدرک مهندسی ام را نگرفته بودم، برنامه هسته ای شان را تعطیل کرده بودند. بهترین گزینه این بود که به این پرسش پاسخ ندهم. از این گذشته، هر چه کمتر در باره کار و سابقه ام حرف می زدم احتمال تناقض گویی در سخنانم کمتر می شد.

با لحن مودبانه ای گفتم: «حاج آقا! من وقتی قبول می کنم که روی پروژه ای کار کنم سوگند می خورم که هیچ اطلاعاتی درباره آن پروژه فاش نکنم. از صاحبان پروژه هم انتظار دارم که هویت من و خدماتی که براشون

انجام میدم رو فاش نکنند. اگر برای شما هم کار بکنم هیچ اطلاعاتی درباره پروژه شما فاش نخواهم کرد.»

کمی اخم کرد و گفت: «ولی می تونی بمب اتم بسازی؟»

«ساختن بمب اتم کار پیچیده ای است که به همکاری گروهی از متخصصان نیاز داره. اگر منابع مورد نیاز رو در اختیارم بگذارید البته که می تونم.»

لبخند بزرگی صورتش را پوشاند.

«ساختن بمب چقدر طول می کشه؟»

«این موضوع بستگی به مهارت دستیار های ایرانی من، درجه خلوص اورانیومی که در اختیار دارید، و نوع ابزار و تجهیزاتتون داره. قبل از این که تاریخ دقیقی به شما بدم باید منابع شما رو ببینم و با مهندساتون صحبت کنم.»

«می تونی بمبی بسازی که یک کشور رو نابود کنه.»

پرسش عوامانه ای بود چون که قدرت بمب هسته ای بر حسب کیلو تُن تی ان تی بیان می شود، نه بر حسب توانائی اش برای نابود کردن کشورها.

گفتم: «بستگی به اندازه کشور داره. مثلاً چه کشوری؟»

«اسرائیل.»

با اینکه از خصومت آخوندهای شیعه نسبت به اسرائیل باخبر بودم از این پاسخ صریح کمی جاخوردم.

گفتم: «اسرائیل رو نمی شه با یک بمب نابود کرد.»

«ولی می تونی بمبی بسازی که عکا یا حیفا رو نابود کنه؟»

«البته که می تونم. عکا و حیفا شهرهای کوچکی هستند. یک بمب اتمی قدرتمند اونا رو از صحنه گیتی محو می کنه.»

بعد شیوه ساختن بمب اتم را به تفصیل شرح دادم. با دقت گوش کرد اما گمان نمی کنم که حرف هایم را فهمید. گفت و گوهای ما تا زمان خواندن نماز شب ادامه یافت.

مسلمانان نماز را یکی از ستون های دین و کلید ورود به بهشت می دانند. خواندن نماز از واجبات اسلام است و قصور عمدی در انجام آن گناه کبیره محسوب می شود. مسلمانان روزی پنج بار نماز می خوانند. قبل از نماز باید نیت کرد و وضو گرفت. بنابراین، نیت کردم. بعد صورتم را از بالای پیشانی تا پایین چانه شستم و دهان و بینی ام را آب کشیدم. سپس دست راست و چپ را از آرنج تا نوک انگشتان شستم و مَسح سر، پای راست، و پای چپ را انجام دادم. بعد، سجاده ای روی زمین گذاشتم و، رو به قبله، پشت سر آیت الله همشهری ایستادم و نماز خواندم.

پس از شام در باره مَبلغ قرارداد گفتگو کردیم.

شوکت گفت: «حاج آقا! من و جورج می دونیم که تحریم های ظالمانه آمریکا اقتصاد ایران رو بشدت ضعیف کرده. به این دلیل، مبلغ قرارداد رو پایین آوردیم. جورج برای ساختن بمب ۵۰ میلیون دلار می خواد. من هم به خاطر معرفی کردن او ۱۰ میلیون دلار می خوام. تقاضای ما اینه که ۱۰ درصد این مبلغ حالا پرداخت بشه و بقیه اش بعد از آزمایش موفقیت آمیز بمب.»

آیت الله فنجانش را از چای پر کرد و دو حبه قند و چند قطر ویسکی در آن انداخت و آن را با قاشق نقره کوچکی هم زد. بعد با ناخشنودی نگاهی به شوکت کرد و گفت: «اقتصاد ایران از تحریم ها بشدت صدمه دیده. کارگران به خاطر آن که دستمزدشان به موقع پرداخت نمی شه در خیابان ها تظاهرات می کنند. تورم بیداد می کنه. ارزش پول ایران هر روز کمتر و اقتصادش ضعیف تر میشه. جمهوری اسلامی نمی تونه مثل گذشته پول خرج کنه. دولت ایران می تونه ماهی پنج هزار دلار به جورج بده و یک میلیون دلار هم بعد از آن که بمب ساخته شد به او بپردازه. شما هم بهتره برای نشان دادن دوستیت با ایران پولی بابت استخدام جورج مطالبه نکنی.»

راز نیمه شب آخوندها

شوکت گفت:«ما از مشکلات مالی ایران خبر داریم اما باید با جورج عادلانه رفتار کنیم. پیش از گفتگو با جورج، با دانشمندان هسته ای متعددی صحبت کردم اما هیچکدام حاضر به رفتن به ایران نشدند. ترور دانشمندان هسته ای در خیابان های تهران اونا رو ترسانده. می گفتند ایران نمی تونه از جان دانشمندان هسته ایش محافظت کنه. اما جورج قبول کرده که تن به خطر بده و به ایران بره.»

سخنان شوکت تأثیری بر همشهری نکرد: «ما نمی تونیم از سرنوشتی که خداوند برای ما مقرر کرده فرار کنیم. خداوند تبارک و تعالی زمان و مکان مرگ ماٰ رو تعیین می کنه و کسی نمی تونه اون رو تغییر بده. مقدّر بود که دانشمندان هسته ای ما به دست رژیم صهیونیستی و استکبار جهانی شهید بشند اما اٰونها حالا در بهشت زندگی می کنند.»

وی کتابی را که کنار دستش قرار داشت برداشت و آن را گشود و جمله ای خواند و گفت: «همان طور که ملاحظه می کنید، قران میگه کسانی که در راه خدا کشته میشن نمی میرند. این ترورها ما رو از تلاش برای ریشه کن کردن استکبار باز نخواهند داشت. جمهوری اسلامی به مبارزه علیه آمریکا و فرزند نامشروعش، اسرائیل، ادامه خواهد داد.»

بعد کتاب را بست و روی زمین گذاشت و ادامه داد: «مسلمانهای ایران آرزو دارند که در راه اسلام شهید بشند. در طول جنگ تحمیلی با عراق، هزاران کودک ایرانی روی میدان های مین گذاری شده عراقی دویدند تا راه رو برای نیروهای ایرانی باز کنند. هزاران نفر از نیروهای ایرانی در حمله امواج انسانی به نیروهای عراقی شهید شدند. ما از مرگ نمی ترسیم. ما به حمایت از جنبش های شیعی در لبنان، سوریه، یمن و عراق ادامه میدیم و به این کار افتخار می کنیم. موشک های نقطه زن ایران به زودی انتقام مرگ دانشمندان هسته ای شهید ما رو از صهیونیست ها خواهند گرفت.»

من و شوکت سکوت کردیم و به خوردن چای ادامه دادیم.

سرانجام شوکت سکوت را شکست: «حاج آقا! اگر پیشنهاد ما رو بپذیرید به شما دو درصد کارمزد می دیم.»

آیت الله چایش را تمام کرد و گفت: «تهران می تونه حد اکثر ده هزار دلار به جورج پیش پرداخت کنه. ده هزار دلار هم در پایان هر ماه و ده میلیون دلار هم وقتی که بمب ساخته شد به او میده. به شما هم ده هزار دلار حالا و دویست هزار دلار وقتی که بمب ساخته شد می پردازیم. کارمزد من هم سی درصده.»

من و شوکت به یکدیگر نگاه کردیم و حرفی نزدیم. همشهری که متوجه نارضایتی ما شده بود کارمزدش را به ۲۵ درصد کاهش داد.

شوکت لبخندی زد و با لحن چاپلوسانه ای گفت: «حاج آقا! من و شما مثل برادریم. مطمئنم که با ما عادلانه رفتار می کنید. امیدوارم که به کارمزد ۱۰ درصدی رضایت بدین.»

همشهری گفت: «خدا شاهده اگر تصمیم با من بود کارمزد نمی گرفتم. اما من کاره ای نیستم. تصمیم گیرنده ها در تهران هستند و به کمتر از ۲۵ درصد رضایت نمیدن.»

شوکت نظر من را پرسید. گفتم: «مبلغ قرارداد کم و کارمزد زیاده اما اگر حضرت آیت الله همشهری با قراری که شما با من گذاشتی موافقت کنه پیشنهاد ایشون رو می پذیرم.»

همشهری عینکش را برداشت و با کنجکاوی پرسید: «چه قراری با هم گذاشتید؟»

شوکت به من و بعد به او نگاه کرد و گفت: «جورج، از ترس جان، نمی خواست پیشنهاد کار در ایران رو بپذیره اما من بهش قول دادم که اگر پیشنهادم رو بپذیره می تونه به زن های زیبای شما دسترسی داشته باشه. حالا می خواد مطمئن بشه که قراری که با او گذاشتم مورد تأیید شماست.»

شوکت با لبخندی بزرگ گفت: «مسئله ای نیست. هر تعداد زن که بخواد در اختیارش می گذارم. اگر جورج مشکل هسته ای من رو حل کنه من هم مشکل جنسی اش رو حل می کنم. »

قاه قاه خندیدیم.

از همشهری پرسیدم چطور باید به ایران بروم.

راز نیمه شب آخوندها

گفت: «نیروهای امنیتی پاکستان در تمام فرودگاهها حضور دارند و اگر بفهمند که دانشمند هسته ای هستی بهت مشکوک میشن. شما باید با اتومبیل به ایران بری. بعد از این که تهران پیشنهاد ما رو پذیرفت در این باره صحبت می کنیم.»

حالا همه ی ما خوشحالتر بودیم. از همشهری در باره صیغه پرسیدم. گفت:

«دوست عزیز کانادائی من، اسلام به قداست ازدواج ارج میگذاره و در نتیجه به مردان متأهل اجازه نمیده که با زنی غیر از همسرانشون رابطه جنسی داشته باشند. در عین حال، تشیع مذهبی واقع بین است و نیاز مردان به سکس رو درک می کنه و به مردان اجازه میده که چهار همسر دائم و تعداد نامحدودی همسر موقت داشته باشند. صیغه ازدواجیست موقت که مدت آن می تونه چند دقیقه تا چند سال باشه. البته زن، بعد از پایان یافتن مدت صیغه، باید برای مدت معینی از نزدیکی با مردهای دیگه اجتناب کنه.»

پرسیدم: «آیا ازدواج موقت تشریفات خاصی داره؟»

«طرفین فقط باید در مورد مدت ازدواج و مبلغ مهریه توافق کنند.»

«کی می تونم با این زنها ملاقات کنم.»

«امشب.»

«چقدر باید به اونا پول بدم؟»

«هیچّ. شما مهمان عالیقدر من هستی. من هزینه اش رو می پردازم.»

روحیه ام بهتر شده بود. قلبم بشدت میزد. لبخند بزرگی بر لبانم نقش بسته و صورتم گل انداخته بود. با همشهری و شوکت شوخی می کردم و قاه قاه می خندیدم. نمی توانستم یک جا آرام بگیرم یا از در اتاق صیغه چشم بردارم. اگر شانس می آوردم ممکن بود که به زودی پرستو را ملاقات کنم.

فصل ۵

هنگامی که زنگِ ساعت دیواری نیمه شب را اعلام کرد آیت الله همشهری من و شوکت را به سالن وسیع نیمه تاریکی که در آن فقط یک لامپ کوچک قرمز روشن بود برد. سالن با یک قالی بزرگ قشقایی فرش شده بود. پروژکتوری در سقف نصب شده و پرده بزرگ سفیدی، برای نمایش فیلم، یکی از دیوارها را پوشانده بود. چند ردیف مبل چرمی در برابر این دیوار قرار داشت. در گوشه دیگر سالن چند مبل بزرگ در برابر یکدیگر گذاشته شده بود.

همشهری از ما دعوت کرد که روی مبل بنشینیم. بعد به خدمتکار میانسالی که کنار راهرو تاریکی ایستاده بود دستور داد که زن ها را احضار کند. چند لحظه بعد، پنج زن جوان که فقط شورت قرمز به تن داشتند از راهرو بیرون آمدند و کنار یکدیگر صف کشیدند.

شوکت از جا برخاست و همچون فرمانده ای که از افرادش سان می بیند از برابر و پشت سر دخترها گذشت. بعد در برابر زن بلند بالایی که موهای قهوه ای بلندش بر شانه های پهن و پستان های مخروطی شکلش ریخته بود ایستاد و به همشهری نگاه کرد. همشهری سرش را به علامت تأیید تکان داد. شوکت به زن اشاره کرد. زن با چشمانی وحشتزده از صف بیرون آمد و به دنبال شوکت در راهرو تاریک ناپدید شد.

همشهری به من اشاره کرد که یکی از زنها را انتخاب کنم.

گفتم: «متشکرم. اما اگر اشکالی نداره می خوام اول با اونا کمی حرف بزنم.»

راز نیمه شب آخوندها

همشهری به دخترها اشاره کرد و آنها روی مبل ها نشستند. بعد، پروژکتور را با ریموت کنترل روشن کرد و گفت: «ژنرال شوکت از پورن های خشونت آمیزی که درشون زنها را به زور می کنند خوشش میاد. شما چی دوست داری؟»

گفتم: «هر چی شما دوست داری من هم دوست دارم.»

گفت: «یک فیلم سِکسی برات می گذارم که تا صبح کیرت رو شق نگه بداره.»

به دستور او خدمتکار لیوانهای بلور را از شراب پر کرد و روی گل میزهایی که جلو ما گذاشته شده بود قرار داد. همشهری گفت: «این شراب رو در اینجا از بهترین انگورهای شیراز درست کردیم.» بعد لیوانش را بالا برد و گفت: «به سلامتی مقام معظم رهبری حضرت امام خامنه ای و امام زمان.»

لیوانهایمان را به هم زدیم و شراب را نوشیدیم. قبلاً دیده بودم که آخوندها به سلامت یکدیگر شراب بنوشند اما هرگز ندیده بودم که به سلامت امام زمان بنوشند.

شیعه های دوازده امامی معتقدند که خداوند دوازده نفر از فرزندان و نوادگان ذکور فاطمه، دختر حضرت محمد، را با عنوان امام مأمور رهبری مسلمانان کرده است. به باور آنها، امام دوازدهم، که او را مهدی یا امام زمان هم می نامند، در قرن سوم هجری، در سن ۹ سالگی، غایب شد و زمانی که دنیا پر از هرج و مرج شود ظهور خواهد کرد و، با جنگ و کشتار، پرچم اسلام را در سراسر جهان به اهتزاز در خواهد آورد.

دخترها پاهایشان را روی هم انداخته و با پشت صاف، دست به سینه، نشسته بودند. رنگشان پریده بود و به نظر نمی رسید که بیش از شانزده سال سن داشته باشند. چند بار سعی کردم که سر صحبت را با آنها باز کنم اما علاقه ای به این کار نشان ندادند. شاید می ترسیدند که با من حرف بزنند. جعبه سیگارم را باز کردم و به آنها تعارف کردم و سیگارشان را با فندک روشن کردم. دانشمندان سیا دی ان ای پرستو را به ته سیگارها افزوده بودند

تا اگر پرستو به آنها پُک بزند رنگشان سبز شود. دخترها سیگارهایشان را کشیدند اما ته سیگارها سبز نشدند.

همشهری به پیشخدمت گفت که موسیقی بگذارد و به دخترها گفت که برقصند. بعد از رقص، پیشخدمت یک منقل پر از آتش، یک وافور و چند حبه تریاک روی زمین گذاشت. همشهری کمی تریاک در حُقّه وافور گذاشت، با اَنبُر زغال سرخ شده را به تریاک چسباند و شروع به کشیدن کرد. بعد وافور را به من و دخترها داد.

ناگهان ناله ای شنیدم که به تدریج بلند تر می شد. زنی گریه کنان التماس می کرد که او را نزنند. از دخترها پرسیدم که این صدا چیست. جوابی ندادند. همشهری گفت: «چیز مهمی نیست. شوکت زنش را فلک کرده. الان تمام میشه.» بعد رو به پیشخدمت کرد و گفت: «سکینه خانم! صدای موسیقی را بلند تر کن.»

پرسیدم: «چرا شوکت زنش رو می زنه؟»

همشهری جرعه ای شراب نوشید و آروغ بلندی زد و گفت: «برای این که سادیسم داره. اگر نزنه آبِش نمیاد.»

«می تونم برم ببینم چه کار می کنه؟»

«بفرمائید.»

به انتهای راهرو تاریک رفتم و وارد اتاق بزرگی شدم. زن جوان را، برهنه، به پشت روی زمین خوابانده و پاهایش را از بالای قوزک به چوب گُلُفتی بسته بودند. دو زن محجبه درشت اندام دو طرف چوب را گرفته و آن را بالا برده بودند. جواد با ترکه نازکی زن را میزد. کف پاهای زن سرخ شده و چهره اش از درد در هم رفته بود. شوکت، برهنه، روی مبلی نشسته بود و به زن نگاه می کرد و جلق میزد.

هرقدر که ناله های شوکت بلند تر می شد جواد هم شدیدتر میزد و فریادها و تقلاهای زن هم برای بیرون کشیدن پاهایش از فلک شدید تر می شد. سرانجام شوکت بیحال در میل آرام گرفت. زنهای محجبه که گویی این کار را بارها انجام داده بودند و می دانستند که چه باید بکنند به سرعت پاهای

<h1 style="text-align:center">راز نیمه شب آخوندها</h1>

زن را از فلک باز کردند، پمادی بر کف پاها مالیدند، چند چسب زخم بر آنها گذاشتند و از اتاق خارج شدند.

دستم را زیر کمر و رانهای زن گذاشتم و او را آرام بلند کردم و روی تختی که در گوشه اتاق قرار داشت گذاشتم. بعد در کنارش نشستم و سیگاری روشن کردم و میان لبهایش قرار دادم. رنگ ته سیگار سبز شد. بی اختیار، همچون زریابی که ناگهان به گنج بزرگی رسیده باشد، فریاد زدم: «پیداش کردم.»

پتویی روی زن انداختم و منتظر شدم تا شوکت لباسش را بپوشد. بعد در گوش شوکت گفتم: «این زن من رو حشری می کنه. می خوام کمک کنی که او رو به تهران ببرم. میتونی این کار رو بکنی؟»

شوکت سرش را به علامت موافقت تکان داد.

من و شوکت به اتاق همشهری برگشتیم و مشغول کشیدن تریاک شدیم. چند دقیقه بعد جواد وارد شد و کاغذی به همشهری داد. همشهری با خوشحالی گفت: «تهران پیشنهاد ما رو پذیرفته. جورج باید بی درنگ به ایران بره.»

با خوشحالی گفتم: «عالی شد. اما من باید وسایل شخصی و جعبه ابزارم رو از هتل بردارم.»

«مانعی نداره. جواد شما رو میبره به هتل تا وسایلت رو برداری.»

گفتم: «حاج آقا! می خوام از شما یک خواهشی بکنم.»

با خوشرویی گفت: «بفرمائید. هر کاری که بتونم برای شما انجام میدم.»

«می خوام زنی رو که با شوکت بود صیغه کنم و به ایران ببرم.»

چهره همشهری در هم رفت و گفت: «لزومی نداره که او رو به ایران ببری. ایران پر از زنهای صیغه ای است. ترتیبی میدم که وقتی به اونجا رسیدی با چند نفر از اونها ملاقات کنی.»

٤٧

«از لطف شما متشکرم. البته خیلی دلم می خواد که با این زنها آشنا بشم. اما چون وظایف سنگینی دارم ممکنه نتونم زود با اونها ملاقات کنم. پس بهتره این زن رو با خودم ببرم که تنها نباشم.»

شوکت از من حمایت کرد. «حاج آقا! جورج داره زندگیش رو به خاطر جمهوری اسلامی به خطر میندازه. انجام تقاضای او برای شما هزینه ای نداره. اگر به این خواهش کوچکش جواب رد بدید رابطه تون با او خراب میشه.»

همشهری با اکراه و ناراحتی پذیرفت و به پیشخدمت گفت: «سکینه خانم! به نیکا بگو باید با جورج به ایران بره.»

بعد به من گفت: «جواد شما رو می بره به هتل تا وسایلت رو برداری. بعد شما رو به مرز ایران میبره و به مأموران امنیتی ایران تحویل میده. صلاح نیست که به شکل قانونی وارد ایران بشی چون مأموران پاکستانی ممکنه به هویتت پی ببرند.»

پرسیدم: «اگر برای جواد حادثه ای رخ داد چکار کنم؟»

آثار سوءظن در چهره اش پدیدار شد: «چه اتفاقی ممکنه برای جواد بیفته؟ منظورت چیه؟»

«فرض کنیم که خدای ناکرده جواد در تصاف اتومبیل مجروح بشه یا دچار مارگزیدگی بشه و نتونه من رو به مرز ببره. آن وقت، من باید بدونم کجا برم.»

همشهری فکری کرد و گفت: «حق با شماست.» بعد روی نقشه محل ملاقات با مأموران ایرانی را به من نشان داد.

جواد وانت بزرگی را که دو ردیف صندلی داشت به سرعت آماده کرد. همشهری مقداری برگ خشک شده معطر در آتشدانی که از زنجیری آویزان بود ریخت و آتشدان را دور سر من چرخاند. بعد قرآنی برداشت و کنار در اتاق ایستاد. من قرآن را بوسیدم و از زیر آن رد شدم و در وانت نشستم. نیکا و شوکت هم سوار شدند. چند لحظه بعد وانت به سوی هتل به راه افتاد.

راز نیمه شب آخوندها

به هتل که رسیدیم از شوکت تشکر کردم: «ژنرال! متشکرم که نقشت رو خوب بازی کردی. میدونم که میخوای بری خونه اما به نفعته که اینجا بمونی تا من برگردم تا اگر اتفاق بدی برای من افتاد کسی تقصیر رو به گردن تو ننداره.»

به نیکا گفتم: «داریم میریم ایران. نگران نباش. اَزت به خوبی مراقبت می کنم. بعداً همه چیز رو برات توضیح میدم.»

جعبه ابزار را پشت وانت گذاشتم و کیف چرمی را که حاوی ابزار جاسوسی بود زیر صندلی وانت قرار دادم. به دفتر فرنک تلفن زدم و برایش پیام گذاشتم که به ایران میروم. بعد سوار شدم و کنار جواد نشستم. نیکا کنار من نشست.

خورشید تازه طلوع کرده بود که وانت غرش کنان از پارکینگ هتل بیرون آمد و به سوی ایران به راه افتاد.

پرسیدم: «جواد آقا، چقدر طول می کشه به مرز برسیم؟»

«بستگی به هوا و ترافیک داره. دوازده ساعت تا گُویته و دوازده ساعت از کویته تا مرز ایران.»

«شب رو در کویته میمونیم؟»

«نه، نمی مونیم. همشهری گفته شما رو هر چه زودتر به مرز برسونم. شما میتونید وقتی من رانندگی می کنم در ماشین بخوابید.»

«از کویته کجا میریم؟»

«۳۰۰ کیلومتر میریم تا برسیم به تَفتان. بعد از جاده خارج میشیم و از راه صحرا میریم به طرف مرز.»

نمی دانستم که نیکا به چه فکر می کرد. بی تردید نشستن کنار شکنجه گرش، یعنی جواد، و من که اصلاً نمی شناخت برایش سخت رنج آور بود. از او پرسیدم به چیزی احتیاج دارد. نگاه بیروحی به من انداخت و با تکان سر جواب منفی داد. لازم بود که هر چه زودتر با این زن مرموز صحبت می کردم تا بفهمم که کیست و چگونه از وجود بمب اتم مطلع شده است. این کار را باید در پاکستان انجام می دادم چون در ایران مسلماً تحت نظر قرار

می گرفتم و تمام گفتگوها و حرکاتم ضبط می شدند. اما تا وقتی که جواد با ما بود نمی توانستم آزادانه با نیکا صحبت کنم.

از جواد پرسیدم: «صحرا آمنه؟»

«پر از عقرب و ماره اما من سِرُم ضد زهر دارم. ممکنه با توفان شن هم رو به رو بشیم.»

مار و عقرب من را نگران می کردند اما نگرانی اصلی من جنگجویان مسلحی بودند که کارشان بمب گذاری، قاچاق مواد مخدر، آدم ربائی، گروگان گیری و راهزنی بود.

پرسیدم: «راه امن تری وجود نداره؟»

«نگران نباش! من بارها از این صحرا گذشتم و اون رو مثل کف دستم میشناسم.»

«راهزن ها چطور؟ اونها چقدر خطرناکند؟»

«در صحرا راهزن زیاده اما من رابطه خوبی با خیلیاشون دارم. ایران به برخی از راهزن ها پول میده و اجازه میده که اگر لازم شد به ایران فرار کنند. خیلیاشون مرتباً برای سکس به ایران میرن.»

با تعجب پرسیدم: «برای سکس؟ مگر فحشا در ایران غیرقانونی نیست؟»

«البته که غیرقانونیه اما این افراد برای فحشا به ایران نمیرن، برای ازدواج موقت میرن.»

از گوشه چشم به نیکا نگاه کردم اما صورتش بی حالت بود انگار که صدای ما را نمی شنید.

گفتم: «پس نباید نگران حمله از سوی این راهزنان باشیم؟»

«درسته، اما باید هوشیار باشیم چون اینها به سادگی رنگ عوض می کنند و از دوست به دشمن تبدیل میشند. چند بار نزدیک بود من رو بِکُشَند.»

گفتم: «تو خیلی خایه داری که مرتب از این صحرای خطرناک عبور می کنی؟»

راز نیمه شب آخوندها

سینه اش را جلو داد و گفت: «خطرات این صحرا در مقایسه با خطرات سوریه هیچ است.»

با تعجبی ساختگی گفتم: «عجب! مگر در سوریه هم بودی؟ سوریه که کشتارگاهه. اونجا چه کار داشتی؟»

«مدافع حرم بودم. رفته بودم که در راه اسلام شهید بشم اما لیاقت شهادت رو نداشتم.»

گفتم: «جواد آقا! من درباره جنگ داخلی سوریه خیلی حرفها شنیدم اما هنوز نمیدونم که ایران در سوریه چه کار می کنه؟»

با لحن غرور آمیزی گفت: «به یاری خدا، جمهوری اسلامی در سوریه کارهای بزرگی کرده. ایران به طرفداران بشار اسد کمک کرده و در سراسر سوریه پایگاه های نظامی مجهزی درست کرده که امیدوارم روزی از اونها علیه رژیم اشغالگر قدس استفاه کنه. ما مسجد و زیارتگاه های بسیاری در سوریه ساختیم. من مسئول تدارکات بودم و ضریح های زرین و چلچراغ های نقره و دیگر چیزهای قیمتی رو به سوریه می بردم.»

با لحن تحسین آمیزی گفتم: «مرد دنیا دیده ای هستی. با خطرات بسیاری دست و پنجه نرم کردی و حوادث بسیاری رو پشت سر گذاشتی. خدا رو شکر که هنوز زنده ای.»

با حسرت گفت: «ایکاش شهید شده بودم. به هر حال، به هرچه خدا اراده کند راضی 'م.»

دیگر حرفی برای گفتن نداشتیم و ساکت شدیم. تا پایان روز جز صدای موتور وانت، غرش باد، و صدای خودروهایی که از کنارمان می گذشتند صدای دیگری نشنیدم. نیکا حتی یک کلمه هم حرف نزد. هوا داشت تاریک میشد که به کُویته: مرکز بلوچستان پاکستان، رسیدیم و در رستورانی شام خوردیم. جواد می خواست به سفر ادامه دهد اما من او را از این کار منصرف کردم: «جواد آقا! شما دیشب نخوابیدی. امروز هم تماماً رانندگی می کردی. خسته ای. آیت الله همشهری نمی خواد که ما در جاده تصادف کنیم و بمیریم. امشب رو استراحت کن. فردا صبح زود راه می افتیم.»

۵۱

به هتل سِرینا رفتیم. جواد برای استراحت به اتاقش رفت. من و نیکا،
در گوشه خلوتی، کنار استخر بزرگ هتل نشستیم و شراب سفارش دادیم.

فصل ۶

پس از آن که پیشخدمت شراب آورد به چشمان قهوه ای نیکا خیره شدم و گفتم: «اسم شما نیکاست. درسته؟»

«بله، اسم شما چیه؟»

«جورج مورگِن.»

«من چه نسبتی با شما دارم؟»

«شما همسر موقت من هستید.»

پوزخندی زد و گفت: «همسر شما؟ اما هیچ کسی از من نپرسید که می خوام صیغه شما باشم؟»

با لحن پوزش خواهانه ای گفتم: «فکر کردم آیت الله همشهری رضایت شما را گرفته بود. اما اگر دوست نداری صیغه من باشی، نباش.»

بی درنگ گفت: «از حرفم نرنجید. من اینجا، در کنار شما، خیلی بیشتر احساس امنیت و آرامش می کنم تا در اسلام آباد در خانه آیت الله همشهری.»

لیوان شراب را بلند کردم و به لیوان او زدم و گفتم: «به سلامتی نیکا.»

شرابش را نوشید و به ستاره های درخشانی که به نظر می رسید با زمین فاصله چندانی ندارند خیره شد.

پرسیدم: «به چی فکر می کنی؟»

«به نخستین باری که شراب نوشیدم.»

«حتماً خاطره خوبی ازش داری.»

خشمی شدید در چشمان زیبایش پدیدار شد و گفت: «تجربه نفرت انگیزی بود. آخوندهای حاکم بر ایران نوشیدن شراب رو ممنوع کردن و متخلفان رو بشدت مجازات می کنند. با اینهمه، یک آخوند نخستین جام شراب رو به من داد و من رو مجبور کرد که بنوشم. این کار بخشی از مراسمی بود که سالهاست چون کابوسی هولناک دست از سَرم بر نمیداره.»

«خیلی متاسفم. چی شد؟»

سرش را تکان داد و گفت: «صحبت کردن در باره اش آزارم میده.»

به پیشخدمت اشاره کرد تا لیوانش را پر کند. جرعه ای نوشید و گفت: «خُب. از خودت بگو. اهل کجائی؟»

«کانادا.»

«فارسی رو که خیلی خوب صحبت می کنی.»

«مادرم ایرانیه.»

از کیف پولم عکسی را از مادرم در سفر اخیرش به اسلام آباد گرفته بودم بیرون آوردم و به او دادم. مدتی به آن نگاه کرد و گفت: «زیباست. میری ایران که مامانت رو ببینی؟»

«نه، او در کانادا زندگی می کنه.»

«پس برای چی داری میری ایران؟»

«می خوام ایران رو ببینم و در اونجا کار کنم.»

«چه جور کاری؟»

«کارهای مهندسی.»

«چرا با هواپیما نرفتی؟ پرواز با هواپیما هم سریع تره، هم امن تر.»

«می خواستم صحرا رو ببینم. آخه من کمی ماجراجو هستم.»

سرش را به علامت تأیید تکان داد: «حتماً ماجراجو هستی. وگرنه امشب اینجا نبودی.»

راز نیمه شب آخوندها

بی اختیار به یاد مادرم افتادم که یکی از دلایلش برای تشویق من برای پیوستن به سیا این بود که من را بی باک، کنجکاو و ماجراجو می پنداشت.

نیکا گفت: «می تونم بپرسم چطور با همشهری آشنا شدی؟»

«از طریق یک دوست مشترک.»

«منظورت ژنرال پاکستانیه؟»

«بله.»

«متاسفم که با این ژنرال دوست هستی.»

لیوانم را روی میز گذاشتم و با تعجبی ساختگی پرسیدم: «چرا؟ مگر دوستی با او چه عیبی داره؟»

با عصبانیت گفت: «خیلی عیب داره. این ژنرال متجاوز جنسیه. سادیسم داره. تا چشمش به یک زن خوشگل می افته می خواد او را به زور بکنه. دوستهاش هم دست کمی از او ندارند. اما به نظرم تو آدم خوبی هستی. فکر نمی کنم با او دوست باشی. به نظرم رابطه ات با او صرفاً یک رابطه کاریه.»

نیکا زن تیزبینی بود. باید جلو او مواظب حرفها و رفتارم می بودم.

پرسید: «چرا تو رو به همشهری معرفی کرد؟»

«داری از من بازجوئی می کنی؟»

«بهیچ وجه. فقط می خوام شوهر موقتم رو بهتر بشناسم. اشکالی داره؟»

«نه، اشکالی نداره. ژنرال من رو به همشهری معرفی کرد چون می خواست که در ایران از حمایت یک آیت الله پرنفوذ خوش قلب برخوردار باشم.»

با ناباوری به من نگاه کرد و گفت: «من این ژنرال پاکستانی و آیت الله همشهری رو مدت هاست می شناسم و حتی یک بار هم ندیدم که به دلیل خوش قلبی به کسی کمک کرده باشند. روابط اونها با دیگران صرفاً بر اساس بده و بستونه. هیچ کاری رو مفتی انجام نمیدن. در برابر هر کاری

که برای کسی انجام میدن انتظار دارند که او هم کاری براشون انجام بده. البته قبول دارم که آشنایی با همشهری بدون پاداش نیست. مثلاً پاداش شما این بود که به اتاق صیغه دعوت شدی.»

نیکا آیت الله همشهری و شوکت را بهتر از آن می شناخت که تحت تأثیر حرف های من قرار بگیرد. با اینهمه، به دفاع از همشهری ادامه دادم تا از او بیشتر حرف بکِشم.

گفتم: «فکر می کنم همشهری از روی مهمان نوازی من رو با زنهاش آشنا کرد. ایرانیها می گن مهمان حبیب خداست.»

نیکا دستش را روی دستم گذاشت، در چشمانم خیره شد و گفت: «شوهر موقت عزیزم! بهتره برای توجیه رابطه ات با همشهری و ژنرال پاکستانی داستان قانع کننده تری پیدا کنی چون داستان فعلیت باورنکردنیه.»

با تعجب پرسیدم: «به چه دلیل؟»

«به این دلیل که اورجی های همشهری مهمانی های محرمانه ای هستند که تنها مردانی که برای او کارهای غیرقانونی یا غیر اخلاقی انجام میدن به اونها دعوت میشن. همشهری از روی خوش قلبی یا مهمان نوازی کسی رو به اتاق صیغه دعوت نمی کنه.»

جرعه ای شراب نوشید و با لبخند تلخی گفت: «عجیب است که زن و مردی که حتی اسم یکدیگر رو نمی دونند با هم ازدواج کنند. با اینهمه، این حادثه ای است که در چهار سال گذشته به کرّات برای من رخ داده. اکثر مردهایی که برای چند دقیقه به اصطلاح شوهر موقت من بودند یا اصلاً اسم من رو نمی پرسیدند یا تنها بعد از این که کارشون با من تمام میشد به فکر اسم من می افتادند.»

حرفی نزدم. مشروبش را تمام کرد و پرسید: «راستی مدت نکاح ما چقدره؟»

«سه ماه. اما اگر بخوای می تونیم این مدت رو تمدید کنیم.»

زهرخندی زد و گفت: «خواست من اهمیتی نداره. همشهری تصمیم میگیره که چه کسی و برای چه مدت به من دسترسی داشته باشه. من باید

راز نیمه شب آخوندها

پاهام رو برای هر کسی که او میگه باز کنم. راستی چرا از میان آنهمه دخترهای قشنگ من رو انتخاب کردی؟»

«وقتی رفتار ژنرال شوکت را با تو دیدم دلم برات سوخت.»

«پس اسم ژنرال پاکستانی شوکته؟»

«اسمش رو نمی دونستی؟»

«نه. ارتباطات من با این مرد در همان حدی بود که دیشب دیدی. می دونستم که ژنراله برای این که همشهری و جواد بهش می گفتند ژنرال.»

حالا می فهمیدم که چرا نیکا در نامه اش به سفارت آمریکا به جای این که از شوکت نام ببرد از خال روی باسن برای معرفی او استفاده کرده بود.

نیکا یک گیلاس مشروب سفارش داد و گفت: «پس از روی ترحم من رو انتخاب کردی. برای این که دلت به حال من سوخت؟»

«فقط از روی ترحم نبود ولی فعلاً بیشتر از این نمی تونم در این باره صحبت کنم. راستی ژنرال شوکت همیشه با زنها این طور رفتار می کنه؟»

«ژنرال شوکت یک پیرمرد حشری کثیفه. سادیسم داره. وقتی پاش رو توی به اصطلاح اتاق صیغه می گذاره زنها از شدت ترس به خودشون می لرزند. البته ما زنها به اتاق صیغه می گیم شکنجه گاه. شوکت نمی تونه با زنها رابطه عادی داشته باشه. به قدری ازش متنفرم که دلم می خواد با دستهام او رو بکُشم. فکر همبستر شدن با او حالم رو به هم میزنه. همشهری و خیلی از دوستاش هم مثل شوکت هستند. اونها فانتزی های سکسی شون رو روی زنها پیاده می کنند بدون این که به تأثیر کارشون بر زنها اهمیتی بدن. دیشب شانس آوردم که شوکت خونه همشهری رو زود ترک کرد. اگر مانده بود، بیشتر من رو شکنجه می کرد.»

با کنجکاوی پرسیدم: «چرا زنها این رفتار رو تحمل می کنند؟ چرا خونه همشهری رو ترک نمی کنند؟»

«چون این کار خطرناکه اما نمی خوام در این باره صحبت کنم.»

مشروبش را تمام کرد و با دست جلو خمیازه اش را گرفت و گفت: «خَسَتَمه. می تونیم برگردیم به اتاقمون؟»

۵۷

گفتم: «حتماً»

هنگامی که از بار خارج می شدیم دستم را دور کمرش حلقه کردم. با پوزخند پرسید: «داری زنت رو می بری حجله که بکنیش؟»

گفتم: «عشقبازی با تو موجب افتخاره اما با توجه به ناراحتی هایی که متحمل شدی، به ویژه بعد از اتفاقی که دیشب برات افتاد، بهتره این کار رو زمانی که از لحاظ روحی و جسمی آماده بودی انجام بدیم.»

لبخند بزرگی زد و گفت: «این اولین باره که مردی احساسات من رو در نظر می گیره. تو واقعاً با مردهای دیگه تفاوت داری.»

از هم جدا خوابیدیم.

فصل ۷

صبح ساعت ۶ راه افتادیم. اندکی پیش از ظهر وارد جاده خاکی ناهمواری شدیم که پر از چاله و قلوه سنگ و بوته های خاردار بود. جواد تند میراند و مرتب ویراژ می داد تا چرخ های ماشین در سوراخها نیفتند. چند بار به دلیل طوفان شن چند دقیقه ای توقف کردیم. پس از حدود دو ساعت رانندگی به معبر باریکی رسیدیم که از میان دوصخره بلند می گذشت. جواد گفت با مرز ایران ۲۰ کیلومتر فاصله داریم.

چند سنگ بزرگ کف جاده افتاده و راه را مسدود کرده بودند. پیاده شدیم تا سنگ ها را به گوشه ای هل بدهیم و راه را باز کنیم. ناگهان مرد نقابداری از پشت صخره ای برخاست و در حالی که مسلسلش را به سمت ما نشانه رفته بود فریاد زد: «دستها بالا! بیحرکت!»

همانطور که دستهایم را بالا می بردم نگاهی به اطراف انداختم. چهار مرد مسلح بالای صخره ها ایستاده و مسلسل هایشان را به سمت ما نشانه رفته بودند. آنها، به سبک پاکستانی ها، تنبان و پیراهن سفید آستین بلند که تا زانو می رسید به تن داشتند. سه چادر میان دو تپه دیده می شد. مرد ریشوی بلند بالایی جلو چادر میانی، که از همه ی چادرها بزرگتر بود، ایستاده بود و به ما نگاه می کرد.

وقتی مرد مسلح نزدیکتر آمد جواد گفت: «ایجاز توئی؟»

«بله. سلام علیکم.»

«سلام علیکم.»

اجاز به ما گفت که دستهایمان را پایین بیاوریم و سپس به سوی مردانی که روی صخره ها ایستاده بودند دست تکان داد. مردان سلاح هایشان را پایین آوردند و شتابان از صخره ها پایین آمدند. آنها با جواد سلام و احوالپرسی کردند و با نگاه های شهوت آلود به نیکا زل زدند. یکی از آنها، به زبان پشتو، زیر لب، به دیگران گفت: «جواد این دفعه برامون زن قد بلند آورده.»

احساس خطر کردم. پیچ گوشتی قرمز کوچکی را که پال هاربینگر، تکنسین سیا، به من داده بود از داخل کیفی که از شانه ام آویزان بود بیرون آوردم. این پیچ گوشتی وسیله شنود و دیدن از راه دور بود. در داخل دسته پیچ گوشتی تعدادی میکروفن کروی شکل، به قطر یک میلیمتر، که با چشم غیرمسلح به زحمت دیده می شدند، جاسازی شده بود. میکروفن ها با فشردن ماشه ی روی دسته ی پیچ گوشتی رها می شدند و بر زمین می افتادند و با حرکت دادن نوک پیچ گوشتی به سمت هدف هدایت می شدند. من صداهای مخابره شده توسط میکروفن را از طریق سمعک ریزی که در گوشم گذاشته بودم می شنیدم و تصاویر ارسالی را در مانیتور کوچکی که در ته پیچ گوشتی کار گذاشته شده بود می دیدم. بُرد هر میکروفن ۱۰۰۰ متر بود.

میکروفونی به سوی جواد و ایجاز که به سمت چادر میانی در حرکت بودند رها کردم. میکرفن روی زمین خزید و همراه آنها وارد چادر شد. مرد ریشو در حال کشیدن تریاک بود.

جواد لبخند زنان گفت: «سلام عدنان جان. حالت چطوره؟»

عدنان برخاست و صورت جواد را بوسید و به او خوش آمد گفت. بعد فنجانی را از چای پر کرد و با یک قندان در برابر او روی زمین گذاشت و گفت: «چه عجب از این طرف ها تشریف آوردید.»

«اومدم ببینم گرد سفید داری یا نه.»

عدنان به کیسه های پلاستیکی سفیدی که در گوشه چادر روی هم انباشته شده بود اشاره کرد و گفت: «هر مقدار که بخوای دارم.»

عدنان پکی به وافور زد و آن را به جواد داد و پرسید: «برام زن آوردی؟»

از شنیدن این حرف دهانم باز ماند. پس این به اصطلاح مدافع حرم نه تنها شکنجه گر بلکه قاچاقچی مواد مخدر و انسان هم بود.

جواد گفت: «ماه دیگه میارم.»

«ولی قرار بود دَه تا زن بیاری.»

«درسته. ولی پیدا کردن زن به آسانی گذشته نیست. الان مدت هاست که زنها در تهران تظاهرات بزرگی نکردند.»

«تظاهرات زنها چه ربطی به آوردن زن برای من داره؟»

«خیلی ربط داره. در حین تظاهرات، نیروهای امنیتی زن های بسیاری رو بازداشت می کنند. آن وقت آیت الله همشهری خوشگل ترینشون رو انتخاب می کنه و به فاحشه خونه ها میفروشه. اما نگران نباش. ماه دیگه چند تا برات میارم. قول میدم.»

«زنهای سوری چطور؟ خیلی هاشون خانواده هاشون رو از دست دادند. اونا رو خیلی راحت میشه شکار کرد. می تونستی زن سوری بیاری.»

جواد وافور را به عدنان داد و گفت: «من مدت هاست در سوریه نبودم. خودت که این رو میدونی.»

«زنی که همراهته چی؟»

از این پرسش متعجب نشدم. در واقع، از وقتی که فهمیدم که عدنان جاکش است منتظر این پرسش بودم.

«او فروشی نیست.»

«چرا؟»

«برای این که زن جورجه.»

«جورج کیه؟»

«مردی که دارم میبرم ایران. دوست همشهریه.»

عدنان پکی به وافور زد و آن را دوباره به جواد داد و پرسید: «زن دائمی شه؟»

«نه، صیغه است.»

«برای چه مدت؟»

«سه ماه.»

«می تونم ببینمش؟»

چشمان جواد از تعجب گشاد شد. وافور را بر زمین گذاشت و پرسید: «برای چی؟»

«می خوام ببینم قیافش چطوره. اگر ازش خوشم اومد به همشهری می گم بعد از این که مدت صیغش تموم شد او رو به من بفروشه.»

جواد سرش را به علامت مخالفت تکان داد و گفت: «او خیلی خوشگله. همشهری او رو نمی فروشه.»

عدنان پوزخندی زد و گفت: «همشهری به خاطر پول مادرش رو هم می فروشه.»

عدنان به ایجاز دستور داد که نیکا را بیاورد.

همانطور که جواد به ما نزدیک می شد آهسته در گوش نیکا گفتم: «پرستو! ایجاز داره میاد که تو رو ببره. اگر خواستند نگه ات بدارند مقاومت نکن. نمی خوام صدمه ببینی. میام نجاتت میدم.»

با حیرت پرسید: «چی شده؟ چی داری میگی؟»

در این موقع ایجاز به ما رسید و نیکا را با خود برد. من در مانیتور کوچکم وقایع را دنبال می کردم.

عدنان پرسید: «اسمت چیه؟»

«نیکا.»

«چند سالِته؟»

«بیست سالَمه.»

«چادرت رو بردار.»

«برای چی؟»

جواد با لحن آمرانه ای گفت: «هر کاری میگه بکن.»

راز نیمه شب آخوندها

نیکا چادر را برداشت و بر زمین انداخت.

عدنان گفت: «حالا رو سریت رو بردار.»

نیکا گره روسری را زیر چانه اش باز کرد و آن را به عقب هل داد. روسری بر زمین افتاد.

عدنان گفت: «چه لبهای هوس انگیزی. اگر یک خورده بیشتر بهش نگاه کنم آبم میاد. حالا لخت شو!»

نیکا به جواد نگاه کرد اما او اعتراضی نکرد. نیکا دکمه های مانتو را باز کرد، دستهایش را از آن بیرون آورد و مانتو را بر زمین انداخت.

عدنان گفت: «مثل اینکه فارسی نمی فهمی. گفتم لخت شو. یعنی همش رو در بیار.»

نیکا به جواد نگاه کرد و جواد با تکان سر از او خواست که تمکین کند. نیکا دکمه شلوارش را گشود، زیپ شلوارش را تا زانو پائین کشید و اجازه داد که بر زمین بیفتد. بعد پاهایش را از توی شوار بیرون آورد و با شورت قرمز و زیرپیراهن رکابی سفید در برابر عدنان ایستاد.

عدنان با نگاه شهوت آلودش سر تا پای او را برانداز کرد و گفت: «این زن از تمام زنهایی که داشتم سکسی تره.»

جواد به نیکا گفت که لباسش را بپوشد.

عدنان به ایجاز دستور داد که نیکا را به چادر پهلویی ببرد و بعد به جواد گفت: جواد آقا! هر روز هزاران نفر از برادران مسلمان ما از عربستان سعودی و شیخ نشینهای خلیج فارس و دیگر کشورهای اسلامی به تایلند میرند و پول هنگفتی در فاحشه خونه های این کشور خرج می کنند. این کار درست نیست. مسلمانها نباید پولشون رو در فاحشه خانه های غیر اسلامی خرج کنند.»

عدنان جرعه ای چای نوشید و پکی به وافور زد و ادامه داد: «جواد آقا! من و تو از روزی که در سوریه علیه کفار می جنگیدیم باهم مثل برادر بودیم. ما همیشه پشت همدیگر رو داشتیم. به این دلیل فکر می کنم هر کمکی که بتونی به من می کنی.»

عدنان جعبه ای را گشود و سه دسته اسکناس بیرون آورد و در برابر جواد روی زمین گذاشت و گفت: «من این زن رو می خوام. این، سی هزار دلاره. ده هزار دلارش برای تو، بیست هزار دلارش برای همشهری. تو سالهاست که زن خرید و فروش می کنی و خوب می دونی که در این منطقه قیمت زن خیلی کمتر از پولیه که من دارم بهت میدم.»

من بی صبرانه در انتظار واکنش جواد بودم. جواد اما مردد بود. عدنان که تردید جواد را می دید کیسه بزرگی در برابر او گذاشت و گفت: «علاوه بر پول، این کیسه هروئین هم بهت میدم که می تونی اون رو در تهران بفروشی و پول هنگفتی به جیب بزنی.»

جواد با لحن پوزش خواهانه ای گفت: «خیلی دلم می خواد بهت کمک کنم اما آیت الله همشهری خیلی عصبانی میشه.»

«به همشهری بگو من نیکا رو به زور از تو گرفتم و براش بیست هزار دلار پول دادم. اگر راضی نشد می تونه با من تماس بگیره تا مسئله رو حل کنیم.»

بعد پولها و کیسه هروئین را در کیفی گذاشت و به جواد داد.

جواد مدتی فکر کرد و سرانجام گفت: «بسیار خوب. موافقم، به شرطی که در باره حق الزحمه ای که به من میدی چیزی به همشهری نگی. تو که می دونی این آخوند کون کش چقدر حریصه.»

عدنان سرش را به علامت تأیید تکان داد و گفت: «من این کفتار پیر رو خوب میشناسم. نگران نباش. هر چیزی به تو بدم بین خودمون می مونه، مثل گذشته.»

جواد گفت: «بسیار خوب. جورج رو بیار اینجا و بهش بگو که نیکا زن منه. من هم حرفت رو تأیید می کنم.»

جواد یک خائن بی همه چیز بود و با شمشیر کشیدن به روی من سرنوشت خود را رقم زده بود. به سرعت پیچ گوشتی را در کیفم گذاشتم و کیف را روی شانه ام انداختم و با ایجاز به چادر عدنان رفتم. همین که وارد شدم عدنان با چهره ای برافروخته گفت: «جناب! تو مرتکب گناه بزرگی شدی که مجازاتش در این جا مرگه. تو با زن من زنا کردی.»

با تعجبی ساختگی پرسیدم: «با زن تو؟ تو کی هستی؟ درباره چی حرف می زنی؟»

«من بنده ناچیز خداوند و امیرالمومنینِ این منطقه ام. ماه قبل، همشهری، در خونَش، نیکا رو برای یک سال برای من عقد کرد. بنابراین، عقد بعدی تو با او باطل و فاقد اعتباره.»

رو به جواد کردم و با قیافه ای متعجب پرسیدم: «این داره چی میگه؟»

جواد گفت: «متاسفانه حرفش درسته.»

«پس چرا همشهری نیکا رو برای من عقد کرد؟»

«نمیدونم. همشهری مست بود و عجله داشت که تو رو هر چه زودتر به ایران بفرسته. حتماً یادش رفته بود که نیکا رو قبلاً برای عدنان عقد کرده بود.»

از عدنان پرسیدم: «اگر نیکا زن تو بود چرا او رو با خودت نبردی؟ چرا او رو در خانه همشهری گذاشتی؟»

عدنان چیزی نگفت اما جواد گفت: «جورج! ناراحتیت رو درک می کنم. نیکا زن قشنگیه اما وقتی به تهران رسیدیم زنهای خوشگل تری برات پیدا می کنم. فعلاً بهتره این موضوع رو بین خودمون نگه بداریم. جنگجویان مسلمان این منطقه خیلی غیرتی و متعصبند. اگر بفهمند که تو با زن شوهردار خوابیدی تو و نیکا رو سنگسار می کنند.»

گفتم: «من نمی خوام نیکا آسیب ببینه اما هنوز قانع نشدم که او زن عدنانه.»

جواد از عدنان پرسید: «قران داری؟»

عدنان قرآنی به او داد.

جواد دستش را روی قرآن گذاشت و گفت: «به این کتاب مقدس و به شرافت پیامبر اسلام قسم می خورم که نیکا همسر عدنانه.»

عدنان هم به همین نحو سوگند خورد.

گفتم: «قبول کردم. نیکا کجاست؟ می خوام ازش خداحافظی کنم.»

عدنان گفت: «این کار غیر ممکنه. زن شوهردار نمی تونه با مرد غریبه صحبت کنه.»

جواد در حالی که کیف پر از پول و هروئین را در دست داشت از جا برخاست و گفت: «دیگه این جا کاری نداریم. باید هر چه زودتر از اینجا دور بشیم.»

به سرعت از چادر عدنان خارج شدیم. سوار وانت شدیم و به سوی مرز ایران حرکت کردیم.

فصل ۸

هنوز نیم کیلومتر نرفته بودیم که به جواد گفتم: «بزن کنار.»

با تعجب پرسید: «برای چی؟»

«وقتی زدی کنار می فهمی.»

وانت با صدای گوشخراشی در پای صخره ای ایستاد. از وانت پیاده شدم و آن را دور زدم. بعد، در سمت راننده را باز کردم، یقه پیراهن جواد را گرفتم و او را از ماشین بیرون کشیدم.

با حیرت پرسید: «چه کار می کنی؟»

مشت محکمی به دهانش زدم که دو دندانش را بیرون انداخت و او را با صورت و پیراهن خونین نقش بر زمین کرد. خشمی شدید در چشمانش پدیدار شد. از جا برخاست و ناسزا گویان با سر به سینه ام کوبید و با دستهایش پاهایم را به سوی خود کشید. جواد کشتی گیر ماهری بود و اگر روی تشک و بر اساس مقررات کشتی آزاد یا فرنگی کشتی می گرفتیم قطعاً بر من پیروز می شد. او می خواست پشتم را به خاک بمالد در حالی که من با مشت و لگد به نقاط حساس بدنش میزدم تا او را از پای در آورم.

همانطور که روی زمین می غلطیدیم پرسید: «چی میخوای؟»

نفس زنان گفتم: «دودوزه باز نامرد! زن من رو به اون جاکش فروختی.»

با تمسخر گفت: «به اون جنده میگی زنِ من؟»

روی سینه ام نشست و پنجه های نیرومندش را دور گردنم حلقه کرد و فشرد. دستهایش را گرفتم و کوشیدم که آنها را از گردنم دور کنم اما موفق نشدم. نفسم داشت بند می آمد. مشت محکمی به دماغش کوبیدم. خون از دماغش فواره زد و صورت و لباسش را خونین کرد اما گلویم را رها نکرد. چشمانم سیاهی می رفت. چیزی نمانده بود که بیهوش شوم که انگشتم را با تمام توان در چشمش فرو کردم. فریاد هولناکی کشید و گلویم را رها کرد و بر زمین افتاد.

عرق و خون از صورت های خاک گرفته مان سرازیر بود. این مبارزه، برای هر دوی ما، مبارزه مرگ و زندگی بود. بلند شدم و او را زیر باران لگد گرفتم. جواد پایم را گرفت و پیچ داد. تعادلم را از دست دادم و با صورت به زمین خوردم و در همان حال با پای آزادم به صورتش کوبیدم. جواد پایم را رها کرد. تلوتلوخوران بلند شدیم. مشتی به طرف سرم پرتاب کرد که جاخالی دادم. بازوانش را دور کمرم حلقه کرد و من را از زمین بلند کرد. با دندان تکه ای از گوشش را کندم. فریادی کشید و من را به عقب پرتاب کرد. روی باسَنم فرود آمدم. جواد ایستاد و به من نگاه کرد. حسابی خسته شده بود.

از جا برخاستم و او را زیر باران مشت و لگد گرفتم و با مشت محکم دست راست نقش بر زمین کردم.

فریاد زدم: «بلند شو نامرد کثیف. عدنان چند تا جنگجو داره؟ می خواد با نیکا چکار کنه؟»

به زحمت از جا برخاست و ناگهان مقداری شن که از روی زمین برداشته بود در چشمانم پاشید. تلوتلوخوران به سوی وانت رفت و کارد بزرگی از زیر صندلی راننده بیرون آورد و به من حمله کرد. دستش را پیچاندم و او را به زمین زدم و کارد را در گلویش فرو کردم. لحظه ای دست و پا زد، خرخر کرد و از حرکت بازماند. لکه خونینی روی شن ها پدید آمد و به تدریج بزرگتر شد. نبظش را گرفتم. مرده بود.

مدتی روی شنهای داغ به پشت خوابیدم تا کمی آرامش یافتم. بعد از جا برخاستم و خون و عرق را از چهره ام پاک کردم. چاقوی ضامن دارم را

راز نیمه شب آخوندها

از توی کیفی که زیر صندلی وانت گذاشته بودم بیرون آوردم و در جیب شلوارم گذاشتم. کیف را از دوشم آویزان کردم و دوان دوان به سوی اردوگاه رفتم.

به اردوگاه که رسیدم عرق از سر و صورتم می ریخت. سینه خیز از تپه ای بالا رفتم و با احتیاط به اطراف نگاه کردم. نگهبانی روی صخره ای نشسته بود و اردوگاه را زیر نظر داشت. از تپه پایین آمدم و دولا دولا و دوان دوان خودم را به پای صخره رساندم. چاقو را بازکردم و تیغه اش را لای دندانهایم گذاشتم. از شیب تند صخره بالا رفتم و پشت سر نگهبان بیرون آمدم. با دست چپ جلو دهانش را گرفتم و چاقو را در پهلویش فروکردم. مرد لحظه ای تقلا کرد و از حرکت باز ایستاد.

چاقو را با پیراهنش پاک کردم و آن را بستم و در جیب گذاشتم. کلاشنیکفش را برداشتم و آن را چک کردم. پُر بود. پیچ گوشتی سیاهی در کیفم داشتم که دسته اش صداخفه کن بود. دسته را باز کردم و به لوله مسلسل وصل کردم.

به اطراف نگاه کردم اما کسی را ندیدم. سریع و آهسته خودم را به اولین چادر رساندم و با لوله مسلسل پرده چادر را کمی عقب زدم. بوی تند تریاک به مشامم رسید. چهار مرد روی پهلو درازکشیده بودند و تریاک می کشیدند. یک ظرف تریاک، یک چراغ الکلی، و چند وافور روی زمین قرار داشت. یکی از مردان من را دید و در حالی که می نشست گفت: «ایجاز، توئی؟ بیا تریاک بکش.»

وارد چادر شدم و در حالی که به آنها شلیک می کردم گفتم: «از دعوتتون متشکرم.»

آهسته و با احتیاط از کنار چادر عدنان گذشتم و به چادر دیگر نزدیک شدم. ناگهان ایجاز از چادر بیرون آمد و با دیدن من سرجایش خشکش زد. بی درنگ ماشه را کشیدم و او را نقش بر زمین کردم. داخل چادر سه مرد مشغول کیسه کردن هروئین بودند. وارد شدم و آنها را به رگبار بستم. بعد، به سراغ چادر عدنان رفتم و از گوشه پرده ی چادر به داخل نگاه کردم.

نیکا که فقط شورت ساتن قرمزش را به پا داشت با صورت کبود وسط چادر ایستاده بود. عدنان در برابرش ایستاده بود و قمه ای در برابر صورتش تکان میداد و می گفت:

«اسم من عَدنانه، قاچاقچی ام، زن و هروئین خرید و فروش می کنم، فاحشه خونه دارم و مثل آب خوردن آدم میکشم. اسم من رو به خاطر بسپار. تا بهت اجازه ندادم حرف نمی زنی. اگر بدون اجازه دهنت رو باز کنی تو دهنی می خوری. هرگز با من مجادله نکن چون تو همیشه اشتباه می کنی و من همیشه درست میگم. من وجدان ندارم. مدتها قبل از شَرّش راحت شدم. بنابراین، روی اون حساب نکن. اینجا گزینه ای به نام نافرمانی وجود نداره. اگر موقعی که گفتم لخت شو تمکین کرده بودی کتک نمی خوردی. حالا شورتت رو بکش پائین، روی اون تشک به پشت بخواب و پاهات رو باز کن. اول من ترتیبت رو میدم، بعد افرادم تو رو می کنند، بعد هم می فرستمت یک جایی که زنها جرأت نمی کنند حتی فکر نافرمانی رو به سرشون راه بدن.»

وارد چادر شدم و در حالی که مسلسل را به سویش نشانه رفته بودم گفتم: «هَمچه گُهی نمیخوری.»

برگشت و به مسلسل خیره شد.

فریاد زدم: «تمام افرادت به درک واصل شدند. تو جهنم منتظرتند. قمه رو بنداز زمین.»

قمه را بر زمین انداخت و با چشمانی وحشتزده و پیشانی عرق کرده در برابرم زانو زد و با صدای لرزانی گفت: «آقا! من رو ببخش. تقصیر جواد بود. فریبم داد.»

پیش از آن که بتوانم چیزی بگویم نیکا قمه را برداشت و با تمام توان در سینه عدنان فرو کرد. عدنان نعره گوشخراشی کشید و روی صورت بر زمین افتاد. گلوله ای به پشتش زدم. ناله هایش قطع شد.

نیکا با چشمان اشکبار گفت: «برای نجات من اومدی؟»

«البته که برای تو اومدم. بهت گفته بودم که میام.»

راز نیمه شب آخوندها

«عدنان گفت من رو به او فروختی.»

«عدنان دروغ گفت. جواد تو رو فروخت.»

«جواد کجاست؟»

«در جهنم.»

«افراد عدنان کجا هستند؟»

«به درک واصل شدند.»

لبخند ملیحی زد و پرسید: «حالا میخوای چکار کنی؟»

«میرم وانت رو میارم. بعد یک تصمیمی می گیریم.»

از صخره مرتفعی بالا رفتم و به اطراف نگاه کردم تا مطمئن شوم که فرد مسلحی در آن جا نباشد. صحرایی خاموش و مرموز از هر طرف ادامه داشت اما حتی یک درخت، کلبه، یا انسان دیده نمی شد. به سرعت خود را به وانت رساندم. جسد جواد را در آن انداختم و به اردوگاه آوردم و جلو چادر عدنان بر زمین انداختم.

نیکا پرسید: « جسد رو برای چی آوردی؟»

«برای این که نشان بدم که جواد اینجا کشته شده.»

وانت را بین دو تپه بلند نزدیک چادرها پارک کردم. هرکدام نوشابه ای از یخدان وانت برداشتیم و در وانت نشستیم و مشغول نوشیدن شدیم.

گفتم:«معذرت می خوام که اینهمه تو رو به درد سر انداختم. اگر تو رو با خودم نیاورده بودم این قدر رنج نمی کشیدی.»

گفت: «احتیاجی به عذرخواهی نیست. اگر در خونه همشهری مانده بودم بیشتر رنج می کشیدم. متشکرم که من رو از اون دخمه نجات دادی و به من فرصت دادی که با تو آشنا بشم. از چهار سال پیش که آخوندها من رو دزدیدند تو تنها مرد شرافتمندی هستی که ملاقات کرده ام.»

«چطور تو رو دزدیدند؟»

«ترجیح میدم در باره اش صحبت نکنم چون کابوس هام رو زنده می کنه.»

زمانی طولانی به افق دوردست نگریست و ناگهان پرسید: «شغل تو چیه؟»

«من مهندس کامپیوتر هَستم. قبلاً که بهت گفته بودم.»

«درسته، گفته بودی، ولی دوست دارم بیشتر در باره تو بدونم.»

«چی میخوای بدونی؟»

«همه چیز. اما اگر نمیخوای حقیقت رو بگی بهتره که اصلاً هیچی نگی.»

«حقیقت رو میگم. هر سؤالی داری بپرس.»

«چه کاره ای؟»

«مهندس.»

«فقط مهندس.»

«بله.»

«ممنون و خدا حافظ.»

با تعجب پرسیدم: «برای چی اینقدر ناراحت شدی؟»

«برای این که راستش رو نمی گی.»

«اگر حرفم رو باور نداری خودت بگو من کی ام.»

«باشه، میگم. تو یک جاسوس آمریکایی هستی که میخوای در برنامه هسته ای ایران نفوذ کنی.»

دهانم از حیرت باز ماند. مات و مبهوت حدود یک دقیقه به او خیره ماندم. طوری شوکه شده بودم که نمی دانستم چه بگویم. سرانجام گفتم: «دختر خانم. نمی خوام بهت توهین کنم اما حرفت احمقانه، خطرناک، و به کلی نادرسته. امیدوارم این مزخرفات رو در ایران تکرار نکنی وگرنه باعث مرگ من میشی.»

لبخند از لبانش محو شد: «معذرت می خوام. اشتباه کردم. دیگه اون رو تکرار نمی کنم.»

راز نیمه شب آخوندها

پس از سکوتی طولانی و ناراحت کننده پرسیدم: «چرا فکر می کنی من جاسوسم.»

با شتاب گفت: «شما جاسوس نیستی. فقط یک مهندس کانادایی هستی. اشتباه کردم. معذرت می خوام.»

«گوش کن نیکا. باید بدونم چه کار کردم که فکر کردی که من جاسوسم تا دیگه اون کار رو نکنم. این موضوع خیلی مهمه.»

«بسیار خوب. بهت میگم. همشهری عضو یک محفل سرّی از آخوندهای شیعه است. وقتی این آخوندها به پاکستان می آمدند همشهری براشون اورجی راه می انداخت که معمولاً از اواخر شب تا سحر ادامه داشت. ژنرال شوکت هم پای ثابت این مهمانی ها بود. همه مردها و دخترها نقاب می زدند. وقتی همشهری و شوکت مست می کردند بی احتیاط می شدند و در حضور زنها در باره مطالب محرمانه صحبت می کردند. چند ماه پیش، همشهری به شوکت گفت که یک مهندس هسته ای پیدا کنه که به ایران بره و روی یک پروژه هسته ای کار کنه. بعد شما اومدی و حالا داری میری ایران.»

خوشحال شدم که خودم را لو نداده بودم. به نظرم رسید که نیکا، همچون دیگر ایرانیان، به بیگانگان مشکوک است و غربی ها، و به ویژه انگلیسی ها و آمریکائی ها، را جاسوس می پندارد. نظام سیاسی بسته ایران، که بستر مناسبی برای رواج شایعه و نظریه های توطئه بود، و دخالت های بیگانگان در امور داخلی ایران به این بدگمانی ها دامن زده بود.

قاه قاه خندیدم و با تمسخر گفتم: «خیلی ساده لوحی. آمدن من به خانه همشهری و مسافرت به ایران نه من رو مهندس هسته ای می کنه و نه جاسوس.»

چشم در چشمم دوخت و گفت: «قبول دارم. اما این که به شکل قانونی از پاکستان خارج نمی شی نشون میده که نمی خوای دولت پاکستان از سفرت مطلع بشه. اگر مهندس هسته ای نبودی این کار رو نمی کردی.»

نیکا را دست کم گرفته بودم. او نه تنها زیبا که باهوش هم بود.

گفتم: «بسیار خوب. فرض کنیم که من همان مهندسی ام که قرار بود به ایران بره. اما چرا از این واقعیت ساده نتیجه گرفتی که من جاسوسم.»

«برای این که آدمکش ماهری هستی. شما به تنهایی ده نفر رو کُشتی. دانشکده های مهندسی به شاگرداشون آدم کُشی یاد نمیدن. فقط سازمان های جاسوسی این کار رو می کنند.»

حرفش درست بود اما نمی خواستم به دختر بیست ساله ای که حتی دبیرستانش را هم تمام نکرده بود اجازه بدهم که من را وادار به اعتراف کند. بنابراین، نگاه تحقیرآمیزی به او کردم و با پوزخندی تمسخرآمیز گفتم: «خیلی بچه ای. کشتن یک مشت اوباش من رو جاسوس نمی کنه. من ورزشکارم. در دبیرستان و دانشگاه هاکی و فوتبال بازی می کردم و کشتی می گرفتم. این ورزشها من رو قوی کردند. از اینها گذشته، این راهزن ها به اندازه ای نشئه بودند که به زحمت می تونستند از جاشون بلند بشن، چه رسد به این که بخوان از خودشون دفاع کنند.»

لبخندی زد و گفت: «پس نمیخوای اعتراف کنی، آقای جیمزباند.»

با بی اعتنایی گفتم: «به چی اعتراف کنم؟ تو داری از کاه کوه می سازی. کشتن چند تا آدم تریاکی نه من و نه هیچ کس دیگری رو جاسوس نمی کنه. به نظرم خیلی فیلمهای مزخرف جاسوسی تماشا کردی و این توهّم برات پیش اومده که هر کسی که بتونه چند نفر رو بکشه جاسوسه. میگن عِلم کم خطرناکه. تو بهتره...»

حرفم را قطع کرد و با لبخند شیطنت باری گفت: «صدا خفه کن چی؟»

«منظورت چیه؟»

«شما این آدمها رو با اسلحه صامت کشتی. بعد صداخفه کن رو باز کردی و در کیفت گذاشتی. مهندس ها با خودشون صدا خفه کن حمل نمی کنند. فقط آدمکش های حرفه ای و جاسوس ها از صدا خفه کن استفاده می کنند. به تو نمیاد که آدمکش حرفه ای باشی. پس باید جاسوس باشی.»

مدتی فکر کردم اما نتوانستم دلیل قانع کننده ای برای حمل صدا خفه کن پیدا کنم. نیکا من را گیر انداخته بود.

گفتم: «بسیار خوب. فرض کنیم که من جاسوسم. ولی من کانادائی ام. چرا میگی جاسوس آمریکام؟»

«برای این که اسم مستعار من رو میدونی.»

با حیرت و کنجکاوی به او خیره شدم: «چه اسم مستعاری؟»

«امروز بعد از ظهر وقتی ایجاز می خواست من رو به چادر عدنان ببره من رو چی صدا زدی؟»

«نیکا. مگه چیز دیگری گفتم؟»

«آره، گفتی پرستو. من موقعی که با سفارت آمریکا در اسلام آباد تماس گرفتم از این اسم استفاده کردم. فقط من و دولت آمریکا از این اسم مستعار اطلاع داشتیم. من این اسم رو به تو ندادم. بنابراین سفارت آمریکا باید به تو داده باشه. امروز بعد از ظهر، ناخودآگاه، از این اسم استفاده کردی. جناب آقای مورگن، فکر می کنم بهتره با من رو راست باشی و حقیقت رو بگی.»

انکار فایده ای نداشت و کمکی هم به من نمی کرد. به هر حال، اگر قرار بود از او کمک بگیرم باید دیر یا زود هویتم را برایش آشکار می کردم. از این که دیگر مجبور نبودم که نقش بازی کنم احساس آرامش کردم. حالا می توانستم با او در باره بمب صحبت کنم و ببینم که حاضر است به من کمک کند یا نه. بنابراین، برایش کف زدم و با لبخندی زورکی گفتم: «آفرین، آفرین. تبریک میگم. دستم رو رو کردی. حالا که می دونی من کی ام ممکنه بگی که از بمب اتمی ایران چی میدونی؟»

سرش را به علامت مخالفت تکان داد وگفت: «عجله نکن. قبل از این که من رو تخلیه اطلاعاتی بکنی باید ازم معذرت بخوای.»

لبخند از لبانم محو شد: «معذرت بخوام؟ برای چی باید معذرت بخوام؟»

«برای این که من رو تحقیر کردی.»

«من تو رو تحقیر نکردم. چطور تو رو تحقیر کردم؟»

«شما به من خندیدی و من رو احمق و ساده لوح خطاب کردی.»

چند لحظه فکر کردم. بعد نفس عمیقی کشیدم و با لحنی آرام و شمرده گفتم:

«نیکا خانم. من، سالها بی آن که کسی به هویت من پی ببره کار های اطلاعاتی می کردم. اما شما، که فقط بیست سال سن داری و آموزش جاسوسی هم ندیدی، ظرف دو روز هویت و مأموریت من رو کشف کردی. در نتیجه، غرورم جریحه دار شد و باعث شد که با شما تهاجمی برخورد کنم. شما زن فوق العاده ای هستی و حق داری بخواهی که به شما احترام گذاشته بشه. معذرت می خوام.»

با لبخند ملیحی گفت: «متشکرم. عذرخواهی تون رو می پذیرم. اما، در پاسخ به سؤالتون، واقعیت اینه که من نمی دونستم که ایران داره بمب اتم می سازه. فقط می دونستم که ژنرال پاکستانی مواد و تجهیزات هسته ای به همشهری می فروشه و می خواد یک مهندس برای کمک به ایرانیها استخدام کنه. اطلاعاتی که فرستادم مفید بود؟»

«کاملاً مفید بود. اگر نبود که من اینجا نبودم. آخوندها میخوان بمب اتم بسازند. خبری که به ما دادی جلو گسترش سلاح های هسته ای رو می گیره.»

«چه خوب. اما وقتی اون نامه رو به سفارت فرستادم به فکر جلوگیری از اشاعه ی سلاح های هسته ای نبودم. فقط می خواستم از دست ژنرال شوکت که رفتارش با زنها روز به روز خشن تر می شد خلاص بشم. شوکت یک منحرف جنسیه و رؤیاهای عجیبی در باره تجاوز به زنها داره. شاید همه ی مردها گاهی از این رؤیاها داشته باشند اما شوکت رؤیاهاش را پیاده می کرد. اگر زنها تمکین نمی کردند از کوره در می رفت و اونها رو کتک میزد. نگران بودم که زنها رو ناقص بکنه یا حتی بکُشه. چندبار به آیت الله همشهری شکایت کردیم اما اعتنایی نکرد. شوکت باید نابود می شد اما من نمی تونستم این کار رو به تنهایی انجام بدم.»

«نمی تونستی فرار کنی؟»

سرش را به علامت نه تکان داد و گفت: «فرار گزینه مطلوبی نبود. من پول نداشتم. به زبان های اردو، بلوچی یا انگلیسی هم صحبت نمی کنم.

<h1 style="text-align:center">راز نیمه شب آخوندها</h1>

همشهری من رو بطور غیرقانونی به پاکستان آورده بود. پاسپورت و کارت شناسائی نداشتم. اگر فرار می کردم ممکن بود که سر و کارم به زندان و فاحشه خونه های پاکستان بکِشه.»

حرفش را با تکان سر تأیید کردم و پرسیدم: «چرا به پلیس مراجعه نکردی؟»

«به پلیس نمی تونستم شکایت کنم چون اونا مسلماً به شکایت یک فاحشه ی ایرانی علیه یک ژنرال پاکستانی اعتنایی نمی کردند. تنها روزنه امید این بود که از سفارت آمریکا در اسلام آباد تقاضای کمک کنم. اما فکر نمی کردم که سفارت آمریکا برای نجات چند تا فاحشه ی ایرانی کاری بکنه. باید داستانی می ساختم که آمریکایی ها رو به تکاپو بندازه و وادار کنه که شوکت رو دستگیر کنند. بنابراین، داستان بمب اتم رو جعل کردم و برای سفارت فرستادم.»

از این حرف شگفت زده شدم. گفتم: «نقشه زیرکانه ای کشیدی و خیلی هم خوب اجراش کردی. با یک تیر دو نشان زدی؛ هم شوکت رو از سر راه برداشتی و هم ناخواسته به آمریکا کمک کردی که مانع گسترش سلاح های هسته ای بشه.»

گفت: «خوشحالم که این طور شد. من هم دوست ندارم که آخوندها سلاح هسته ای داشته باشن.»

پرسیدم: «چرا؟»

«برای این که سلاح هسته ای اونها رو متوهم تر، متکبرتر، و سرکوبگر تر می کنه.»

حرفش را تأیید کردم: «از این گذشته، باعث می شه که ترکیه و عربستان سعودی هم به فکر ساختن سلاح هسته ای بیفتند. تحریم های آمریکا علیه ایران هم شدیدتر می شه و مردم ایران رو فقیرتر می کنه.»

گرسنه بودیم. از داخل یخدان چند تا ساندویچ بیرون آوردیم و مشغول خوردن شدیم.

گفتم: «حالا که بهت گفتم که کی ام، تو هم باید بگی که کی هستی.»

۷۷

لبخند غرور آمیزی بر چهره ی زیبایش نقش بست و گفت: «شما به من نگفتی که کی هستی، خودم کشف کردم.»

دستش را گرفتم و گفتم: «بسیار خوب. من هم سعی می کنم که کشف کنم که تو کی هستی. فکر کنم وقتی دانش آموز دبیرستان بودی تو رو دزدیدند و مورد بهره کشی جنسی قرار دادند. این کار شاید بدترین اتفاقیه که می تونه برای یک زن رخ بده.»

«از کجا میدونی؟ تو که زن نیستی.»

من، البته، هیچ وقت با زنهای ربوده شده سر و کار نداشتم اما باید ادعا می کردم که به این زنها کمک کرده ام. عملیات جاسوسی ایجاب می کند که جاسوس دروغ بگوید و خود را غیر از آن چیزی که هست جلوه دهد. از آنجا که بارها دروغ گفته بودم دروغگویی برایم عادی شده بود. بنابراین، ابروهایم را جمع کردم، لبهایم را به هم فشردم و مدت زیادی به دور دستها خیره شدم. بعد سرم را چند بار به علامت تأثر تکان دادم و گفتم: «من به پناهگاه های آوارگان در سوریه و افغانستان می رفتم و با زنها صحبت می کردم. زنهای بسیاری رو دیدم که جنگجویان مسلح، پس از کشتن خانواده هاشون، به اونها تجاوز کرده بودند.»

اشک در چشمانش جمع شد و گفت: «وحشتناکه. این زنها چه احساسی داشتند؟»

«هیچ واژه ای نمی تونه ناامیدی و رنجشون رو بیان کنه. خشمگین و افسرده بودند. گمان می کردند که همه به اونا خیانت کردن. خیلیاشون می خواستند خودکشی کنند.»

«تونستی بهشون کمک کنی؟»

«آره، ولی کار آسانی نبود چون نمی خواستند حرف بزنند. می گفتند صحبت کردن در باره شون اونها رو رنج میده. می گفتند مردم اونها رو مقصر می دونند، نه جنایتکارانی که مرتکب اون جنایات شده بودند. خودشون رو بی پناه و درمانده می دیدند.»

چهره اش غمناکتر شد و پرسید: «چکار کردی که بالاخره باهات صحبت کردند؟»

راز نیمه شب آخوندها

«خیلی ساده. هر وقت به کمک احتیاج داشتند بهشون کمک می کردم. بهشون می گفتم که نمی تونند رنجشون را با نادیده گرفتنش فراموش کنند. بسیاری از اونها به تدریج به من اطمینان کردند و سرگذشتشون رو برام تعریف کردند. تو هم باید درباره تجربت حرف بزنی. دوست داری این کار رو بکنی؟»

فصل ۹

نیکا آهی کشید و گفت: «من یک دختر شانزده ساله سرزنده بودم. ورزشکار بودم و نقاشی رو خیلی دوست داشتم. یک روز که از دبیرستان به خانه می رفتم یک وَنِ گشت ارشاد کنارم ترمز کرد. دو تا زن چادری و یک مرد طاس که روی گونه راستش جای زخم چاقو بود و دستهاش خالکوبی شده بود پیاده شدند و گفتند که موهام از زیر روسریم پیداست.»

«گشت ارشاد همون پلیس اخلاقیه؟ درسته؟»

«درسته. اونها حجاب اجباری رو، تحت لوای امر به معروف و نهی از منکر، بر زنها تحمیل می کنند. اعتراض کردم اما فایده ای نداشت. من رو به مقر گشت ارشاد بردند. اونجا آیت الله همشهری من رو شلاق زد و به من تجاوز کرد. می گفت اگر نمی خواستی بهت تجاوز بشه نمی گذاشتی موهات از زیر روسریت بیرون بیاد.»

مدتی به افق خیره شد و بعد گفت: «همشهری در تهران عشرتکده داشت. من رو می برد اونجا و وادار می کرد که با آخوندهای پیر بخوابم. می گفت تو بمب جنسی هستی، از قرص وَیَگرا قوی تری، به کیر بیجان آخوندهای پیر حیات دوباره می بخشی. من رو به خانه آیت الله های معروف قم و مشهد و تهران می فرستاد که صیغه بشم.»

پرسیدم: «زنهای دائمی آخوندها نسبت به حضور تو چه واکنشی نشان می دادند؟»

دستش را از دستم بیرون کشید و، انگار که سئوال احمقانه ای کرده بودم، چهره اش در هم رفت. با بی حوصله گی گفت: «من به عنوان زن

راز نیمه شب آخوندها

صیغه ای به این خانه ها نمی رفتم، به عنوان زن متدینی که پرسش های شرعی داره یا خبرنگاری که می خواد با آیت الله ها مصاحبه کنه به اونجا می رفتم. خیلی وقت ها، همسر آخوندها از من پذیرایی می کردند و من رو به خاطر علاقه ام به موضوعات شرعی می ستودند. اونا نمی دونستند که من برای ارائه خدمات جنسی به شوهراشون به اونجا آمده بودم. همشهری بابت خدمات من پول هنگفتی از مشتری هاش می گرفت اما هرگز یک ریال هم به من نداد. می گفت اَجرِ من با خداست. با این حساب، خداوند تبارک و تعالی باید مبلغ هنگفتی به من بدهکار باشه.»

گفتم: «پولت ملاخور شده.»

حرفم را با تکان سر تأیید کرد و ادامه داد: «بعدها که زن های دیگر رو ملاقات کردم فهمیدم که همه ی ما بخشی از شبکه ای از فاحشگان بودیم که به آخوندهای کله گنده خدمات جنسی ارائه می کردیم. همشهری دختران زیبا را به بهانه عدم رعایت حجاب اسلامی می ربود و به فحشا وامیداشت.»

لحن خشمگین و اندوهی که در چشمانش موج می زد نشان می داد که بیان بلاهایی که بر سرش آمده بود برایش بسیار رنج آور است. اما من برای کمک به او ناگزیر بودم که اطلاعات بیشتری از او کسب کنم.

پرسیدم: «دخترها چند سالشون بود؟»

«چهارده سال به بالا.»

با انزجار گفتم: «وحشتناکه.»

«برای من و شما وحشتناکه اما برای آخوندهای شیعه که میگن دختر نه ساله رو می شه شوهر داد وحشتناک نیست. آخوندهای شیعه اکثراً آدمهای منحرفی هستن. از همه شون منحرف تر آیت الله خمینی بود که می گفت اگر مردی دختر نوزادی رو به عنوان همسر آینده اش انتخاب کنه می تونه باهاش سکس لای پایی داشته باشه.»

با ناباوری گفتم: «شوخی می کنی.»

«نه، جدی میگم. توی یکی از کتابهاش نوشته. به نظرم شیطان الگوی خدا برای خلق آخوندهای شیعه بوده.»

این قیاس با توجه به بلایی که آخوندها بر سر او و دیگران آورده بودند بسیار مناسب می‌نمود.

«واکنش خانوادت چی بود؟»

«اونا در به در دنبال من میگشتن. مادرم زن روشنی است و به فالگیر و این جور چیزها اعتقاد نداره. همیشه می‌گفت فالگیرها آدم‌های شیادی هستند که از حماقت دیگران نان می‌خورند. با اینهمه، از روی استیصال، رفته بود قم و مبلغ هنگفتی به یک فالگیر داده بود که بگه من کُجام.»

«فالگیر چی گفته بود؟»

«گفته بود که من از ایران فرار کردم.»

از یخدان پشت وانت دو نوشابه برداشتم و به کابین برگشتم. نوشابه ای به او دادم و پرسیدم: «خانوادت رو کِی دیدی؟»

«حدود یک سال بعد. همشهری موقعی که عادت ماهانه داشتم و نمی تونستم به مشتریهایش سرویس بدم به من مرخصی می‌داد.»

«مطمئنم که خانوادت از دیدنت خوشحال شدند. به اونا چی گفتی؟»

«گفتم که به اتهام عضویت در یک شبکه سازمان یافته کشف حجاب و تشویق مردم به فساد و فحشا محاکمه و زندانی شده ام اما مسئولان زندان به دلیل خوش قلبی و در راستای رأفت اسلامی به من مرخصی میدن تا با خانواده ام ملاقات کنم.»

«چرا حقیقت رو نگفتی؟»

«برای این که نمی خواستم رنج بِکِشند. در ضمن، کاری هم از دستشون برنمی آمد.»

از این که به من اعتماد کرده و ماجرایش را با من در میان گذاشته بود خشنود بودم. حالا باید او را متقاعد می کردم در ایران به من کمک کند.

گفتم: «ولی تو نباید بار این رنج رو به تنهایی بکشی. من تو رو از این جهنم نجات می دم.»

لبخند کوچکی زد اما چیزی نگفت.

راز نیمه شب آخوندها

پرسیدم: «برای چی لبخند می زنی؟»

گفت: «زندگی سرشار از رویدادهای غیر منتظره است. همیشه دلم می خواست یک کسی رو پیدا کنم که بتونم باهاش درد دل کنم اما هرگز فکر نمی کردم که اون شخص یک جاسوس سیا باشه.»

دستش را گرفتم و گفتم: «خوشحالم که با من حرف زدی. بهت کمک می کنم که این روزهای سیاه رو پشت سر بگذاری و زندگی تازه ای رو شروع کنی. اما حالا باید درباره رفتن یا نرفتن به ایران تصمیم بگیری. اگر نمی خوای به ایران برگردی ترتیبی میدم که یک هلیکوپتر تو رو به اسلام آباد ببره. سفارت آمریکا فوراً به تو ویزای آمریکا می ده و تو رو به آمریکا می فرسته. دولت آمریکا تا وقتی که بتونی روی پاهای خودت بایستی هزینه زندگیت رو می پردازه. به خانوادت هم کمک می کنه که به آمریکا بِرَن.»

مدت زیادی ساکت ماند و بعد گفت: «همشهری من و سایر دختر ها رو تهدید می کرد که اگر فرار کنیم ما و خانواده هامون رو سر به نیست می کنه.»

نیکا، همچون دیگر زنهای ربوده شده، از رباینده اش می ترسید. به او اطمینان دادم که همشهری نمی تواند به او صدمه بزند. گفتم: «نگران نباش. همشهری از فرار تو آگاه نخواهد شد. به او میگم که راهزنان مسلح جواد رو کشتند و تو رو ربودند. دولت آمریکا به خاطر خبری که در باره بمب اتمی آخوندها بهش دادی به تو مدیون است و از تو محافظت خواهد کرد. به خانوادت هم برای رفتن به آمریکا کمک خواهد کرد.»

نیکا، بعد از کمی فکر کردن، پرسید: «گزینه دوم چیه؟»

«گزینه دوم اینه که با من بیای ایران.»

«کدامش رو ترجیح میدی؟»

«دومی رو.»

«چرا؟»

«چون تو می تونی برای من کارهایی انجام بدی که خودم نمی تونم انجام بدم.»

ابروهایش را به هم فشرد و با ناباوری به من خیره شد: «واقعاً می‌تونم؟»

«حتماً می‌تونی. من در ایران به احتمال زیاد در یک آزمایشگاه سرّی کار خواهم کرد و اجازه نخواهم داشت که آزادانه به هر جا که می‌خوام برم. اما تو، به عنوان همسر من، می‌تونی هر جا که خواستی بری و رابط من با جهان خارج از آزمایشگاه باشی.»

گیج و مبهوت به نظر می‌رسید. گفت: «ولی من که برای جاسوسی آموزش ندیدم. من نمیدونم چطور از اسلحه و وسایل جاسوسی استفاده کنم. شیوه‌های تعقیب و مراقبت رو بلد نیستم. نمیدونم اگر کسی من رو تعقیب کرد چطور او رو قال بگذارم.»

گفتم: «تو برای کمک به من به این چیزها احتیاجی نداری. تو از موقعیت خوبی برخورداری. سازمان‌های اطلاعاتی آخوندها تو رو تحت نظر ندارند. بنابراین، آزادی عمل داری. از این گذشته، تو خیلی از آخوندهای متنفذ و مقام‌های امنیتی رو می‌شناسی. خانواده و دوستانت هم می‌تونند در مواقع اضطراری به من کمک کنند.»

مدتی طولانی فکر کرد و گفت: «پدربزرگم مصدق رو خیلی دوست داشت و از آمریکا به خاطر کودتای ۲۸ مرداد دلخور بود. او داستانهای وحشتناکی از دخالت‌های سیا در ایران، گواتمالا، شیلی و غیره تعریف می‌کرد. می‌گفت سیا رهبران مردمی رو سرنگون می‌کنه و دولت‌های دست راستی ضد مردمی سر کار میاره. من از کودکی سیا رو ابزار سلطه امپریالیسم آمریکا می‌دونستم و ازش نفرت داشتم. در چشم من همکاری با سیا شرم آورترین کار در دنیا بود. اما حالا از من میخوای که با سیا همکاری کنم.»

از واکنش نیکا متعجب نشدم. بسیاری از ایرانیان به دلیل نقشی که سیا در سرنگونی مصدق، نخست وزیر محبوب ایران، در سال ۱۹۵۳ ایفا کرده بود و نیز به دلیل حمایتش از پلیس مخفی بیرحم شاه از این سازمان متنفر بودند و به آن اعتماد نداشتند.

گفتم: «مادرم هم مصدق رو خیلی دوست داشت.»

راز نیمه شب آخوندها

لبخندی بزرگ دندانهای سفید و مرتبش را آشکار کرد: «چه جالب. در باره مامانت برام بگو.»

«مامانم در سال ۱۳۳۲، همون سالی که مصدق سرنگون شد، در تهران به دنیا اومد. وقتی انقلاب اسلامی شروع شد دانشجوی دانشگاه بود. مادرم با شور و شوق در تظاهرات ضد شاه شرکت کرد، علیه شاه شعار داد، اعلامیه پخش کرد، ماشین های دولتی رو آتش زد، شبها روی پشت بام منزل فریاد الله و اکبر سر داد، و هر دروغی رو که علیه شاه و آمریکا شنید باور و تکرار کرد. در بهمن ماه ۱۳۵۷، در حمله به پادگان ها شرکت کرد و با مسلسلی که به غنیمت گرفته بود با نیروهای دولتی جنگید.»

نیکا با لحن تحسین آمیزی گفت: «چه زن شجاعی.»

«مادرم می گوید که آن زمان شجاع اما ساده لوح بوده است. به هر حال، ماه عسل آخوندها با زنها زیاد طول نکشید. آخوندهای زن ستیز قدرتشون رو تحکیم کردند و به سرکوب زنها پرداختند. مادرم در تظاهرات ضد حجاب شرکت کرد و کتک خورد و تحت تعقیب قرار گرفت. بعد، با کمک یک قاچاقچی، به پاکستان گریخت و از اونجا به شهر آن آربر، در ایالت میشیگان، رفت تا با خواهرش که شهروند آمریکا بود زندگی کنه.»

نیکا آرامتر به نظر می رسید. خشمی که در چشمانش زبانه میزد اندکی فرو کش کرده و صدایش ملایمتر شده بود. نوشابه اش را تمام کرد و پرسید: «آن موقع شوهر داشت؟»

«نه، نداشت. مادرم با پدرم، راجر مورگن، در یک محفل شعر خوانی در دانشگاه میشیگان آشنا شد. راجر اهل کانادا بود اما برای تحصیل به آمریکا رفته بود. مامانم از اشعار راجر خوشش میاد و با او دوست می شه و بعد از مدتی با او ازدواج می کنه.»

«حالا شما آمریکایی هستی یا کانادایی؟»

«آمریکایی. من در میشیگان متولد شدم و همان جا به دبستان رفتم. چند سال هم در کانادا زندگی کردم و به دبیرستان رفتم. به این دلیل، می تونم به راحتی خودم رو به عنوان کانادایی جا بزنم.»

«فارسی رو هم که خوب حرف میزنی.»

«این رو مدیون مادرم هستم که همیشه در خونه با من فارسی حرف میزد. در دانشگاه میشیگان هم چند واحد زبان فارسی گرفتم.»

«زبان دیگری هم میدونی؟»

«فقط پشتو و دَری.»

نشستن در وانت ما را خسته کرده بود. پیاده شدیم و روی شن های قهوه ای دست و پای خود را کمی حرکت دادیم. صحرایی خالی و به ظاهر بیجان، زیبا و رعب آور، تا چشم کار می کرد ادامه داشت. آسمان سرشار از لکه های ابر بود اما این لکه ها نه جلو تابش خورشید را می گرفتند و نه موجب بارندگی می شدند. از باد و گیاه و سوسمار خبری نبود و جز تپه های شنی و زمین های بایر چیز دیگری دیده نمی شد.

در حالی که روی شنهای سوخته راه می رفتیم پرسید: «چی شد که عضو سیا شدی؟»

«دوست داشتم که ایران رو بهتر بشناسم و به ایرانیها کمک کنم.»

«پدر و مادرت موافق بودند؟»

«بابام زیاد راضی نبود. او مثل خیلی از کانادائی ها فکر می کرد که دولت آمریکا متکبر و زیاده خواهه اما مادرم من رو تشویق کرد که که برای سیا کار کنم.»

نیکا با تعجب پرسید: «با این که مصدقی بود؟»

«مادرم عاقل و شجاع بود و درک می کرد که باید از موضوع سرنگونی مصدق که سالهاست مثل بختکی بر نگرش ایرانی ها نسبت به آمریکا سایه افکنده و اونها رو رنج میده عبور کنه.»

«نمیدونم اگر پدربزرگم زنده بود در باره همکاری من با سیا چی میگفت.»

گفتم: «نیکا جان! من نارضایتی پدربزرگت از سیا رو درک می کنم. اما من برای سرنگون کردن یک حکومت دموکراتیک به ایران نمیرم. من به ایران میرم که نگذارم یک رژیم سرکوبگر به سلاح هسته ای دست پیدا کنه. ایرانِ هسته ای باعث مسابقه هسته ای در خاورمیانه و تحریم های

راز نیمه شب آخوندها

سخت تر علیه ایران می شه. در این میان، مردم ایران بازنده اصلی این ماجرا میشن. به این دلیل، می خوام با من همکاری کنی تا نگذاریم آخوندها به سلاح هسته ای...»

حرفم را قطع کرد و گفت: «لازم نیست که برای جلب همکاری من دلیل بیاری. من به اندازه ای از آخوندها متنفرم که حاضرم با شیطان هم علیه اونا متحد بشم.»

ایستادم و او را به سمت خودم چرخاندم. در چشمهایش نگاه کردم و گفتم: «پس پیشنهاد همکاری با من رو می پذیری؟»

چهره اش نشان می داد که دچار تردید است. سرانجام پس از سکوتی طولانی گفت: «در ایران هیولاهای نفرت انگیزی زندگی می کنند که وجودشان توهین به انسانیته. امیدوارم که هیچگاه سر و کارم با اونها نیفته. اما اگر افتاد، ممکنه به کمک شما احتیاج پیدا کنم. قول میدی به من کمک کنی؟»

نمی دانستم که چه کمکی می خواست اما بی درنگ گفتم: «سَعی ام رو می کنم.»

نیکا گفت: «من قول محکم تری می خوام. می خوام قول بدی که اگر این افراد برای من مشکلی ایجاد کردند هر کاری که لازم باشه انجام بدی تا این مشکل حل بشه.»

گفتم: «قولْ میدم که هر کاری که لازم باشه انجام بدم.»

با هم دست دادیم.

چون نیکْ از رژیم سرکوبگر اسلامی متنفر بود عضوگیری او به عنوان مأمور به راحتی انجام شد. نیکا برای خدماتش تقاضای پول نکرد و این موضوع بر اعتماد من به او افزود. درخواست او برای این که در صورت لزوم به او کمک کنم به نظرم چیز مهمی نیامد.

گفتم: «همکار عزیز: قبل از هر چیز باید توضیح قابل قبولی در باره مرگ جواد پیدا کنیم. یادت باشه، من و تو هیچکسی رو نکشتیم. اتفاقی که افتاد از این قراره: جواد اتومبیلش رو در خارج اردوگاه پارک کرد و به ما

گفت در اتومبیل منتظر بمونیم تا برگرده. اندکی بعد صدای شلیک گلوله شنیدیم. فرار کردیم و پشت تپه ای پنهان شدیم. وقتی تیراندازی تمام شد به اردوگاه وارد شدیم و با جسد جواد و مردهای پاکستانی رو به رو شدیم. شاید درگیری بر سر مواد مخدر بوده اما مطمئن نیستیم. موافقی؟»

«موافقم. روایت مناسبیه.»

آفتاب غروب می کرد و درجه حرارت به سرعت کاهش می یافت. پرتو خورشید دیگر پوست را نمی سوزاند. از طوفان شن هم که می توانست ما را ناگزیر به پناه بردن به داخل وانت کند خبری نبود. نگران بودم که نیروهای امنیتی ایران که منتظر ما بودند از دیر کردن ما بی تاب شوند و برای یافتن ما به صحرا بیایند. بنابراین، مهم بود که در مدت زمان محدودی که داشتم هر چه بیشتر به نیکا آموزش بدهم.

با لحنی کاملاً جدی به او هشدار دادم: «تو نباید در باره من حتی با نزدیکترین کسانت صحبت کنی. تنها چیزی که در باره من می دونی اینه که من مهندس هستم و می خوام خویشاوندانم رو ببینم و در ایران کار کنم.»

نیکا سرش را به علامت تأیید تکان داد و گفت: «متوجه ام.»

«یادت باشه که دیوار موش داره و موش گوش داره. باید فرض کنیم که دائماً تحت نظر هستیم و در محل کار و خونه مون وسایل شنود کار گذاشته شده. هر چه کمتر حرف بزنیم امکان این که حرفی بزنیم که ما رو لو بده کمتر میشه. متوجه هستی؟»

«نگران نباش. من ذاتاً آدم کم حرفی هستم و ترجیح میدم که بیشتر شنونده باشم تا گوینده. از این گذشته، من یک زن ربوده شده هستم و مثل بقیه زن های ربوده شده از اهمیت ساکت بودن باخبرم. آخه، ربایندگان من همواره به من یادآوری می کردند که اگر می خوام کتک نخورم و زنده بمونم باید دهنم رو ببندم.»

گفتم: «درضمن، اگر به برخی از پرسش هات جواب ندادم یا برخی مطالب رو اَزت پنهان کردم ناراحت نشو. من فقط اطلاعاتی رو که برای انجام مأموریت هات به اونا نیاز داری در اختیارت قرار میدم، نه بیشتر.

راز نیمه شب آخوندها

اشتراک اطلاعات بر پایه ی نیاز دریافت کننده یک اصل پذیرفته شده در تمام سازمان های اطلاعاتی است.»

گفت: «می فهمم.»

من با خودم اسلحه نیاورده بودم چون اگر کشف می شد سوء ظن مأموران امنیتی ایران را بر می انگیخت. بااینهمه، گمان نمی کردم که مأموریت من بدون خونریزی به پایان برسد. بنابراین، به جای آن که بی درنگ به مرز ایران که در فاصله بیست کیلومتری قرار داشت بروم تصمیم گرفتم که در صحرا بمانم و به نیکا تیراندازی یاد بدهم.

پرسیدم: «هیچ وقت تیراندازی کردی؟»

«نه.»

«اگر میخوای در دنیای جاسوس ها دوام بیاری باید تیراندازی رو یاد بگیری.»

تپانچه عدنان را برداشتم و طرز استفاده از آن را به او نشان دادم. بعد قوطی کوچکی را روی صخره ای گذاشتم و به او گفتم که به آن شلیک کند. نیکا علاقمند و با استعداد بود و تیراندازی را به سرعت فرا گرفت. هنگامی که آفتاب کاملاً غروب کرد صدها گلوله شلیک کرده بود. من هم از چادری به چادر دیگر می رفتم و برایش فشنگ می آوردم. وقتی آخرین جعبه مهمات را برایش باز می کردم گفتم: «حالا بهتره به جسدها شلیک کنی تا شلیک به آدمهای زنده برات آسون تر بشه.»

با لحن خشمگینی گفت: «به جسد جواد شلیک می کنم. ایکاش موقعی که این خوک زنده بود تونسته بودم بهش شلیک کنم.»

پس از یک ساعت تیراندازی وقتی فشنگ ها تمام شدند پرسید: «می تونیم این تپانچه رو به ایران ببریم؟»

گفتم: «بهتره نَبَریم. کار خطرناکیه. توجیهی برای داشتن اون نداریم. به ما مشکوک میشن.»

«اگر سلاح لازم داشتی چکار می کنی؟»

«از دست کسی که سلاحش رو به طرفم نشانه رفته میقاپم.»

هفت تیر خالی را بر زمین انداخت. با دست جلو خمیازه اش را گرفت و گفت: «خیلی خستمه. نمی تونم چشمام رو باز نگه بدارم.»

پرسیدم: «میخوای در یکی از چادرها بخوابی؟»

«نه، دوست ندارم کنار مرده ها بخوابم. دچار کابوس میشم. ترجیح میدم که مثل تابستانهای خوبی که در تهران با خانواده ام زیر ستاره ها می خوابیدم اینجا هم در هوای باز بخوابم و با ستاره ها حرف بزنم.»

گفتم: «پشت وانت بخواب. از داخل چادر برات پتو میارم.»

لحظه ای به من خیره ماند. فکر کردم می خواهد من را ببوسد اما نبوسید. به عقب برگشت و از وانت بالا رفت. روی پتو ها دراز کشید و با لبخند ملیحی گفت: «شب بخیر آقای باند.»

«لطفاً به من نگو آقای باند.»

«بسیار خوب. شب بخیر آقای مورگن.»

«اسم من جورجه.»

«شب بخیر جورج.»

فصل ۱۰

حدود یک ساعت از طلوع خورشید گذشته بود که بیدار شدیم و به راه افتادیم. سفر به مرز کوتاه و بی حادثه بود. چند مرد تنومند ریشو بی صبرانه منتظر ما بودند. مرگ جواد را به آنها اطلاع دادم. من و نیکا را بی درنگ به فرودگاه کوچکی بردند و با یک جت خصوصی به تهران فرستادند.

در فرودگاه مهرآباد مرد خِپله شکم گنده ای، به نام محمد، منتظر ما بود. سنش از چهل تجاوز نمی کرد و قدش فقط اندکی از یک متر و نیم بیشتر بود. فَرق سرش طاس، پیشانی اش بلند، و ریش سیاهش کم پُشت بود. پیراهن سفید بدون یقه اش را تا زیر گلو دکمه کرده و تسبیحی با دانه های درشت در دست گرفته بود. گفت که افسر اطلاعاتی است اما نگَفت که برای کدام یک از سازمان های ریز و درشت امنیتی جمهوری اسلامی کار می کند. ما را سوار وَنِ کرد و به راه افتاد.

از خوشحالی در پوست خود نمی گنجیدم. سرانجام به تهران، زادگاه مادرم و پایتخت و بزرگترین شهر ایران، رسیده بودم. تهران در دامنه جنوبی رشته کوه البرز در شمال ایران قرار دارد. این شهر تا سال ۱۷۸۶ میلادی دهکده بی اهمیتی بود اما در آن سال آغا محمد خان، بنیانگذار سلسله قاجار، آن را به پایتختی برگزید. تهران اکنون یکی از پهناورترین و پرجمعیت ترین شهرهای جهان است.

لایه ضخیمی از دود آسمان را پوشانده بود. دود غلیظ موتورسیکلت ها و خودرو های فرسوده مشام را آزار می داد. بعضی موتورسیکلت ها چند سرنشین بر تَرک خود داشتند. عابران هر جا که دلشان می خواست از

عرض خیابان می گذشتند اما با کمال تعجب، و خوشحالی، شاهد هیچ تصادفی نبودم.

اکثر خیابان ها نام طرفداران رژیم را که در جنگ ۸ ساله با عراق یا در درگیری با مخالفان جمهوری اسلامی کشته شده بودند بر خود داشتند. پوسترهای تمام قد خمینی و خامنه ای و پلاکاردهای ضد آمریکایی و ضد اسرائیلی از دیوارها آویزان بودند.

پیاده روها از زن و مرد و بچه لبریز بود. برخی از زنها چادری بودند و برخی فقط روسری بر سر و مانتو به تن داشتند. ماشین های گشت ارشاد همه جا دیده می شدند. دو زن چادری به موهای دختر جوانی چنگ زده بودند و می کوشیدند که او را به زور در ماشین گشت ارشاد سوار کنند. جرثقیلی در برابر ساختمان بلندی ایستاده و صدها دیش ماهواره ای کف پیاده رو افتاده بود.

پرسیدم: «محمد آقا. اینجا چه خبره؟»

«پلیس داره دیش های ماهواره ای رو جمع می کنه. دولت نمی خواد مردم کانال های تلویزیونی دشمنان اسلام رو تماشا کنند.»

در خیابان ولی عصر به سوی میدان تجریش رفتیم. این خیابان که میدان راه آهن را در جنوب تهران به میدان تجریش در شمال شهر وصل می کند در زمان رضا شاه ساخته و خیابان پهلوی نامیده شد. در پی پیروزی انقلاب ۱۳۵۷، مَردم به احترام محمد مصدق که در سال ۱۳۲۹ صنعت نفت ایران را ملی کرده بود، آن را خیابان مصدق نامیدند اما آخوندها که از مصدقِ سکولار نفرت داشتند نام خیابان را به ولیعصر تغییر دادند.

محمد پرسید: «فالوده میل دارید؟»

نیکا با خوشحالی گفت: «من عاشق فالودم. چند ساله که فالوده نخوردم.»

«آقای مورگن! شما چطور؟ فالوده میل دارید؟»

<h1 style="text-align:center">راز نیمه شب آخوندها</h1>

فالوده را با رشته های نازک نشاسته و شکر و گلاب میسازند و معمولاً با آب لیمو یا شربت آلبالو می خورند. مادرم بارها در باره فالوده صحبت کرده بود اما من هرگز آن را ندیده بودم.

گفتم: «حتماً. به شرط این که مهمان من باشید.»

«نه، نمیشه، شما مهمان عزیز من هستید.»

تعارف یک رسم ایرانی است. دو دوست می خواهند به رستوران بروند. هر دو اصرار می کنند که پول غذا را بپردازند و این اصرار ادامه پیدا می کند تا یکی از آنها راضی شود که مهمان دیگری باشد. بنابراین، بعد از دو سه بار تعارف تسلیم شدم و موافقت کردم که مهمان محمد باشم.

محمد ماشین را کنار خیابان، نزدیک فالوده فروشی، پارک کرد و ما پیاده شدیم. از خوردن فالوده لذت بردم و از حضور در تهران خوشحال بودم اما این خوشحالی دیری نپائید. هنگامی که به سمت اتومبیلمان بر می گشتیم ناگهان مرد غول پیکری که نگاهی شرربار و زخم چاقو بر پیشانی داشت به من تنه زد و فریاد زد: «مرتیکه، مگه کوری؟»

بعد گلویم را گرفت، من را به عقب هل داد و به دیوار کوبید و گفت: «مادر جنده، خواهرت رو می گام.»

در شرایط معمولی، بی درنگ از خود دفاع می کردم اما اکنون که نقش مهندس را بازی می کردم بهتر بود که از لحاظ جسمانی ضعیف یا عادی جلوه کنم. بنابراین، خودم را کنترل کردم و اجازه دادم که فرد مهاجم به من فحش بدهد و حتی من را بزند.

جمعیت بزرگی دور ما حلقه زدند.

پرسیدم: «چرا میخوای خواهر من رو بگایی؟»

«برای این که به من تنه زدی، یابو.»

«من به شما تنه نزدم اما در هر حال معذرت می خوام. خوشبختانه صدمه ای هم ندیدی. در ضمن، من خواهری ندارم که شما او رو بگائید.»

در حالی که شراره های خشم از چشمانش می بارید گفت: «من رو مسخره می کنی؟ بابات رو مسخره کن.» بعد با سر به دماغم کوبید و با من

۹۳

گلاویز شد و من را که فقط به ظاهر مقاومت می کردم به آسانی نقش بر زمین کرد. بعد روی سینه ام نشست و با مشت به صورتم کوبید. نیکا از پشت سر یخه اش را گرفت و کشید اما کاری از پیش نبرد. چند عابر خواستند او را از من جدا کنند اما موفق نشدند.

جاقوی ضامن داری از جیبش بیرون آورد و با حرکتی سریع آن را باز کرد. لبه تیزش را بر گلویم گذاشت و با لحن تهدید آمیزی گفت: «می خوام سَرِت رو بِبُرم.»

قلبم بشدت می تپید. فکر کردم که شاید حمله ی این شرور حمله ای ساختگی از سوی سازمان های اطلاعاتی ایران برای تعیین توان رزمی من نباشد. شاید این شرور به راستی قصد صدمه زدن به من را داشته باشد. در آن صورت، عدم مقابله با او می توانست به مرگ من بیانجامد. پس با حرکتی سریع مچ دستش را گرفتم و از گلویم دور کردم اما پیش از آن که به او صدمه ای وارد کنم محمد، که تا آن زمان با چهره ای بی حالت به ما می نگریست، پشت یخه اش را گرفت و او را از روی سینه من بلند کرد و به عقب کشید. ناگهان دو پاسبان از میان جمعیت بیرون آمدند و، پس از دیدن کارت شناسائی محمد، به مرد مهاجم دستبند زدند و او را با خود بردند.

سوار ماشین شدیم و به راه افتادیم.

همانطور که خون را با پشت دست از روی لبهایم پاک می کردم گفتم: «این هم از مهمان نوازی ایرانی ها.»

محمد عذرخواهی کرد: «این لات و پات ها همه جا هستند. به پلیس میگم آدَمِش کنند.»

چند دقیقه بعد در شمال تهران، در دامنه کوه البرز، به خانه ای که از بیرون شبیه دیگر خانه های مجلل آن ناحیه بود رسیدیم. حیاط وسیع خانه که پر از درختان نارنج، گردو، گیلاس، و انار بود با دیوارهای آجری بلند احاطه شده بود. باغچه های پوشیده از گلهای زرد و قرمز و گذرگاههای باریکی که از میان آنها می گذشتند زیبائی خیره کننده ای به حیاط داده بودند. بوی گل سرخ، شقایق، و محبوبه هوا را پر کرده بود. در حوض مستطیلی کم عمقی که با دیوارهای نیم متری سنگی احاطه شده بود ماهی های قرمز

راز نیمه شب آخوندها

شنا می کردند. قورباغه ها کنار حوض نشسته و به یکدیگر خیره شده بودند. یک آلاچیق کوچک شش ضلعی، با سقفی طاق مانند، و دیوار های کاشی کاری شده در گوشه حیاط قرار داشت. صدها گنجشک، کبوتر، و دارکوب بر درختان نشسته بودند و یا در هوا پرسه می زدند.

ساختمان مجللی، با اتاق های بزرگی که پنجره های قوسی آنها از صدها شیشه رنگی در اندازه ها و شکل های گوناگون تشکیل شده بود، در وسط حیاط قرار داشت. رژیم اسلامی این خانه را که متعلق به یکی از سرمایه داران عصر پهلوی بود به نام مستضعفان مصادره کرده و برای سکونت در اختیار ملاهای متنفذ قرار داده بود. اکنون نیروهای امنیتی از این خانه برای عملیات مخفی شان استفاده می کردند.

محمد گفت: «اینجا منزل شماست. من مسئول حراست این جا هستم. در خوابگاهِ نگهبان ها، نزدیک در ورودی، زندگی می کنم. اگر به چیزی احتیاج داشتید به من بگید تا براتون تهیه کنم. اگر خواستید از این جا خارج بشید شما رو همراهی می کنم.»

به دستورِ او، یکی از نگهبانها از من و نیکا عکس گرفت و انگشت نگاری کرد. سپس به ما کارت شناسایی داد و گفت که همواره آن را با خود حمل کنیم.

محمد به در فولادی بزرگی اشاره کرد و گفت: «این در به تونلی باز می شه که به محل کار شما متصله. ضد گلوله است و به دوربین های نظارتی مجهزه. برای باز کردنش باید کارت شناسائی تون رو در کارتخوانِ کنارِ در فرو کنید و به اِسکنرِ بالای در نگاه کنید. اسکنر چهره شما رو تشخیص میده و در رو باز می کنه.»

محمد و من از در خارج شدیم و وارد تونل روشنی شدیم که از زیر کوه می گذشت و به آزمایشگاه بزرگی که پر از ابزار و تجهیزات بود می رسید. در آزمایشگاه، آخوند بلند بالای تنومندی که عمامه سفیدی بر سر و عبای سیاهی بر دوش داشت از من استقبال کرد: «به ایران خوش آمدید. من آیت الله میثم هستم؛ نماینده مقام معظم رهبری و مسئول پروژه شما.»

دستش را فشردم و گفتم: «خوشوقتم. من جورج مورگِن هستم. لطفاً من رو جورج صدا کنید.»

میثم بین پنجاه تا شصت سال سن داشت. ریش خاکستری اش را به دقت کوتاه کرده و به آن عطر زده بود. من را به دفتر وسیعش دعوت کرد. پشت میز چوبی کهنه ای نشست و به من تعارف کرد که در برابر او روی صندلی بنشینم.

پرسید: «مسافرت چطور بود؟»

«با خوشحالی شروع شد اما متاسفانه با مرگ غم انگیز جواد پایان یافت. درگذشت جواد ضایعه ی بزرگی بود.»

میثم چهره ای متأسف به خود گرفت و گفت: «خبرش رو چند دقیقه پیش شنیدم. ارتحال این عبدِ صالح خدا موجب تأثر و تألم من شد. جواد رزمنده ای بی باک و سرباز راستین ولایت یعنی مطیع و سرسپرده رهبر بود. دلش می خواست در سوریه شهید بشود اما مقدر بود که بر شنهای داغ پاکستان به آرزویش برسد. خداوند روحش را قرین رحمت کند. امیدوارم که در جوار ائمه اطهار علیهم السلام مشمول الطاف و غفران الهی بشود.»

گفتم: «امیدوارم جسدش رو پیدا کنید و به شیوه ای که درخور مقام والای اوست دفن کنید.»

«ببینم چه کار میتونم بکنم. خوشبختانه شما سالم هستید. راستی دوست پاکستانی مون در چه حاله؟»

«کی؟ ژنرال شوکت؟»

«آره، حالش چطوره؟»

لبخند زنان گفتم: «حالش خیلی خوبه. چرا بد باشه؟ صبح تا شب داره با زن های صیغه ایش حال می کنه.»

چشمکی زد و گفت: «شنیده ام که شما هم از صیغه کردن بدت نمیاد. آیت الله همشهری شما رو به این کار تشویق کرد؟»

«نه، خودم می خواستم. وقتی شوکت به من پیشنهاد داد که در ایران کار کنم پیشنهادش رو نپذیرفتم چون فکر می کردم که ایران جای خطرناکیه.

اما شوکت که از علاقه من به زن های خوشگل خبر داشت گفت اگر پیشنهادش رو بپذیرم ترتیبی میده که با زنهای صیغه ای آشنا بشم. به این ترتیب بود که نیکا رو صیغه کردم و آوردم ایران.»

میثم با هیجان گفت: «نیکا؟ خوش به حالت.»

گفتم: «شما او رو می شناسید؟»

«البته که می شناسم. همه ی آدمهای مهم در جمهوری اسلامی او رو می شناسن.»

همانطور که صحبت می کردیم میز را بررسی کردم تا محل مناسبی برای پنهان کردن میکروفون مخفی پیدا کنم. خوشبختانه میز پر از تَرَک و سوراخهای ریز و درشت بود. از آنجا که قطر میکروفون فقط یک میلیمتر بود در بسیاری از سوراخها و تَرَکها جا می گرفت.

پیشخدمت برای ما چای و شیرینی آورد. جرعه ای نوشیدم و فنجان را همراه میکروفون روی میز گذاشتم. چند لحظه بعد، هنگامی که فنجان را بر میداشتم میکروفون را با انگشت به داخل یکی از سوراخها انداختم. اکنون می توانستم در دفترم بنشینم و با پیچ گوشتی قرمزم میکروفون را فعال کنم و به گفتگو های داخل اتاق گوش دهم. تصمیم گرفتم که در ملاقات های بعدی شنودهای بیشتری روی میز و قفسه ها و سوراخ دیوار ها بگذارم تا هم داخل اتاق را بهتر ببینم و هم اگر یکی از شنودها به هنگام تمیز کردن میز از بین رفت و یا چیزی روی آن گذاشته شد بتوانم کماکان به شنود ادامه دهم.

میثم چند دقیقه در باره انقلاب اسلامی صحبت کرد و بعد به سراغ مسئله برجام رفت: «مطمئنم که از خطراتی که ایران رو تهدید می کنه خبر دارید. ایران در سال ۲۰۱۵ توافق نامه برجام رو با آمریکا و چند کشور دیگر امضا کرد و به موجب آن متعهد شد که فعالیت های هسته ای اش رو محدود کنه.»

گفتم: «و ایران کاملاً به تعهداتش عمل کرد.»

«درسته. اما بعد، یک هتلدار که از مسلمانها متنفره و دامادش یهودیه رئیس جمهور آمریکا شد. او از برجام خارج شد و تحریم های سخت اقتصادی بر ایران تحمیل کرد. شایع است که می خواد به ایران حمله کنه و

رژیم رو تغییر بده. ما معتقدیم که اگر بمب اتم داشته باشیم می تونیم او رو از حمله به ایران منصرف کنیم. اما بمب باید قبل از حمله او آماده بشه. ساختن بمب چقدر طول می کشه؟»

پرسیدم: «چقدر اورانیوم غنی شده دارید؟»

«ده کیلوگرم.»

«غناش چقدره؟»

«بالای ۹۰ درصد.»

تعجب کردم. ایران، به موجب برجام، متعهد شده بود که اورانیوم را بیش از ۳٫۶۷ در صد غنی سازی نکند. می دانستم که ایران اندکی از این سقف غنی سازی عبور کرده بود اما هنوز با تولید اورانیوم ۹۰ درصدی که برای ساخت بمب اتم لازم است فاصله بسیاری داشت. بنابراین، حدس زدم که ایران این اورانیوم را به طور غیر قانونی در بازار سیاه خریده است.

گفتم: «فردا اون را بررسی می کنم تا غلظتش رو مشخص کنم.»

در وسط آزمایشگاه میز چوبی محکم بزرگی قرار داشت. میثم من را به کنار میز برد و به چیزهای روی میز اشاره کرد و گفت: «این ها قطعات یک بمب هسته ایه که از منابع گوناگون به دست آوردیم. اورانیوم غنی شده در جعبه قرمز در وسط میز قرار داره.»

به دفترش که برگشتیم پرسشنامه ای پنجاه صفحه ای به من داد و گفت: «لطفاً این پرسشنامه استخدامی رو پر کنید و تا پایان هفته به من برگردونید. فورمالیته است. چیز مهمی نیست.»

وقتی به خانه برگشتم به ساعت رولِکس مچی ام، که سیا آن را تغییر داده بود تا محل وسایل شنود را نشان بدهد، نگاه کردم و متوجه شدم که، همانگونه که انتظار داشتم، در سرتاسر خانه وسایل شنود کار گذاشته شده است. خوشبختانه، در حیاط شنود کار گذاشته نشده بود.

برای شام یک میز تاشو و چند صندلی به حیاط بردم و زیر درختان نارنج قرار دادم.

راز نیمه شب آخوندها

هنگام خوردن شام آهسته به نیکا گفتم: «در خانه دوربین های نظارتی کار گذاشته شده. تمام گفت و گو ها و حرکات ما رو شبانه روز ضبط می کنند.»

«حتی در دستشویی و حمام؟»

«حتی در اونجا.»

ابروهایش از تعجب بالا رفت و گفت: «وحشتناکه.»

«میدونم. اما حیاط رو شنود نمی کنند. اینجا می تونیم راحت حرف بزنیم، اما باید احتیاط کنیم.»

ناگهان پرسید: «چرا گذاشتی تو رو بزنه؟»

«کی؟ اون چاقوکِشِه؟»

«بله.»

«من دارم نقش یک مهندس معمولی رو بازی می کنم. اگر اون غول بی شاخ و دم رو زده بودم قطعاً توجه دیگران به من جلب می شد و برای سازمان های اطلاعاتی ایران این تصور پیش می آمد که شاید من فقط یک مهندس ساده نباشم. آن وقت من رو زیر ذره بین قرار می دادند. یادت باشه، جاسوس نباید بی جهت توجه دیگران به خودش جلب کنه.»

چشمانش گشاد شد و گفت: «به این موضوع فکر نکرده بودم. اما می تونی حمله واقعی رو از حمله ساختگی تشخیص بدی؟»

شانه هایم را بالا انداختم: «گاهی می تونم، گاهی نمی تونم. اما اگر در قضاوتم اشتباه کنم ممکنه هزینه سنگینی برای اشتباهم بپردازم.»

روز بعد قطعات بمب را معاینه کردم. صد قطعه روی میز قرار داشت که دو برابر تعدادی بود که شوکت به همشهری داده بود. شوکت قبلاً فهرست و عکس قطعاتی را که به ایرانیها داده بود به من نشان داده بود. بنابراین، به آسانی آنها را پیدا و جدا کردم. اما بقیه قطعات به بمب اتم تعلق نداشت. چاشنی انفجار، همان گونه که شوکت گفته بود، معیوب بود. اورانیوم را بررسی کردم. غنایش بیش از ۹۰ درصد بود. برخی از قطعات بمب معیوب بودند. نمی دانستم که شوکت از این موضوع اطلاع داشت یا نه.

بعد از ظهر، آیت الله میثم من را به دفترش فرا خواند و به مرد میانسال بلند بالایی که بیشترِ موهای سرش ریخته و زیر چشمانش پف کرده بود معرفی کرد. مرد از روی صندلی چرمی چرخدارش برخاست و دست من را فشرد و گفت: «سردار وحید. از آشنائی با شما خوشوقتم.»

وحید را از قبل می شناختم چون در سیا برای او پرونده ای درست کرده بودیم و اطلاعات مربوط به او را در آن قرار می دادیم.

وحید پدرش را در جنگ ۸ ساله با عراق، که در ایران جنگ تحمیلی و دفاع مقدس هم نامیده می شود، از دست داده بود. وی در دبیرستان به بسیج دانشجویی پیوسته و همراه با برخی از همکلاسی هایش به جبهه رفته بود. آنجا پارچه ای که بر آن الله و اکبر نوشته شده بود دور پیشانی اش بسته بودند و کلیدی به او داده بودند تا، در صورت شهادت، در بهشت را با آن باز کند. وحید قرار بود به همراه همکلاسی هایش روی میدان مین بدود و با منفجر کردن آنها راه را برای نیروهای ایرانی باز کند. اما، از اقبال بلندش، خمینی آتش بس را پذیرفت و جنگ خونین ابلهانه ای که به مرگ صدها هزار ایرانی و عراقی انجامیده بود به پایان رسید. وحید به سپاه پاسداران پیوست و به دلیل سر سپردگی به نظام و اطاعت کورکورانه و شرکت در سرکوب مخالفان رژیم مدارج ترقی را به سرعت پیمود و سردار شد. وی آدمی عامی و متعصب بود. شایع بود که در جوانی روی زنهای بد حجاب اسید می پاشیده و چند زن را نابینا و بشدت مجروح کرده است.

با سردار وحید احوالپرسی کردم و او و آیت الله میثم را کنار میز بردم. قطعات اضافی و معیوب را به آنها نشان دادم، معایب چاشنی انفجاری را برایشان توضیح دادم و تأیید کردم که غنای اورانیوم بیش از ۹۰ درصد است و با آن می توان یک بمب هسته ای کوچک ساخت.

وحید پرسید: «ساختن بمب چقدر طول می کشه.»

من احتمالاً می توانستم قطعات بمب را ظرف یک تا دو ماه سوار کنم و بمب را بسازم اما می خواستم مدت بیشتری در ایران بمانم تا اطلاعات بیشتری در باره برنامه هسته ای ایران کسب کنم. بنابراین، گفتم: «بستگی

راز نیمه شب آخوندها

به این داره که چطور میخواید اون رو به هدف بزنید: با بمب افکن یا موشک.»

«فعلاً فقط یک بمب ساعتی میخوایم که در صحرا منفجر کنیم تا به دنیا نشون بدیم که ایران به یک قدرت هسته ای تبدیل شده.»

«اگر سه تا مهندس زبده به من بدین ظرف شش ماه بمب رو می سازم.»

من به بیش از یک مهندس احتیاج نداشتم اما ترجیح می دادم که با مهندس های بیشتری کار کنم تا افراد بیشتری برای عضو گیری برای سیا در اختیار داشته باشم.

«می تونی زودتر تحویل بدی؟»

«سعی ام رو می کنم.»

آیت الله میثم گفت: «من یاسر، اکبر و محسن رو در اختیار شما قرار میدم. اونا بهترین مهنس های ما هستند. فردا اونا را به شما معرفی می کنم.»

از من خداحافظی کردند و به دفتر میثم رفتند. من هم بی درنگ به دفترم رفتم، در را بستم و دستگاه شنود را که در پیچ گوشتی ام قرار داشت روشن کردم تا به گفتگوهایشان گوش کنم.

ژنرال وحید پرسید: «نظرت در باره جورج چیه؟»

میثم گفت: «به نظر میاد که به کارش وارده.»

بعد از کشو میزش کاغذی بیرون آورد و به وحید داد و گفت: «این فهرست پنجاه قطعه ی اضافیه که مهندس های ما روی میز گذاشته بودند که ببینند جورج می تونه اونها رو تشخیص بده یا نه و او خیلی زود اونها رو تشخیص داد. برای مهندس های ما چند هفته طول کشید تا بفهمند که چاشنی بمب معیوبه اما او خیلی سریع این موضوع رو متوجه شد. از این گذشته، میگه ظرف شش ماه بمب رو می سازه که کوتاه تر از زمانیه که کارشناس ها دیگه می گفتند. باید حد اکثر استفاده رو از او بکنیم.»

از تعریف و تمجیدهایش خوشحال شدم. اگر ژنرال شوکت فهرست قطعات واقعی را به من نداده بود نمی توانستم به آن سادگی آنها را از قطعات

نامربوط تشخیص بدهم. به خاطر سپردم که پس از بازگشت به اسلام آباد از او تشکر کنم.

وحید سرش را به علامت موافقت تکان داد و گفت: «موافقم. در ضمن، به نظر نمیرسه که جاسوس باشه چون که توان جسمانی و چابکی مأموران اطلاعاتی رو نداره. حاج کاظم برای این که توانائی رزمیش رو بسنجه یک لات گردن کلفت رو فرستاد که در خیابان بهش حمله کنه. جورج حسابی ترسیده بود. نمی تونست از خودش دفاع کنه.»

«ممکنه عمداً از خودش دفاع نکرده تا خودش رو ضعیف جا بزنه.»

«فکر نمی کنم. حمله خیلی ناگهانی بود. جورج وقت نداشت که بخواد به این چیزها فکر کنه. خیلی کتک خورد. صورتش خونین شده بود. فیلمش رو گرفتیم. اگه خواستی می تونی اون رو تماشا کنی.»

خوشحال شدم که در مواجهه با فرد مهاجم به درستی عمل کرده بودم. تردیدی نداشتم که وقتی فرنک از موضوع با خبر بشود به من افتخار خواهد کرد. عملکرد من در برابر فرد مهاجم ممکن بود که در درسنامه های سیا برای نوآموزان گنجانده شود.

میثم گفت: «به نظر میرسه که مهندس قابلی باشه. بعد که بمب رو ساخت باید راضیش کنیم که در ایران بمونه و به گسترش برنامه هسته ای کمک کنه. شاید بتونیم از علاقه اش به زنهای جوان برای راضی کردنش استفاده کنیم. باید او را به اورجی های شبانه مون ببریم.»

آن شب با استفاده از دفترچه یادداشتم گزارش مفصلی برای سیا فرستادم. این دفترچه یک وسیله مخابراتی بود که وقتی آن را باز می کردم چهره ام را تشخیص می داد و اجازه می داد که برای سیا پیام ارسال کنم. پیام را در صفحه چپ می نوشتم و با بستن دفترچه آن را ارسال می کردم. پاسخ سیا در صفحه راست ظاهر می شد. پیام ها پس از بستن دفترچه پاک می شدند.

فصل ۱۱

روز بعد با یاسر، اکبر و محسن آشنا شدم. آنها عضو بسیج بودند و به فارغ التحصیل شدن از دانشگاه معتبر شریف افتخار می کردند. این دانشگاه، به دستور شاه، در سال ۱۳۴۴ خورشیدی، با نام دانشگاه صنعتی آریامهر، تأسیس شد. در سال ۱۳۵۴، مجید شریف واقفی، یکی از دانشجویان این دانشگاه که به سازمان چریکی مجاهدین خلق پیوسته بود، به دست شاخه مارکسیست شده ی این سازمان کشته شد. در پی انقلاب اسلامی، نام دانشگاه آریامهر به دانشگاه صنعتی شریف تغییر یافت.

اکبر و محسن هفته ای شش روز، شنبه تا پنج شنبه، از ۸ صبح تا ۵ بعد از ظهر، با من کار می کردند. یاسر اما هفته ای فقط ۴ روز، از دوشنبه تا پنج شنبه، کار می کرد. محافظان مسلح، آنها را صبح ها با اتومبیل سر کار می آوردند و عصرها به خانه برمی گرداندند تا از ترور آنها جلوگیری کنند.

من برای جلب اعتماد، احترام و دوستی همکارانم تلاش می کردم. صبح ها زودتر از آنها سر کار می رفتم و عصرها بعد از آنها محل کار را ترک می کردم. به آنها تکنیک های جدید یاد می دادم و در گفتگو های آنها در باره ورزش و سیاست و غیره شرکت می کردم. به تدریج، با هم دوست شدیم.

به میثم اطلاع دادم که به دلیل کمبود اورانیوم فقط میتوانم یک بمب کوچک به وزن ۲۵ کیلوگرم و با قدرت انفجار هزار تُن تی ان تی بسازم. قدرت این بمب یک پانزدهم قدرت بمبی بود که هیرشیما را ویران کرد. میثم دستور داد که برای فعال کردن بمب از گذرواژه ۱۹۴۸ استفاده کنم.

کار ها به سرعت پیش می رفت. تا پایان هفته دوم چاشنی انفجاری را تعمیر کردیم و مشغول بازسازی قطعات معیوب شدیم. یاسر از دو مهندس دیگر باسوادتر و علاقمند تر بود و تکنیک های تازه را به سرعت فرا می گرفت و به کار می بست. خیلی کنجکاو بود و مرتب از من سئوال می کرد اما پرسش هایش بیشتر در باره موشک و کلاهک های هسته ای بود و ارتباطی به پروژه من نداشت. دوشنبه ها که سرِ کار می آمد مستقیماً به اتاق میثم می رفت و مدتی با او گفتگو می کرد. بنابراین، صبح دوشنبه، هنگامی که به اتاق میثم رفت، به دفترم رفتم و با فعال کردن دستگاه شنود به سخنان آنها گوش کردم.

آیت الله میثم پرسید: «پروژه موشکی چطور پیش میره؟»

«خیلی گُند. هنوز خیلی از مشکلات تکنیکی رو حل نکردیم. موشکها زمخت و سنگین هستند. دقیق نیستند و به این دلیل برای نابود کردن هدف به مقدار زیادی مواد منفجره احتیاج دارند. برای موشکها به موتور های قوی تر و سیستم های هدایت کننده دقیق تر احتیاج داریم.»

درباره یاسر اشتباه نکرده بودم. او به طور تصادفی برای کار با من انتخاب نشده بود. به احتمال زیاد، می خواست طرز ساختن کلاهک هسته ای برای موشک را یاد بگیرد.

میثم پرسید: «چقدر طول می کشه که این مشکلات رو برطرف کنید؟»

«نمیدونم. ده سال. شاید هم بیشتر.»

«جورج بهت کمک می کنه؟»

«خیلی. جورج خیلی با سواده ولی گرفتار پروژه خودشه. وقت اضافی نداره.»

«چرا ازش خواهش نمی کنی که بعد از کار بهت کمک کنه؟»

«این کار رو می کنم ولی شاید بهتر باشه که شما هم باهاش صحبت کنید.»

آیت الله همشهری با من صحبت کرد و من با خوشحالی پذیرفتم که بعضی عصر ها، بعد از پایان کار روزانه، به یاسر کمک کنم.

عصر روز بعد، پس از شام، با یاسر تخته نرد بازی کردم. تخته نرد سرگرمی محبوب ایرانیان است و بسیاری از آنها با غرور بسیار ادعا می کنند که این بازی را ایرانی ها اختراع کرده اند. در تخته نرد شانس و مهارت هر دو مهم هستند و این موضوع بر هیجان بازی می افزاید. به هنگام بازی، گاهی بازیکنان مهارت خود را به رخ یکدیگر می کشند و به یکدیگر متلک می گویند. بازندگان ادعا می کنند که می توانستند برنده شوند اما برای آن که دل حریف را نشکنند عمداً بازی را به حریف واگذار کرده اند.

به هنگام بازی، به یاسر گفتم: «یاسر آقا، مدیر خوب باید حواسش به چیزهایی که روحیه همکارانش رو تضعیف می کنه باشه. شما خیلی افسرده به نظر میرسی. خدای ناکرده، اتفاق بدی که نیفتاده؟»

شانه اش را بالا انداخت و گفت: « چیزی نیست. مدتیه که نمی تونم خوب بخوابم. درست میشه.»

«یاسر جان! هر چه به من بگی بین ما میمونه. شاید بتونم کمکت کنم.»

«یک مشکل خصوصیه. فکر نمی کنم بتونی کمک کنی.»

نیکا برای ما چای آورد. سینی گِرد نقره را روی میز کنار تخته نرد گذاشت و رفت.

پرسیدم: «بهار نارنج بندازم توش؟»

«بله. سه تا برگ لطفاً.»

سه تا برگ بهار نارنج در چایش انداختم و فنجان را به او دادم. به بازی ادامه دادیم و عمداً گذاشتم که برنده شود. بعد، در حالی که مهره های تخته نرد را می چیدم، گفتم: «چون مهمان عزیز بنده هستی به خاطر مهمان نوازی اجازه دادم که بازی را ببری. اما این دفعه بازی جدّیه و کار شما ساخته است.»

با خنده گفت: «میخوای شرط ببندیم؟»

«با کمال میل. اگر برنده شدی چی میخوای؟»

«یک جعبه نان خامه ای. شما چی؟»

«می خوام بگی چرا انقدر افسرده ای. قبول می کنی؟»

«بله. قبول می کنم.»

بازی را باخت اما نگفت که از چی ناراحت است. قبلاً دیده بودم که عکس زن جوانی را از کیف پولش بیرون می آورد و با چشمان اشکبار به آن نگاه می کند. حدس زدم که با زنش مشکل دارد.

گفتم: «یاسر جان، اگر با همسرت مشکل داری بهتره با یک دوست صمیمی یا یک مشاور خانوادگی صحبت کنی. نباید این بار سنگین رو به تنهایی حمل کنی. اگر مشکلت رو حل نکنی روز به روز بدتر میشه.»

با تعجب پرسید: «چرا فکر می کنی با همسرم مشکل دارم؟»

«برای این که مثل موقعی که من با همسرم مشکل داشتم رفتار می کنی. میخوای مدتی به مرخصی بری تا مشکلاتت رو حل کنی؟»

«مرخصی مشکل رو حل نمی کنه.»

«چرا؟ مگر مشکلت چیه؟»

اشکش سرازیر شد: «همسرم می خواد طلاق بگیره؟»

کنارش نشستم و دستم را دور شانه اش گذاشتم و گفتم: «طلاق چیز غم انگیزیه. من رنج طلاق رو چشیدم و میدونم که چقدر دردناکه. راستی چرا طلاق می خواد؟ مشکل مالی دارید؟»

«مشکل ما مالی نیست.»

«رابطه همسرت با خانوادت چطوره؟»

«خانوادم عاشقش هستن.»

«چند سالِشِه؟»

«سی سال. همسن خودمه. در دانشگاه همکلاسی بودیم.»

چند ثانیه ای ساکت ماند و بعد گفت: «تقصیر او نیست.»

دوباره شروع به گریه کرد.

وقتی که کمی آرام شد گفتم: «فکر کنم تو هم همون مشکلی رو داری که من داشتم. تو و همسرت رابطه جنسی رضایت بخشی ندارید.»

چیزی نگفت و من ادامه دادم: «با متخصص صحبت کردی؟»

«آره. چند نوع قرص به من داده اما هیچ فایده ای نداشته.»

«چند وقته که این مشکل رو داری؟»

«از پارسال که ازدواج کردیم اما روز به روز بدتر میشه.»

اکنون موقع مناسبی برای دامن زدن به هراس هایش بود. گفتم: «اگر اشتباهی رو بکنی که من کردم که از این هم بدتر میشه.»

حرف من گریه اش را بند آورد. با چشمان گشاد به من خیره شد و پرسید: «اشتباه تو چی بود؟»

«آنقدر این مسئله رو نادیده گرفتم تا کابوسی رو که ازش می ترسیدم رخ داد.»

«کابوس تو چی بود؟»

«که زنم به من خیانت بکنه.»

رنگش پرید، انگار که او هم دچار همین کابوس بود.

پرسید: «چطور فهمیدی؟»

مدتی به کوه مشرف به خانه مان خیره شدم. بعد آهی کشیدم و گفتم: «یک روز صبح حالم خوب نبود. مرخصی گرفتم و اومدم خونه. از اتاق خواب در طبقه بالا صدائی شنیدم. زنم با بهترین دوستم در رختخواب بود.»

با هیجان گفت: «زنت رو کُشتی؟»

«نه نکشتم. چرا باید او رو می کشتم؟»

«برای این که به تو خیانت کرده بود.»

فوراً جواب ندادم. آهسته چایم را خوردم و بعد گفتم: «درسته. کاری که کرد خیلی من رو آزار داد. هنوز هم آزار میده. اما من می دونستم که تقصیر او نبود. من با نادیده گرفتن نیازهای جنسیش مدت ها قبل از این که او به من خیانت کنه به او خیانت کرده بودم.»

«با فاسقش چه کار کردی؟»

«کاری کردم که دیگه از این کارها نکنه. نکته مهم اینه که این مسائل خود به خود حل نمیشن. تو باید قبل از این که دیر بشه یک کاری بکنی.»

با نومیدی پرسید: «چه کار می تونم بکنم؟»

«باید قبل از این که به فکر پیدا کردن معشوق بیفته ارضاش کنی.»

با چشمانی اشک آلود و حالتی عاجزانه گفت: «ولی من نمی تونم ارضاش کنم. من ناتوانی جنسی دارم. چند روز پیش شنیدم که خواهر بزرگش بهش می گفت بهتره یک معشوق پیدا کنه. اگر این اتفاق بیفته، زنم، معشوقش و خودم رو می کشم.»

تنها راه چاره یافتن قرص پرقدرتی بود که اختلالات نعوظی او را درمان کند. خوشبختانه شیمی دانهای سازمان سیا، سالها پیش، چنین قرصی را برای کمک به مردانی که با استفاده از داروهای معمولی قادر به نعوظ نیستند ساخته بودند. این قرص از داروهای موجود در بازار بسیار قوی تر بود اما به دلیل عوارض شدید جانبی نمی شد که آن را برای استفاده عموم به بازار عرضه کرد.

من، حدود ده سال پیش، هنگام خدمت در افغانستان، به اهمیت این قرص برای جذب افراد پی برده بودم. رئیس یکی از قبایل که هفتاد سالی سن داشت و طرفدار طالبان بود با زنی که سنش نصف سن او بود ازدواج کرده بود اما، شش ماه پس از ازدواج، عروس هنوز باکره بود. روابط عروس و داماد رو به تیرگی گذاشت و میان خانواده هایشان تنش بروز کرد. پیرمرد احساس شرمندگی می کرد. اهالی محل پشت سرش حرف می زدند و او را مسخره می کردند. او به پزشکان متعددی رجوع کرده و داروهای مختلفی مصرف کرده اما نتیجه ای نگرفته بود.

وقتی از این موضوع باخبر شدم با رئیسم صحبت کردم و او تعدادی قرص برایم تهیه کرد. بعد، تحت پوشش پزشک، به خانه پیرمرد رفتم و گفتم که می توانم او را معالجه کنم. او که از معالجه ناامید شده بود حرفم را باور نمی کرد. قرصی به او دادم و گفتم که این قرص اخیراً اختراع شده و بسیار قوی است.

راز نیمه شب آخوندها

قرص موثر بود. پیرمرد از شادی و غرور در پوست خود نمی گنجید. می گفت خدا تو را برای کمک به من فرستاده تا دیگر جلو همسر و خانواده احساس شرمساری نکنم. وی به زودی خبر چین شد و با دریافت هر قرص اطلاعات ارزشمندی در باره طالبان در اختیار من قرار می داد.

اکنون می خواستم با استفاده از این قرص یاسر را به همکاری با سیا تشویق کنم.

گفتم: «یاسر جان، ناراحت نباش. من به تو کمک می کنم. یکی از قرصهام رو به تو میدم تا مشکلت حل بشه.»

گفت: «قرص فایده ای نداره. تمام قرص ها رو امتحان کردم.»

گفتم: «قرص من با قرص های دیگه فرق داره، معجزه می کنه.»

«ولی زنم مدت هاست که با من نمی خوابه.»

«نگران نباش. امشب وقتی ببینه برای عشقبازی آماده ای با تو می خوابه. قرص رو قبل از رفتن به رختخواب بخور و فردا نتیجه رو به من بگو.»

صبح روز بعد یاسر به دفترم آمد و من را بغل کرد و بوسید و با خوشحالی و هیجان گفت: «قرصت معجزه کرد. کاری کردی که زنم به من احترام بگذاره. دیگه مجبور نیستم که سرافکنده باشم. اسم این قرص چیه؟ کجا اون رو می فروشن. می تونم اون رو از طریق اینترنت سفارش بدم؟»

گفتم: «متاسفانه نمی تونی. این قرص یک داروی آزمایشیه که تا چند سال دیگه وارد بازار نمیشه. فعلاً فقط معدودی از افراد ثروتمند به اون دسترسی دارند.»

«قیمتش چقدره؟»

«قرصی هزار دلار.»

با تعجب فریاد زد: «هزار دلار؟ چرا انقدر گرونه؟»

«قیمت داروهای جدید معمولاً بالاست چون هزینه اختراعشون سرسام آوره.»

با نومیدی گفت: «با تمام حقوق ماهانه ام حتی یک قرص هم نمی تونم بخرم.»

دستی به پشتش زدم و گفتم: «نگران نباش رفیق. من از قرص های خودم بهت میدم. پولش رو هر وقت که داشتی بپرداز.»

با خوشحالی موافقت کرد. با هم دست دادیم.

فصل ۱۲

قرار من با آیت الله همشهری این بود که به محض ورود به ایران مبلغ ده هزار دلار به من پرداخت شود اما با آن که یک هفته گذشته بود هنوز پولی دریافت نکرده بودم. وقتی که موضوع را با آیت الله میثم در میان گذاشتم مبلغ پنج هزار دلار به من داد و با عذرخواهی گفت:

«ببخشید. این نیمی از پول شماست. بقیه اش رو تا پایان هفته به شما می دم. دولت به دلیل تحریم های آمریکا پول کم داره.»

محمد من را به یک صرّافی در خیابان فردوسی برد تا دلارها را به پول ایرانی تبدیل کنم. بعد به چند مغازه سرزدیم. من کت، شلوار، پیراهن و عینک دودی خریدم. نیکا هم مقداری لباس و لوازم آرایش خرید. بعد به یک رستوران سنتی رفتیم و شام خوردیم.

محمد چشم از نیکا بر نمیداشت. یک روز عصر، موقعی که با نیکا زیر درخت نارنج در حیاط نشسته بودم، گفتم: «به نظر میاد که محمد سخت دلباخته تو شده. متوجه شده ای؟»

«آره. هر وقت توی حیاط میام به من زل میزنه، دنبالم راه می افته و سعی می کنه سر صحبت رو باز کنه. امروز صبح می خواست بره بهشت زهرا سر قبر زنش. اصرار کرد که با او برم. در راه، وقتی از زنش حرف میزد، به گریه افتاد. دلم براش سوخت. دستهام رو روی دستهاش گذاشتم. دستم رو محکم گرفت و تا بهشت زهرا رها نکرد.»

گفتم: «می تونی دام عسلی در راهش بگذاری؟»

«دام عسلی چیه؟»

«دام عسلی، برقراری رابطه جنسی به منظور کسب اطلاعات است. تمام سازمان های اطلاعاتی، و به ویژه روسیه، از این روش استفاده می کنند.»

نیکا سرش را به علامت مخالفت تکان داد و گفت: «من پاهام رو برای کسب اطلاعات باز نمی کنم. اما می تونم باهاش دوست بشم و اَزش اطلاعات بگیرم.»

گفتم: «فکر خوبیه اما باید صبور باشی. به کار و سرگرمی هاش علاقه نشون بده. با سؤالهای معمولی در باره زندگی و کارش شروع کن و بعد از مدتی برو سراغ مطالب محرمانه. ببین وضع مالیش چطوره. اگر پول لازم داشت بهش قرض میدیم.»

ما مرتب به قهوه خانه می رفتیم. محمد قرار بود از من محافظت کند اما حواسش پیش نیکا بود و ترجیح می داد که با او تنها باشد. نیکا هم تظاهر می کرد که از مصاحبت او لذت می برد. هر بار که به قهوه خانه می رفتیم بعد از خوردن چای می گفتم که می خواهم در خیابان قدم بزنم. محمد می گفت می خواهید با شما بیایم و من جواب میدادم که راضی به زحمت شما نیستم. اگر خیلی اصرار می کرد نیکا میگفت: «محمد آقا، بگذار بره. بچه که نیست که گم بشه. شما بهتره اینجا باشی تا کسی مزاحم من نشه.» محمد هم که از خدا می خواست قبول می کرد و به من میگفت: «مواظب باش گم نشی.»

من با گردش های چند دقیقه ای شروع کردم و به تدریج زمان آن ها را به چند ساعت افزایش دادم تا محمد به غیبت های طولانی مدت من عادت کند. ضمن این گردش ها، یک ریش مصنوعی، یک کلاه گیس و مقداری وسایل گریم خریدم تا اگر لازم شد قیافه ام را تغییر بدهم.

به تدریج محمد را بهتر شناختم. محمد مرتب به زورخانه می رفت و میل و سنگ می گرفت و شنو می رفت و کباده می کشید. مادر و خواهرش در خانه او در جنوب تهران زندگی می کردند. یک سال قبل همسرش را در تصادف اتومبیل از دست داده بود و حالا بیشتر اوقات در خوابگاه نگهبان ها به سر می برد.

راز نیمه شب آخوندها

یک شب، در برنامه اخبار تلویزیون، او را سوار بر موتورسیکلت در یکی از خیابان های تهران دیدم. روز بعد که از او پرسیدم گفت که اغتشاشگران را متفرق می کرده است: «من فرمانده ۲۴ موتورسوار بسیجی ام. وقتی اغتشاش میشه به نیروهای امنیتی کمک می کنم.»

«چه کار می کنی؟»

«با موتور میزنم به اغتشاش گرها. با باتوم استخوان هاشون رو خرد و خمیر می کنم. گاهی هم، اگر دستور تیراندازی بدن، با هفت تیر به طرف جمعیت تیراندازی می کنم.»

«برای این کار پول هم می گیری؟»

«هر ماه از بسیج حقوق می گیرم. مزایا هم داره. اما این کار رو به خاطر پول و مزایا نمی کنم، به خاطر دفاع از جمهوری اسلامی می کنم.»

یک شب، در حین بازی تخته نرد، از محمد پرسیدم چرا ازدواج نمی کنی. گفت از دختر دوازده ساله ی همسایه خواستگاری کردم اما پدر دختر به دلیل اختلاف سنی با ازدواج ما موافقت نکرد. پرسیدم چرا صیغه نمی کنی. گفت زن زیبایی را می شناسم که صیغه می شود اما مهریه اش خیلی بالاست و برای ازدواجی دو ساعته پانصد هزار تومن میگیرد. محمد اضافه کرد که حقوقش خوب است اما چون خرج مادر و خواهرش را میدهد پول زیادی برایش باقی نمی ماند.

روز بعد، پس از خوردن شام، مقداری پول در پاکتی گذاشتم و به او دادم و گفتم: «محمد آقا! شما دوست خوب من و نیکا هستی. به ما خیلی محبت می کنی. ما دوست نداریم شما رو غمگین ببینیم. شما تنهاهستی و تنهایی شما رو افسرده کرده. احتیاج داری که یک زن در کنارت باشه. من و نیکا دوست داریم این هدیه ناچیز رو به شما بدیم تا زن مورد علاقه ات رو صیغه کنی.»

محمد هدیه را نپذیرفت.

گفتم: «نپذیرفتن هدیه از دوست کار دوستانه ای نیست. اما اگر نمیخوای هدیه بگیری به اون به چشم وام قرض الحسنه نگاه کن و هر وقت که داشتی پس بده. الان به اون زن تلفن کن ببین چی میگه.»

محمد تشکر کرد اما غرورش اجازه نمی داد که این پول را قبول کند. اصرار بی فایده بود. به آشپزخانه رفتم و یک قرص نعوظ زا در فنجان چای انداختم و برایش آوردم. همین که چای را تمام کرد بی تاب شد. چند بار بلند شد و دستش را در جیب شلوارش کرد تا برای چیزی که در شورتش بیقراری می کرد جا باز کند. دقایقی بعد به آن زن تلفن کرد و با پیشنهاد پرداخت مبلغی هنگفت توانست قرار ملاقات فوری بگذارد. بعد با شتاب پاکت را برداشت، از من تشکر کرد و رفت.

محمد دائماً زنهایش را عوض می کرد و من هم باکمال میل و سخاوتمندانه هزینه اش را می پرداختم. دفعه دوم که به او پول دادم پس از تشکر گفت: «می خوام خواهش کنم که در باره پولی که به من می پردازید در خانه با نیکا خانم صحبت نکنید چون اونجا شنود کار گذاشته شده و صحبت های شما ضبط میشه و به آیت الله میثم و سردار وحید گزارش میشه.»

به او اطمینان دادم که موضوع پول بین من و او خواهد ماند. تشکر کرد و به تدریج اطلاعات بیشتری در باره میثم و وحید به من داد. محمد گفت که میثم و وحید گمان می کنند که می توانند ظهور امام زمان را با ایجاد جنگ و هرج و مرج در خاورمیانه تسریع کنند واضافه کرد که خودش هم همین طور فکر می کند.

حرفهایش را جدی نگرفتم اما به سیا گزارش کردم.

فصل ۱۳

یک ماه پس از ورود به ایران آیت الله میثم گفت که حاج کاظم امامی می خواهد با من و نیکا ملاقات و گفتگو کند.

میثم گفت: «محمد شما رو به دفتر او می بره. من هم میام.»

هنگامی که سوار ماشین می شدم از محمد پرسیدم: «کجا میریم؟»

«هتل استقلال. حاج کاظم می خواد با شما حرف بزنه.»

«حاج کاظم کیه؟ می دونی چی می خواد؟»

«حاج کاظم از سربازان گمنام امام زمانه که صبح تا شب دنبال جاسوس های سیا و اسرائیل می گرده. فکر کنم می خواد مطمئن بشه که شما جاسوس نیستی. اما من خوشحالم که میریم هتل استقلال چون جای با حالیه.»

رژیم اسلامی از نیروهای اطلاعاتی اش به عنوان سربازان گمنام امام زمان یاد می کرد.

تعریف محمد از هتل استقلال کاملا درست بود. هتل پنج ستاره استقلال، با نام هتل هیلتون، در بهمن سال ۱۳۴۱ افتتاح شد. آن زمان، هیلتون بلندترین بنای ایران و نماد پیشرفت و تجمل بود و شکوهش بازدیدکنندگان را مسحور می کرد. هیلتون محل برگزاری کنفرانس های بین المللی و میزبان سلاطین، رؤسای جمهور و مشاهیر بود. تهرانی های ثروتمند اغلب در رستورانهای مجلل هیلتون که غذاهای ایرانی و خارجی ارائه می کرد غذا می خوردند. دولت ایران چنان اهمیتی برای این هتل قائل بود که، در بهمن ۱۳۴۱، دو تمبر ۶ ریالی و ۱۴ ریالی به مناسبت افتتاح

آن منتشر کرد. رژیم اسلامی پس از سرنگونی شاه این هتل را مصادره کرد و نام آن را به استقلال تغییر داد. اکنون بخشی از آن در اختیار سازمان حفاظت اطلاعات سپاه پاسداران قرار داشت.

پارکینگ هتل شلوغ بود و مدتی طول کشید تا محلی برای پارک پیدا کنیم. وقتی وارد هتل می شدیم چند تن از کارکنان هتل را دیدیم که مشغول نصب پلاکارد مرگ بر اسرائیل در بالای در ورودی هتل بودند. گمان نمی کنم که این کارکنان می دانستند که بخش هایی از این هتل را شرکتی اسرائیلی ساخته بود.

هتل هیلتون یادگار دوران اتحاد مخفی ایران و اسرائیل علیه کمونیزم شوروی و ملی گرایی عربی ناصر بود. ایران و اسرائیل رابطه دیپلماتیک رسمی با یکدیگر نداشتند اما هیئت های نمایندگی مخفی شان در پایتخت های یکدیگر فعال بودند. شرکت هواپیمائی اِل آل هر روز به تهران پرواز می کرد و شرکت ها و معماران اسرائیلی در ایران جاده، بندر، کارخانه، تأسیسات نظامی، هتل و منازل مسکونی می ساختند. صدها خانواده اسرائیلی در تهران زندگی می کردند و کودکان خود را به مدرسه ای که از سوی دولت اسرائیل تأسیس شده بود می فرستادند. اما انقلاب اسلامی به این رابطه متقابلاً سودمند پایان داد. هیئت نمایندگی اسرائیل و شرکتهای اسرائیلی ایران را ترک کردند و جمهوری اسلامی راه دشمنی با اسرائیل را در پیش گرفت.

با آسانسور به طبقه بالا رفتیم و به سالن بزرگی که با قالی فرش شده بود وارد شدیم. یک مرد قد بلند تنومند و یک مرد قد کوتاه قوی هیکل منتظر ما بودند. آنها کت و شلوار سورمه ای به تن داشتند و پیراهن سفید بدون یخه شان را تا زیر گردن دکمه کرده بودند.

مرد قد کوتاه شانه های پهن، موهای شانه کرده، ریش کوتاه و سبیل نظامی داشت. سنش بین سی و پنج تا چهل بود. زیرِ کُتش، در غلاف زیر بغلش، تپانچه اش دیده می شد.

مردِ قد بلند، که موهایی آشفته و سبیلی پرپشت داشت، به مبل چرمی قرمز بَرّاقی که در سالن انتظار قرار داشت اشاره کرد و گفت: «لطفاً بفرمائید. حاج کاظم چند دقیقه دیگه شما رو می بینه.»

راز نیمه شب آخوندها

بعد کنار آیت الله میثم نشست و با او به گفتگو پرداخت.

از دیدن مرد قد کوتاه یکه خوردم و نگران شدم چون به نظرم رسید که شاید او را در کوههای تورا بورا در شرق افغانستان دیده باشم. آخر سالها از زمانی که در کوههای صعب العبور افغانستان علیه طالبان می جنگیدم گذشته بود. ناگهان، خاطرات گذشته در ذهنم زنده شدند. این مرد حمید بود.

من چند روز با او و گروهانش در عملیات جستجو و نابودسازی علیه طالبان و القاعده شرکت کرده بودم. روز سوم نیروهای دشمن از فراز صخره ای ما را زیر آتش گرفتند. فرمانده گروهان که سروانی افغانستانی بود بلافاصله کشته شد. مسلسلها می غریدند و زخمی ها فریاد می زدند. هرج و مرج بر میدان نبرد حاکم بود. یکی از افسران سیا با پای خرد شده و خونین بر زمین افتاده بود. برخی از سربازان وظیفه جوان می گریختند. معاون فرمانده با فریاد های بلند دستور می داد اما صدایش در غرش مسلسل ها مفهوم نبود.

آنگاه حمید به سوی صخره دوید و همچون پلنگی از آن بالا رفت و نارنجکی در سنگر دشمن انداخت و آشیانه مسلسلشان را به رگبار بست. اندکی بعد جنگجویان طالبان عقب نشینی کردند و ما بدون دادن تلفات بیشتر به پایگاهمان بازگشتیم.

بعد از آن نه او را دیده و نه به او فکر کرده بودم. حالا چاقتر شده و تارهای خاکستری در ریشش پیدا شده بود. روی گونه راستش زخم چاقو دیده می شد که قبلاً نداشت. بینی اش هم شکسته بود. با اینهمه، مطمئن بودم که این شخص حمید است.

این جنگجوی خشن در هتل استقلال تهران چه می کرد؟

روی مبل در برابر آیت الله میثم نشستم. مرد قد کوتاه هم کنارم نشست و با چشمانی از حدقه در آمده و دهان باز به من خیره شد. احساس کردم که سخت به دردسر افتاده ام. کوشیدم که آرامش خود را حفظ کنم اما عرق کرده بودم و نَفَس و ضربان قلبم تندتر و گلویم خشک شده بود.

لاله گوشم را دوبار لمس کردم تا به نیکا علامت بدهم که سر محمد را گرم کند تا بتوانم آزادانه با حمید صحبت کنم.

مرد با لهجه دری خود را معرفی کرد: «من حمید برهان هستم.»

«من جورج هستم. از آشنایی با شما خوشوقتم.»

سرش را جلو آورد و با لبخند شیطنت باری آهسته گفت: «فکر کنم من و شما، چند سال پیش، همدیگر رو در افغانستان ملاقات کردیم.»

سرم را به علامت منفی تکان دادم و با بی اعتنایی گفتم: «فکر نمی کنم. من هرگز در افغانستان نبودم.»

چیزی نگفت اما احساس کردم که دارد با چشمانش به من می خندد.

پرسیدم: «شما در افغانستان بودید؟»

«من افغانستانی هستم. مسلمان شیعه و از قوم هَزاره.»

گفتم: «بی سوادی من رو ببخشید. قوم هزاره کجا زندگی می کند؟»

«در بخش مرکزی افغانستان.»

مرد از من چشم بر نمی داشت: «شما من رو به یاد جنگجوی خشنی که در غار بزرگی در کوههای تورابورا دیدم می اندازید. او شمار زیادی از جنگجوهای طالبان رو کشت. اسمش اشرف بود.»

«من رو عوضی گرفتید. من حتی عرضه کشتن یک پشه رو ندارم، چه رسد به جنگجوهای طالبان. هیچوقت هم در غار نبودم. شما اینجا توریست هستید؟»

«من عضو لشکر فاطمیون هستم. در تهران زندگی می کنم.»

من سالها لشکر فاطمیون را رصد کرده بودم و با فعالیت هایش آشنایی داشتم. این نیرو در دهه ی ۱۳۶۰ خورشیدی توسط ایران تأسیس شد تا در کنار نیروهای ایرانی علیه عراق بجنگد. لشکر فاطمیون از شیعیان افغانستان که توسط ایران آموزش دیده و مسلح شده بودند تشکیل شده بود. افراد این لشکر جنگجویان مکتبی پرتوان و بی باکی بودند که گمان می کردند که برای اسلام می جنگند. ایران در سوریه، یمن و دیگر کشورهای خاورمیانه از این نیرو استفاده کرده بود.

گفتم: «ممکنه بفرمائید لشکر فاطمیون چیه؟»

راز نیمه شب آخوندها

«فاطمیون یک نیروی نظامی شیعی است که در عراق و سوریه از زیارتگاه های شیعیان دفاع می کنه. شغل شما چیه؟»

«من مشاور فنی هستم. به صنایع اتومبیل سازی مشاوره میدم. عاشق اتومبیل هستم. شما از چه ماشینی خوشت میاد؟»

«من از وانت های پر قدرتی که بتونند از شیب تند کوه بالا برند خوشم میاد. اما چون این وانت ها خیلی گران هستند فعلاً سمند میرونم. به نظر شما، سمند چه جور ماشینیه؟»

«سمند اتومبیل سواری چهار دریه که بر پایه پلتفرم پژو ۴۰۵ ساخته شده و همچون دیگر خودروهای ایرانی ساده است اما به قیمتش می ارزه. راستی، شما بچه دارید؟»

عکس پسر نوجوانی را از کیف پولش بیرون آورد و به من نشان داد: «این پسرمه. چهارده سالشه.»

«خیلی به شما شباهت داره. خدا حفظش کنه. اینجاست یا افغانستان؟»

«اینجاست. دبیرستان البرز میره. شما چی؟ بچه داری؟»

عکس دوران نوجوانی ام را از کیف پولم بیرون آوردم و به او نشان دادم.

عکس را گرفت و کمی به آن خیره شد: «کاملاً شبیه شماست. کجا مدرسه میره؟ شاید بتونه با پسر من دوست بشه و با او درس بخونه و بازی کنه.»

گفتم: «فکر خوبیه. دوست دارم بفرستمش یک مدرسه خوب. مدرسه البرز چطوره؟»

«مدرسه خوبیه. تنها اشکالش اینه که اتوبوس نداره. من باید پسرم رو هر روز عصر ساعت پنج، در ترافیک سنگین، از مدرسه بیارم خونه. اعصاب خرد کنه.»

زن چادری محجبه ای به سالن آمد و نیکا رو با خود به اتاقی برد. چند لحظه بعد مردی به ما گفت که حاج کاظم منتظر ماست.

از حمید خداحافظی کردم و به اتاق بزرگ حاج کاظم که از پنجره اش رشته کوه البرز دیده می شد رفتم. حاج کاظم تنومند و طاس بود. ریشش شانه نشده، دماغش بزرگ و خمیده و نگاهش ترسناک بود. بر گونه راستش زخم چاقو دیده می شد. دکمه بالای پیراهنش را باز گذاشته و آستین هایش را بالا زده بود. بازو و سینه اش را خالکوبی کرده بود. پشت میز چوبی بزرگی، روی صندلی چرمی چرخداری نشسته بود و با کاغذهای روی میز وَر می رفت.

حاج کاظم از جا برخاست و میثم را در آغوش گرفت و صورتش را بوسید. بعد دست راستش را روی سینه اش گذاشت و به من تعظیم کوتاهی کرد. سپس با دست اشاره کرد که در صندلی های چرمی در برابرش بنشینیم و دستور داد که برایمان چای بیاورند. در فکر بودم که این مرد کیست و چه می خواهد که ناگهان نگاه سردش را به من دوخت و در حالی که با مهره های تسبیحش وَر می رفت پرسید: «آقای مورگن! جواد چطور مرد؟»

کمی چای نوشیدم و گفتم: «در جریان تیراندازی در پاکستان کشته شد.»

نگاه پرسش آمیزی به من کرد و پرسید: «ممکنه بیشتر توضیح بدین؟»

«موقعی که به ایران می آمدیم به یک اردوگاه رسیدیم. جواد وانتش رو بیرونِ اردوگاه پارک کرد و به من و نیکا گفت که منتظرش باشیم. سه چادر بین دو تپه قرار داشت. جواد وارد چادر میانی شد. اندکی بعد، صدای تیراندازی به گوش رسید. من و نیکا از وانت بیرون پریدیم و پشت تپه ای مخفی شدیم.»

«جواد مسلح بود؟»

«نمیدونم.»

«تیراندازی چقدر طول کشید؟»

کمی فکر کردم و گفتم: «یکی دو دقیقه بیشتر طول نکشید. بعد سکوت برقرار شد.»

«شما تیراندازی رو دیدی؟»

راز نیمه شب آخوندها

«نه، ندیدم. من پشت تپه پنهان شده بودم.»

من به سئوال ها همان گونه که با نیکا قرار گذاشته بودم پاسخ می دادم. مطمئن بودم که زن بازجو هم داشت همین پرسش ها را از نیکا می پرسید تا ببیند که جوابهای او با جوابهای من می خوانند یا نه. نیکا دختر باهوشی بود. با اینهمه، نگران بودم چون می دانستم که بازجوهای کارکشته می توانند حتی باهوش ترین افراد را فریب دهند و به اعتراف وادارند.

حاج کاظم پرسید: «بعد چی شد؟»

«بعد که تیراندازی تمام شد مدتی منتظر جواد شدیم اما جواد نیومد. ترسیده بودیم. نمی دونستیم چه کار کنیم. در اردوگاه هیچ حرکتی دیده نمی شد اما جرأت نمی کردیم به اونجا بریم. بالاخره دل به دریا زدیم و به اردوگاه رفتیم و با جسد جواد رو به رو شدیم.»

«جسدها کجا بودند؟»

«بیشترشون در چادرها بودند.»

حاج کاظم قوطی سیگار وینستون نیمه خالی اش را از روی میز برداشت و به من و میثم سیگار تعارف کرد. تشکر کردیم اما سیگاری بر نداشتیم. وی با فندک سیگارش را روشن کرد و با حالتی عصبی به آن پُک زد. بعد، حلقه های دود را آهسته از دهانش به سوی سقف فرستاد و گفت: «من معمولاً به مرگ اشرار پاکستانی اهمیت نمی دم اما مورد عدنان فرق می کنه.»

پرسیدم: «عدنان کیه؟»

«فرمانده پاکستانی هایی که در اردوگاه کشته شدند. برای ما کار می کرد. ما مخفیانه به او و افرادش پول و سلاح و آموزش نظامی می دادیم. عدنان با دشمنان ما در پاکستان می جنگید و در باره مهاجمان مسلح سنی که به مناطق مرزی ما حمله می کردند خبرچینی می کرد. به این دلیل، می خوایم بدونم چه کسی او را رو کشته. روزی که از مرگ جواد مطلع شدیم یک تیم تحقیقاتی به اردوگاه عدنان فرستادیم. از محل حادثه فیلم برداری کردیم و اجساد و سلاح ها و تمام چیزهایی رو که یافتیم به ایران آوردیم. بعد از بررسی گلوله هایی که از بدن افراد عدنان بیرون آوردیم متوجه شدیم که

تمامشون با کلاشنیکفی که در چادر عدنان پیدا کردیم کشته شدند. بنابراین، ما یک تیرانداز داریم که، مسلسل به دست، از چادری به چادر دیگه میره و هر که رو می بینه از پای در میاره. اما این باورنکردنیه.»

کمی به سمت او خم شدم و پرسیدم: «چرا؟»

«برای این که جنگجویان عدنان پس از شنیدن صدای نخستین گلوله باید از چادر هاشون بیرون می آمدند تا با تیرانداز مقابله کنند. این کار واکنش طبیعی افراد در چنین شرایطی است. اما اونها در چادر ها ماندند تا تیرانداز به سراغشون بره و اونها رو تک تک بکشه. اما چرا از چادراشون خارج نشدند؟»

مدتی به من خیره ماند تا واکنش من را از صورتم بخواند اما من آرامش خود را حفظ کردم و واکنشی نشان ندادم. حاج کاظم ادامه داد: «تنها توضیح قابل قبول اینه که پاکستانی ها صدای تیراندازی رو نشنیدند چون تیرانداز با سلاح صامت شلیک می کرده اما این توضیح با شهادت شما مبنی بر این که به مدت یک دقیقه صدای تیراندازی رو می شنیدی مغایرت داره.»

اکنون معایب داستان پوششی ام را می دیدم. اگر به فکرم رسیده بود که ایرانیها ممکن است برای یافتن اجساد و بررسی محل تیراندازی به پاکستان بروند داستان پوششی قانع کننده تری درست می کردم. حالا بهترین کاری که می توانستم بکنم این بود که پای داستانی که ساخته بودم بایستم و امیدوار باشم که نیکا هم همان کار را بکند. در غیر این صورت هر دوی ما به دردسر می افتادیم.

حاج کاظم پکی به سیگارش زد و دودش را از روی میز به سوی ما فرستاد و از من پرسید: «مطمئنی که صدای شلیک رو شنیدی؟»

با لحن محکمی گفتم: «مطمئنم.»

حاج کاظم با لحن سرد و ناراحت کننده ای ادامه داد: «اما معما به اینجا ختم نمی شه. در چادر ها مقدار هنگفتی پول و هروئین پیدا کردیم و نمیدونیم که چرا تیرانداز اونها رو با خودش نبرده. در وانت جواد هم یک کیسه هروئین و سی هزار دلار پول نقد پیدا کردیم و نمی دونیم که از کجا اومدن. به نظر شما چرا تیرانداز پول و هروئین ها رو با خودش نبرد؟»

راز نیمه شب آخوندها

«نمیدونم. ایکاش می تونستم به شما کمک کنم اما تحقیقات جنایی از حوزه کاری من خارجه.»

حاج کاظم پرسشنامه استخدمی من را از کشو میزش بیرون کشید و گفت: «آقای مورگِن! در پرسشنامه استخدامی تون نوشتید که پیشنهاد کار در ایران رو به این دلیل پذیرفتید که می خواستید به سرعت پول هنگفتی به دست بیارید. درسته؟»

«بله، درسته.»

«اگر پول برای شما اینقدر مهمه، چرا به پولهایی که در چادرها بود دست نزدید؟»

اخم هایم را در هم کشیدم و در چشمانش نگاه کردم و گفتم: «حاج آقا! چی میخوای بگی؟»

«من چیزی نمی خوام بگم اما بعضی ها ممکنه فکر کنند که شما برای چیزی غیر از پول به ایران اومدید.»

گفتم: «من پول رو خیلی دوست دارم اما می خوام اون رو از راه های شرافتمندانه به دست بیارم، نه از راه دزدی. من به پولهای داخل چادرها دست نزدم چون مال من نبودند.»

پیش از این که بتواند پاسخی بدهد زنی که با نیکا رفته بود داخل اتاق شد و پوشه ای روی میزش گذاشت. حاج کاظم پوشه را گشود و پس از مطالعه مطالب آن گفت: «توضیحات همسرتان با توضیحات شما کاملاً میخونه.»

بعد نیکا را احضار کرد و به او گفت که روی صندلی کنار من بنشیند. حاج کاظم گفت: «نیکا خانم! من قبلاً ثابت کردم که تمام پاکستانی ها به دست یک تیرانداز کشته شدند. شما و همسرتان می گید که صدای شلیک گلوله ها رو شنیدید. در آن صورت، پاکستانی ها هم باید صدای شلیک رو شنیده باشند. پس چرا از چادر هاشون بیرون نیامدند تا با تیرانداز مقابله کنند. این معما رو چطور باید حل کرد؟»

از ترس این که نیکا با جوابی متناقض و نامناسب من و مأموریتم را به خطر بیاندازد دسته صندلی را با دلهره در دستهای عرق کرده ام فشردم و منتظر شدم.

نیکا چند لحظه فکر کرد و گفت: «معمایی در کار نیست. پاکستانی ها احتمالاً از شدت استعمال تریاک و هروئین چنان نشئه شده بودند که صدای تیراندازی رو نشنیدند و اگر هم شنیدند انرژی برخاستن و مقابله با تیرانداز رو نداشتند. چادرها پر از تریاک و هروئین و وافور و چراغ های الکلی بود. پاکستانی ها احتمالاً قبل از تیراندازی از حال رفته بودند و شاید حتی صدای گلوله هایی که اونها رو کشت رو هم نشنیدند.»

پاسخ فوق العاده ای بود. نفس راحتی کشیدم. دست هایم را از روی دسته صندلی برداشتم و با خیال راحت به پشتی صندلی تکیه دادم.

حاج کاظم ابروهایش را به هم فشرد و گفت: «چادرها پر از پول و بسته های هروئین بود. فکر می کنی چرا تیرانداز اونا رو بر نداشت؟»

نیکا فکری کرد و گفت: «شاید خودش هم در حین تیراندازی کشته شده.»

پاسخ مبتکرانه ای بود. بی صبرانه منتظر واکنش حاج کاظم شدم.

حاج کاظم ابروهایش را بالا برد و گفت: «به این سناریو فکر نکرده بودم. اما تیرانداز کی بوده؟»

نیکا گفت: «مطمئن نیستم اما تعجب نمی کنم اگر ثابت بشه که جواد بوده.»

آیت الله میثم که تا این لحظه ساکت بود با هیجان پرسید: «جواد برای چی باید پاکستانی ها رو بکشه؟»

نیکا گفت: «برای این که هروئین و پولها رو تصاحب کنه. جواد چند بار من رو از راه پاکستان به ایران آورد. هر بار در این اردوگاه توقف می کرد تا هروئین بخره. همیشه می گفت که یک روزی از این پاکستانی ها که این همه سرش کلاه گذاشته اند انتقام می گیره. به نظر میاد که بالاخره انتقامش رو گرفت اما به قیمت زندگی خودش.»

راز نیمه شب آخوندها

حاج کاظم برای مدتی طولانی از پنجره اتاقش به قله دماوند نگاه کرد و بعد گفت: «میدونید در بدن جواد چندتا گلوله پیدا کردیم؟»

من و نیکا جوابی ندادیم.

«بیش از دویست تا. اما هیچ کدام باعث خونریزی نشده بود. پس جواد قبل از این که بهش تیراندازی بشه مرده بوده. ولی چرا باید کسی باید دویست گلوله به جسد جواد شلیک کنه؟»

بعد رو به نیکا کرد و گفت: «جواد هروقت از پاکستان برمیگشت در باره عدنان و افرادش به من گزارش می داد. جواد هیچ دلخوری یی از اونها نداشت. حتی اگر جواد تیرانداز بوده، باید کسی که پس از مرگ جواد به او شلیک کرده رو پیدا کنیم و مشخص کنیم که چرا پولها رو بر نداشته و چرا شما او رو ندیدید؟»

برای این که حواسش را پرت کنم گفتم: «ممکنه دست پاکستان تو کار باشه؟»

ابروهایش را بالا برد و پرسید: «منظورت چیه؟»

«من از سیاست سر در نمیارم اما میدونم که ایران و پاکستان رقیبان منطقه ای هستند. فکر نمی کنم که دولت سنّی پاکستان از حضور نیروهای نیابتی ایران در پاکستان راضی باشه.»

حاج کاظم جوابی نداد. پُکی به سیگارش زد و چند بار سرفه کرد. بعد به ساعتش نگاه کرد و نگاه سردی به من و نیکا انداخت و به تندی و با بی حوصلگی گفت: «دیگه عرضی ندارم. اگر لازم شد با شما تماس می گیرم.»

وقتی به خانه رسیدیم به نیکا گفتم: «جواب های خوبی به حاج کاظم دادی. چطور به فکرت رسید که این جواب ها رو بدی؟»

لبخند بزرگی بر چهره زیبایش ظاهر شد: «خیلی ساده. من زن باهوش و دنیا دیده ای هستم.»

«خیلی هم طبیعی رفتار کردی.»

«من صرفاً طبق توصیه ای که در پاکستان به من کردی عمل کردم: توی چشم هاش نگاه کردم و دروغ گفتم.»

پرسیدم: «فکر می کنی حاج کاظم به ما مشکوک شده؟»

«او به همه کس و همه چیز مشکوکه.»

«از کجا میدونی؟ مگه او رو می شناسی؟»

ناگهان صورتش سرخ شد. «البته که می شناسم. او یکی از مأموران گشت ارشاد بود که چهار سال پیش من رو دستگیر کردند. حاج کاظم متجاوز جنسیه، به مشروب و قمار معتاده، دودوزه بازه، به خاطر منافع شخصیش به بهترین دوستهاش نارو می زنه و افتخار می کنه که به اندازه بیماری سرطان آدم کشته. یک شب مست کرد و تمام پولهاش رو در قمار باخت اما هنوز هم می خواست قمار کنه. چون پول نداشت زن جوانش رو گرو گذاشت. به زنش تلفن کرد و گفت که به قمارخانه بیاد. زن بینوا گمان می کرد که به مراسم مذهبی میره اما گردن کلفت های قمارخانه او را در اتاقی حبس کردند و وقتی که حاج کاظم باخت بهش تجاوز کردند.»

گفتم: «آدم نفرت انگیزی است. باید در برخوردهایمان با او خیلی مواظب باشیم.»

به نظرم رسید که نیکا اطلاعات بسیاری در باره حاج کاظم دارد اما از او سؤالهای بیشتری نکردم چون چنان از حاج کاظم منزجر بود که حتی از شنیدن نامش بشدت ناراحت می شد. شاممان را در سکوت خوردیم.

نیکا پس از خوردن شام پرسید: «راستی مرد قدکوتاهی که در سالن انتظار کنارت نشسته بود کی بود؟»

«حمید برهان.»

«می شناختیش؟»

«نه. قبلاً ندیده بودمش.»

«طوری رفتار کردی که انگار می شناسیش. از دیدنش یکه خوردی و آثار نگرانی در چهره ات پیدا شد. خیلی واضح بود.»

شانه هایم را بالا انداختم و گفتم: «نباید به این سادگی خودم رو لو می دادم. لابد برخی از مهارت هام رو از دست دادم.»

به چشمانم خیره شد و پرسید: «تو دردسر که نیفتادی؟»

من از لحظه ای که حمید را دیدم می دانستم که سخت به دردسر افتاده ام اما نمی خواستم نیکا را بترسانم. در حالی که به محمد که به سوی ما می آمد نگاه می کردم گفتم: «نمی دونم. امیدوارم که مشکلی پیش نیاد. حالا لطفاً برو توی خونه چون می خوام با محمد به طور خصوصی صحبت کنم.»

<h1 style="text-align:center">فصل ١٤</h1>

بعد از شام مقداری پول به محمد دادم تا بتواند زنی را که به تازگی ملاقات کرده بود صیغه کند. محمد، پس از تشکر، آهسته گفت: «اون آقای افغانستانی که در هتل استقلال دیدیم میگه شما رو در افغانستان دیده. میخواست بدونه اینجا چه کار می کنی.»

با خونسردی و بی اعتنایی گفتم: «چه جالب. شاید یک برادر دوقلو در افغانستان دارم اما خودم هم خبر ندارم. دیگه چی گفت؟»

گفت: «به قرآن و جان پسرم قسم که ده سال پیش جورج رو در افغانستان دیدم. اون موقع بهش می گفتند اشرف. آدم کش قهاری بود. نخستین بار که دیدمش داشت خنجری رو که در سینه یک جنگجوی طالبان فرو کرده بود پاک می کرد. صداش هم مثل موقعیه که در کوههای افغانستان دستور می داد. به نظرم برای جاسوسی به ایران اومده. حواستون بهش باشه.»

با قیافه ای آرام پرسیدم: «میشناسیش؟»

«البته که میشناسَمش. وگرنه این حرفها رو به من نمی زد. اسمش حمید بر هانه. قبلاً در ارتش افغانستان تکاور بود اما بعدها به لشکر فاطمیون پیوست. موقعی که در سوریه برای بشار اسد می جنگیدیم با هم آشنا شدیم.»

به پشتی صندلی ام تکیه دادم و جرعه ای چای نوشیدم و در حالی که می کوشیدم خونسرد جلوه کنم گفتم: «من این مرد رو نمی شناسم. هیچ وقت هم در افغانستان نبودم. من رو با کس دیگری اشتباه گرفته. راستی تو هتل استقلال چه کار داشت؟»

راز نیمه شب آخوندها

«برای سازمان حفاظت اطلاعات سپاه کار می کنه.»

عرق سردی بر پشتم نشست. حمید خطر مرگباری بود.

پرسیدم: «زن و بچه هم داره؟»

«آره. با همسر و پسرش در تهران زندگی می کنه. پسرش میره دبیرستان البرز.»

موقع خداحافظی از او خواهش کردم که حرفهای حمید را در جایی تکرار نکند چون شایعه های بی اساس به سرعت پخش می شوند و مردم آنها را باور می کنند.

محمد گفت: «حرفاش رو تکرار نمی کنم اما شما باید حواست خیلی جمع باشه چون حمید می خواست این موضوع رو به حاج کاظم اطلاع بده.»

حمید فرمان قتل خود را صادر کرده بود. با آن که از خشونت خوشم نمی آمد او را پیش از آن که موجب مرگ من شود نابود می کردم.

محمد که رفت از نیکا خواستم که آدرس حمید را پیدا کند.

گفتم: «نیکا جان! میخوای یک خورده جاسوس بازی در بیاری؟»

با تعجب به من نگاه کرد و گفت: «مگر تا حالا در نمی آوردم؟»

«چرا، اما این بار مأموریتت فرق می کنه. اون مرد افغانستانی که در هتل با من صحبت کرد رو به یاد میاری؟»

«بله، به یاد میارم.»

می خوام بدونم کجا زندگی می کنه. می تونی با ماشین بابات او رو تعقیب کنی و آدرسش رو پیدا کنی؟»

«خیلی دوست دارم این کار رو بکنم اما رانندگی بلد نیستم. میخوای با تاکسی تعقیبش کنم؟»

«نه، این کار خطرناکه.»

«چرا؟»

«چون اگر اتفاقی برای حمید بیفته و عکسش در روزنامه ها چاپ بشه راننده تاکسی ممکنه فکر کنه که تو مقصری و به پلیس اطلاع بده. اون وقت حسابی تو درد سر می افتیم.»

قیافه اش در هم رفت و با نگرانی پرسید: «چی شده؟»

«حمید برهان ادعا کرده که من رو در افغانستان دیده. میگه من برای جاسوسی به ایران اومدم.»

مدتی به سکوت گذشت. چهره درهم رفته و نگرانش نشان می داد که وخامت اوضاع را به خوبی درک کرده است. سرانجام گفت: «چطور می تونم کمکت کنم؟»

«بهترین کاری که می تونی بکنی اینه که هر چه زودتر رانندگی رو یاد بگیری. من هزینه اش رو می پردازم و بعد که گواهینامه گرفتی برات یک ماشین می خرم.»

صبح روز بعد با مهندس های ایرانی جلسه داشتم که دیدم حاج کاظم وارد آزمایشگاه شد و باشتاب به اتاق میثم رفت. فکر کردم که موضوع مهمی در میان است که صبح زود به دیدن میثم آمده است. جلسه را تعطیل کردم و در دفترم را بستم و دستگاه شنود را روشن کردم تا به سخنان آنها گوش کنم. حاج کاظم در باره شوکت صحبت می کرد:

«شوکت، جمعه ها، برای اقامه نماز ظهر به مسجد فیصل می رفت و بعد توسط رابط های ایرانیش برای ملاقات با زنهای صیغه ای به منزل همشهری برده می شد. این کار سالها ادامه داشت. اما از شبی که با جورج منزل همشهری رو ترک کرد از او خبری نشده.»

میثم گفت: «شاید مریض شده.»

«مریض نیست. با همسرش تماس گرفتیم. گفت برای کاری از اسلام آباد رفته. اما من باور نمی کنم چون اگر می خواست به مسافرت بره حتماً به همشهری اطلاع می داد.»

«فکر می کنی چی شده؟»

راز نیمه شب آخوندها

«نمیدونم. با آدمهای ناباب دمخور بود و معامله داشت. شاید بلایی سرش آورده باشند. شاید هم آمریکائی ها او رو ربودن تا ازش اطلاعات کسب کنند.»

حاج کاظم به کارش وارد بود. نگران شدم که مأموریتم را با شکست رو به رو کند.

میثم پرسید: «چه کارش داشتی؟»

«می خواستم درباره جورج باهاش صحبت کنم. شوکت به همشهری گفته بود که جورج رو با پیشنهاد ارائه سکس به همکاری ترغیب کرده. اما فیلم هایی که با دوربین های نظارتی گرفتیم نشون میدن که جورج هیچ علاقه ای به سکس نداره. حتی یک بار هم ندیدیم که نیکا رو بُگُنه.»

با کنجکاوی گوشهایم را تیز کردم تا سخنانش را در باره فعالیت های جنسی ام بهتر بشنوم.

میثم پرسید: «حالا این موضوع چه اهمیتی داره؟»

«این موضوع ثابت می کنه که جورج نیکا رو برای منظوری غیر از سکس به ایران آورده.»

حاج کاظم باز هم درست تشخیص داده بود. مرد خطرناکی بود. شانس آورده بودم که دستگاه شنود پیشرفته ای در اختیار داشتم که به من امکان می داد که حرفهایی که در اتاق میثم زده می شد را بشنوم و حرکت های بعدی ام را بر اساس آنها تنظیم کنم. بدون دستگاه شنود شانس زنده ماندن من بسیار اندک بود.

میثم پرسید: «فکر می کنی برای چی نیکا رو آورده؟»

«نمیدونم. برای همین می خواستم با شوکت صحبت کنم. فکر کردم شاید او بتونه این معما رو حل کنه.»

«چرا از نیکا نمی پرسی؟»

«امروز صبح ازش پرسیدم چرا با جورج به ایران اومده. گفت دست خودش نبوده. آیت الله همشهری بهش گفته که با جورج به ایران بیاد. پرسیدم چرا با تو نمی خوابه. گفت برای این که ناتوانی جنسی داره.»

لبخند بزرگی بر لبانم نقش بست. نیکا سر حاج کاظم کلاه گذاشته بود. او از تمام مأمورانی که در دوران خدمتم در سیا دیده بودم زیرکتر بود. آسوده خاطر به پشتی صندلی ام تکیه دادم.

آیت الله میثم با خوشحالی گفت: «پس معما حل شد. جورج کیرش بلند نمی شه. حالا می فهمم چرا دعوت من رو برای شرکت در اورجی های شبانه نپذیرفت.»

«ولی من نمی فهمم چرا مردی که ناتوانی جنسی داره ازدواج کرده. از نیکا پرسیدم. گفت این سؤال رو باید از جورج بپرسم.»

میثم گفت: «حاج کاظم عزیز! میدونم که شما افسر ضد اطلاعات هستی و آموزش دیدی که به زمین و زمان مشکوک باشی. اما نباید از کاه کوه بسازی. نباید بلند نشدن کیر جورج رو به یک مسئله امنیتی تبدیل کنی. آغا محمد خان قاجار هم خواجه بود و کیرش بلند نمیشد اما حرمسرا داشت. ما مدرکی نداریم که ثابت کنه که جورج چیزی غیر از یک مهندس هسته ایه. فعلاً که داره برای ما خوب کار می کنه و این تنها چیزیه که اهمیت داره. من کاری به زندگی جنسیش و این که چرا نیکا رو به ایران آورده ندارم. نیکا زن قشنگیه و مردها از مصاحبتش لذت میبرند، حتی اگر نتونند باهاش سکس داشته باشن. اگر از جورج بازجوئی کنی ممکنه دچار هراس بشه و کارش رو ول کنه. بهتره که فعلاً کاری باهاش نداشته باشی تا پروژه اش رو تمام کنه. بعد، اگر هنوز نگران مسئله جنسیش بودی، می تونی ازش اعتراف بگیری که چرا زن خوشگلش رو نمی کنه. اما حالا بهتره تمام تلاشت رو روی پیدا کردن شوکت متمرکز کنی.»

حاج کاظم، پس از مدتی سکوت، گفت: «حمید میگه جورج برای سیا کار می کنه.»

با آن که انتظار داشتم که این موضوع را مطرح کند قلبم فرو ریخت و بی صبرانه منتظر پاسخ میثم شدم.

چشمان میثم از تعجب گشاد شد: «حمید کیه؟»

راز نیمه شب آخوندها

«حمید برهان. همونی که عضو لشکر فاطمیونه. میگه چند سال پیش جورج رو در غاری در افغانستان دیده. میگه جورج آدمکش قهاریه و مثل آب خوردن آدم می کشه.»

سکوتی طولانی بر اتاق حاکم شد. سرانجام میثم پرسید: «به نظرت درست میگه؟»

«نمیدونم. ولی چرا باید دروغ بگه؟ از این دروغ سودی نمی بره.»

«ممکنه اشتباه کرده باشه.»

«من هم همین رو بهش گفتم اما حمید گفت کسی که ببینه جورج چطور آدم میکُشه هیچوقت او رو فراموش نمی کنه. بعد هم به قران و جان پسرش قسم خورد که جورج رو در افغانستان دیده. قرار شده که فردا به افغانستان بره و عکس هایی که جورج رو در کنار نیروهای امنیتی افغانستان نشون میده برای من بیاره.»

قلبم چنان شدید و بلند میزد که اگر کسی وارد می شد صدایش را می شنید. به زحمت نفس می کشیدم. صورتم داغ، دهانم خشک، و گلویم سفت و متورم شده بود. دست هایم چنان می لرزیدند که مجبور شدم فنجان چای را روی میز بگذارم تا چای نریزد. عرق از پیشانی ام سرازیر شده بود. گیج و منگ شده بودم.

من، سالها پیش، تحت پوشش کارمند یک شرکت امنیتی خصوصی، به افغانستان رفته بودم تا به ارتش افغانستان در عملیات ضد شورش کمک کنم. فقط رئیسم فرنک کلیمن و چند مأمور سیا از هویت من اطلاع داشتند. هرگز هم به کسی اجازه نداده بودم که از من عکس بگیرد. اما چنین عکسی، اگر وجود داشت، می توانست موجب شکست مأموریت و نابودی من در ایران بشود.

میثم پرسید: «کی این عکس ها رو گرفته؟»

«حمید میگه یک عامل نفوذی طالبان اون عکسها رو گرفت و در غاری مخفی کرد اما پیش از این که بتونه اونها رو به فرمانده اش بده شناسائی و کشته شد. حمید افرادی رو می شناسه که می تونند مخفیگاه عکس ها رو بهش نشون بِدن.»

میثم فکری کرد و گفت: «بعد که عکسها رو دیدیم در باره جورج تصمیم می گیریم.»

حاج کاظم بی تردید حریف قدری بود. می دانستم که دیر یا زود باید با او دست و پنجه نرم کنم. اما فعلاً حمید خطر اصلی بود.

وقتی برای نهار به خانه آمدم نیکا بی درنگ و با هیجان گفت: «خیلی گرسنمه. بریم ناهار بخوریم.»

این جملات به من می گفت که نیکا می خواهد خبر مهمی را با من در میان بگذارد.

همین که در حیاط برای خوردن ناهار سر میز نشستیم نیکا گفت: «حاج کاظم صبح زود اینجا بود. پرسید چرا با جورج اومدی ایران. گفتم تصمیم همشهری بود. از رابطه جنسی ما پرسید. من که می دانستم که با دوربین هایی که در خانه ما کار گذاشتند از همه چیز خبر داره گفتم که ما با هم نمی خوابیم. دلیلش رو پرسید. نمی دانستم چی بگم. بالاخره گفتم جورج دچار ناتوانی جنسیه. امیدوارم به مردی شما توهین نکرده باشم.»

خندیدم و گفتم: «بهترین جواب رو دادی.»

نگاه کنجکاوش را به من دوخت و گفت: «اما من هم همین سؤال رو دارم. چرا با من نمی خوابی؟»

«می خوای با تو بخوابم؟»

دستش را روی دستم گذاشت، به چشمانم نگاه کرد و گفت: «راستش رو بخوای دوست ندارم با هیچ مردی بخوابم. اما بیزاری من از سکس به دلیل بلائیه که آخوندها سرم آوردند. بهانه تو چیه؟ به من جذب نمیشی؟»

نمی دانستم به این پرسش حساس چه جوابی بدهم که موجب رنجش یا سوء تفاهم نشود. البته می توانستم بگویم که من کار را با سکس مخلوط نمی کنم چون روحیه و انضباط را تضعیف می کند و مأموریت را به شکست می کشاند. اما این پاسخ صادقانه نبود چون من، حتی در موقعیت های خطرناک، با برخی از همکارانم همبستر شده بودم. مثلاً، سالها پیش که با هلن به کوههای سفید رفته بودیم تا یکی از رهبران طالبان را از پای در آوریم

راز نیمه شب آخوندها

پس از انجام مأموریت، هنگام فرار از دست جنگجویان طالبان، به غاری پناه بردیم و برای نخستین بار عشقبازی کردیم.

اما من نمی توانستم خودم را راضی کنم که با نیکا همبستر شوم چون این کار را سوء استفاده جنسی از او می پنداشتم.

گفتم: «نیک جان! من به تو جذب میشم. اما دوست ندارم با زنی که در موقعیت آسیب پذیری قرار داره بخوابم.»

پرسید: «فکر می کنی من در چنین موقعیتی قرار دارم؟»

«وقتی که تو رو در پاکستان دیدم در این موقعیت قرار داشتی.»

سرش را به علامت تأیید تکان داد و دیگر چیزی نگفت.

به او اطلاع دادم که بعد از ظهر مرخصی گرفته ام تا با محمد به قهوه خانه برویم. گفتم: «اونجا که رسیدیم سرش رو گرم کن تا من برم بیرون.»

«اشکالی ندٰاره. محمد ترجیح میده که تو با ما نباشی تا با خیال راحت با من لاس بزنه.»

ساعت دو بعد از ظهر به قهوه خانه رسیدیم. بعد از خوردن چای و کشیدن قلیان به محمد گفتم که می خواهم سری به چند مغازه بزنم. محمد از جا برخاست که با من بیاید اما نیکا دستش را گرفت و با طنازی به او گفت: «من که حوصله ندارم توی این خیابونهای شلوغ و پر سر و صدا از این مغازه به اون مغازه برم. می خوام همین جا بشینم و قلیان بکشم. تو هم بهتره اینجا بمونی و مواظب باشی که کسی مزاحم من نشه. بگذار جورج بره. بچه که نیست که گم بشه.»

کیفم را از شٰانه آویزان کردم و به راه افتادم. باید مطمئن می شدم که کسی من را تعقیب نمی کند. جاسوس همواره باید مراقب اطرافش باشد تا غافلگیر نشود. بنابراین، چند حرکت غیر منطقی کردم تا ببینم که کسی در پشت سر من چنین حرکاتی را انجام می دهد یا نه. از عرض خیابان گذشتم و اندکی در پیاده رو راه رفتم و دوباره عرض خیابان را پیمودم و به پیاده رو قبلی بازگشتم اما کسی از من تقلید نکرد. جلو ویترین مغازه ای ایستادم و در حالی که به ظاهر به اجناس پشت ویترین نگاه می کردم با دقت اطرافم

را زیر نظر گرفتم اما چیز مشکوکی ندیدم. به نظر می رسید که کسی به من توجهی ندارد.

وارد مسجدی شدم. از کنار نمازگزاران گذشتم و به دستشوئی رفتم و شلوار و پیراهن و کفشم را عوض کردم. بعد کلاهی بر سر گذاشتم، ریش خاکستری و سبیل مصنوعی به صورتم چسباندم و عینکی آفتابی که دسته و فریم پلاستیکی ضخیمی داشت بر چشم گذاشتم. آنگاه، لباسهایی را که بیرون آورده بودم در کیف گذاشتم و کیف را از شانه آویزان کردم و از در مسجد خارج شدم. مرد قد بلند لاغری که کنار در ایستاده بود نگاهی گذرا به من کرد و بعد به دیگرانی که از مسجد خارج می شدند چشم دوخت.

با تاکسی به تقاطع خیابان انقلاب و حافظ رفتم. ساعت، چهار بعد از ظهر را نشان می داد. برای آشنائی با محیط وقت کافی داشتم. اطراف مدرسه راه رفتم و در حالی که مراقب بودم که تعقیب نشوم رفت و آمد ماشین ها را زیر نظر گرفتم.

ساعت پنج، سمند نقره ای رنگی نزدیک در مدرسه توقف کرد. حمید سرگرم صحبت با تلفن بود. شاید ورودش را به پسرش اطلاع می داد. خوشبختانه تنها بود وگرنه من مجبور می شدم که عملیات را لغو کنم و یا همه سرنشینان اتومبیل را از پای در آورم.

به سرعت دستکش هایم را پوشیدم و با گامهای تند خودم را به سمند رساندم و لبخند زنان با پشت انگشت آهسته به شیشه کنار راننده زدم. همین که شیشه پائین رفت مشت محکمی به شقیقه حمید کوبیدم و چاقوی تیزی را که چند هفته پیش از یک دستفروشی خریده بودم در بدنش فرو کردم. بعد چاقو را در ماشین انداختم و به اطراف نگاه کردم. پسر بچه ای که کوله پشتی مدرسه بر پشت داشت از دور به سمت ماشین می آمد اما به نظر نمی رسید که من را دیده باشد.

با شتاب از آنجا دور شدم. ناگهان فریاد گوشخراشی من را بر جای خود میخکوب کرد. برگشتم و لحظه ای به پسر که کنار سمند ایستاده بود و دیوانه وار فریاد می کشید نگاه کردم. صحنه دلخراشی بود. حالم گرفته شد. می دانستم که این صحنه مدتها چون کابوسی من را تعقیب خواهد کرد. اما

راز نیمه شب آخوندها

من حوادث غم انگیز بسیاری را تجربه کرده و سرانجام به دست فراموشی سپرده بودم. مطمئن بودم که این بار هم بر این کابوس غلبه خواهم کرد.

موقعی که به مسجد رسیدم مرد قد بلند هنوز دَمِ در ایستاده بود و با چشمانی منتظر به مردانی که از مسجد خارج می شدند می نگریست. به دستشویی رفتم و لباسم را عوض کردم و ریش و سبیل و عینکم را در کیف گذاشتم و به سوی در مسجد به راه افتادم. مرد قد بلند کماکان دم در ایستاده بود. با دیدن من، حالت انتظار و اضطراب از چهره اش رخت بر بست و لبخند کوچکی بر لبانش نشست. بعد، شاید برای این که توجه من را به خود جلب نکند، صورتش را برگرداند اما دیگر دیر شده بود. او، با حرکاتش، خودش را لو داده بود. آن مرد من را تعقیب می کرد.

روز بعد، هنگامی که در باغ شام می خوردیم، نیکا ناگهان گفت: «مجبور بودی بُکُشیش؟»

ابروهایم را بالا بردم و چشمانم را به علامت تعجب گشاد کردم و گفتم: «کی رو میگی؟»

«حمید رو میگم.»

به پشتی صندلی تکیه دادم و پرسیدم: «مگر حمید مرده؟»

با بی حوصلگی و کمی عصبانیت گفت: «بَس کن جورج. می دونی که مرده.»

پرسیدم: «از کجا می دونی که مرده؟»

«عکسش رو در روزنامه دیدم. غرق در خون بود. عکس پسرش رو هم دیدم. طفل معصوم یتیم شده.»

من مرگ حمید را برای کاستن از خطر لو رفتن اطلاعات به نیکا اطلاع نداده بودم چون اگر ناخواسته در این مورد حرفی میزد ممکن بود که جان و مأموریت من را به خطر بیندازد. در ضمن، می خواستم از او محافظت کرده باشم چون هر چه کمتر از فعالیت های من اطلاع داشت بهتر می توانست وانمود کند که برای من کار نمی کند.

گفتم: «نیکا جان! تو که مقررات رو می دونی. من فقط اطلاعاتی رو که برای انجام مأموریت هات به اونها احتیاج داری بهت میدم. تو واقعاً...»

حرفم را قطع کرد و گفت: «لطفاً در باره مقررات صحبت نکن. از مخفی کاری هات خسته شده ام. من جانم رو برای کمک به تو به خطر انداخته ام. اگر دولت ایران بفهمه که تو جاسوسی و من دارم بهت کمک می کنم انتقام سختی از من و خانواده ام می گیره. بنابراین، از تو انتظار دارم که به من اعتماد کنی و احترام بگذاری. بله، من احتیاج دارم بدونم که با حمید چه کار کردی تا بهتر بتونم از خودم، از تو، و از خانواده ام محافظت کنم.»

لحظاتی به برگهای درختان که با وقار با وزش نسیم می رقصیدند و پرتو خورشید که از میان شاخ و برگها می گذشتند نگاه کردم. نیکا، در انتظار پاسخ، به من زل زده بود. نفس عمیقی کشیدم، به سمت او خم شدم، دستهایش را گرفتم و گفتم: «اتفاقی که برای حمید و خانواده اش افتاد تقصیر خودش بود. اگر پا روی دم من نگذاشته بود به او کاری نداشتم. حمید آدم دنیا دیده ای بود. در افغانستان و سوریه و شاید جاهای دیگه جنگیده بود. مسلماً حوادث هولناکی رو به چشم دیده و انسان های بسیاری رو کشته بود. حمید می دونست که اگر جانم رو به خطر بندازه خیلی خطرناک می شم. با اینهمه، می خواست من رو به کشتن بده. کسی که دندوناش رو در تن یک جاسوس قهار فرو می کنه باید عواقبش رو هم تحمل کنه. نمی تونستم دست روی دست بگذارم و بیکار بشینم تا من رو نابود کنه. اگر دهنش رو بسته بود الان کنار زن و بچه اش نشسته بود و تو هم به خاطر مرگ او این همه رنج نمی کشیدی.»

نیکا پس از سکوتی طولانی پرسید: «نمی تونستی، به خاطر پسرش هم که شده، راه حل دیگری پیدا کنی؟»

سرم را به علامت مخالفت تکان دادم و گفتم: «متاسفانه راه حل دیگری وجود نداشت.»

«نمی تونستی این کار رو تمیزتر و بدون خونریزی انجام بدی.»

«می تونستم خفه اش کنم اما برای این کار وقت نداشتم.»

راز نیمه شب آخوندها

نیکا با صدایی بغض آلود گفت: «نمی تونم تصویر پسرش رو از ذهنم بیرون کنم. طفلک یتیم شده. این موضوع تو رو ناراحت نمی کنه؟»

بار دیگر به پشتی صندلی تکیه دادم. کمی آب خوردم و گفتم: «نیکا جان! من وجدانم رو با عواقب از میان برداشتن افرادی که مرگ حقشون است عذاب نمی دم. باید حمید رو، حتی اگر بچه های بیشتری هم داشت، از میان بر می داشتم. کار من غیراخلاقی نبود، دفاع از خود بود. تو هم بهتره به حمید و پسرش فکر نکنی چون فکر کردن به اونها فقط تو رو افسرده تر می کنه.»

دوباره برای چند لحظه سکوت کرد. بعد، نفس عمیقی کشید و گفت: «امروز صبح حاج کاظم اینجا بود.»

با شتاب پرسیدم: «چی می خواست؟»

«اول با محمد حرف زد. عصبانی شد و سرش داد کشید. بعد از من خواست که با او سر میز نهارخوری بشینم. مرگ حمید رو به من اطلاع داد و عکس جسد خون آلودش و عکس پسرش رو به من نشون داد. پرسید وقتی حمید کشته شد جورج کجا بود. گفتم در قهوه خانه. محمد رو احضار کرد و همین سؤال رو ازش پرسید. محمد اعتراف کرد که تو سه ساعت در قهوه خانه نبودی. بعد که محمد رفت سیلی محکمی به گوشم زد که دهنم رو خونین کرد. با عصبانیت گفت شانس آوردی که صیغه من بودی، وگرنه مینداختمت زندان و بلایی سرت می آوردم که دیگه هیچ وقت به من دروغ نگی.»

بی آن که متوجه تأثیر سؤالم بر او باشم پرسیدم: «مگه صیغه ی او هم بودی؟»

از کوره در رفت: «این چه سؤالیه که می پرسی؟ تو که می دونی من چه کاره ام. بله، من بارها، و هر بار به مدت نیم ساعت، پس از خواندن صیغه عقد موقت در فاحشه خانه های آیت الله همشهری، در برابر پاداشی که قرار بود در روز قیامت به من پرداخت بشه، بر خلاف میلم، با حاج کاظم خوابیدم. بنابراین، طبق قوانین شریعت، من چند بار صیغه ایشان بودم. روشن شد؟»

حرف نابجائی زده بودم. گفته و لحن من این تصور را برایش ایجاد کرده بود که او را به خاطری کاری که از روی اجبار انجام داده بود سرزنش می کنم.

گفتم: «معذرت می خوام. منظورم این نبود که—»

حرفم را برید و ادامه داد: «حاج کاظم من رو متهم کرد که به خاطر محافظت از تو بهش دروغ گفتم ولی من انکار کردم. گفتم "حاج آقا! من به خاطر محمد که هنوز در سوگ همسرش افسرده و غمگین است دروغ گفتم چون ترسیدم اگر راستش رو بگم شما عصبانی بشی و محمد رو تنبیه کنی".»

گفتم: «آفرین! بهانه خیلی خوبی آوردی. خب، چی گفت؟»

«عصبانیتش کمی فرو کش کرد و از من خواست که براش با هِل و دارچین و زعفران چای درست کنم. چای رو خورد و گفت به داخل خانه بریم و خاطرات خوش گذشته رو تجدید کنیم. از این حرف تعجبی نکردم چون می دانستم که به هیچ اصل اخلاقی پایبند نیست و به هر زنی، چه مجرد و چه متاهل، دست درازی می کنه. با اینهمه، سعی کردم که او رو منصرف کنم. گفتم با سیلی محکمی که به گوشم زدی و تهدیداتی که کردی حال و حوصله عشقبازی رو از من گرفتی اما او اعتنایی به حرف من نکرد. دوربین های نظارتی خونه رو از کار انداخت و به من تجاوز کرد. بعد که کارش تمام شد دوربین ها رو دوباره فعال کرد و به من هشدار داد که به تو اعتماد نکنم و رفت.»

کنارش نشستم. دستم را دور شانه اش حلقه کردم و گفتم: «سزای این مار زهری رو کف دستش می گذاریم. اما باید با احتیاط پیش بریم و از واکنشهای عجولانه بپرهیزیم. حاج کاظم به کارش وارده. باهوش و بیرحمه. داره علیه من مدرک جمع می کنه که ثابت کنه من جاسوسم. اگر او رو دست کم بگیریم یا به طور احساسی بهش برخورد کنیم ممکنه موفق بشه. باید بدون این که خودمون رو به خطر بندازیم او رو از میان برداریم. به این موضوع فکر کن و در ذهنت طرحی بریز. من هم همین کار رو می کنم. بعد طرح ها رو بررسی می کنیم و بهترینش رو انتخاب و اجرا می کنیم.»

راز نیمه شب آخوندها

بعد که نیکا رفت محمد را صدا کردم تا با من چای بخورد.

گفتم: «محمد آقا، چرا حاج کاظم از دستت عصبانی بود؟»

«حاج کاظم عصبانی بود چون بهش گفتم که شما از قهوه خانه بیرون نرفته بودی. حرفم رو باور نکرد. گفت یکی از مأمورهاش گزارش داده که شما از ساعت ۳ تا ۶ تو قهوه خانه نبودی. من هم مجبور به اعتراف شدم. حاج کاظم از این که دروغ گفته بودم خیلی عصبانی شد. خداکنه من رو تو دردسر نندازه.»

پاکت پول را که روی میز گذاشته بودم با انگشتانم به سویش هل دادم و گفتم: «به حاج کاظم فکر نکن. برو صفا کن. هیچ دردسری نیست که درآغوش زنان زیبا فراموش نشه.»

فصل ۱۵

یاسر خود را ولایتمدار، یعنی مطیع بی چون و چرای رهبر جمهوری اسلامی، می دانست. در نمازهای جمعه و راه پیمائی های روز قدس شرکت می کرد تا وفاداری اش را نسبت به رژیم نشان بدهد. در دبیرستان به سازمان بسیج دانش آموزی پیوسته و در سرکوب اعتراضات مردمی شرکت کرده بود. از دموکراسی، برابری زن و مرد، رواداری سیاسی، و دیگر ارزش های غربی بیزار بود. آمریکا را شیطان بزرگ و اسرائیل را فرزند نامشروع این شیطان به حساب می آورد. نخستین بار که در باره سیاست حرف زدیم سخت به اسرائیل حمله کرد:

«رژیم آپارتاید و غاصب صهیونیستی غده سرطانی بدخیمیه که باید از منطقه خاورمیانه ریشه کن بشه. این رژیم دشمن اسلام و انسانیته. فلسطینی ها رو میکُشه، زمینهاشون رو به زور می گیره و خونه هاشون رو بمباران می کنه. اسرائیل منشأ تروریسم در خاورمیانه است. اسرائیل می خواد سرزمین های اشغالی رو یهودی کنه و هویت ملی و اسلامی فلسطینی ها رو از بین ببره. اما موفق نمی شه چون جمهوری اسلامی فلسطین رو آزاد خواهد کرد و صهیونیست ها رو به دریا خواهد ریخت.»

از حرفهایش تعجبی نکردم چون تکرار سخنان ضد اسرائیلی آخوندهای حاکم بر ایران بود.

گفتم: «ایران و اسرائیل بیش از هزار و دویست کیلومتر با هم فاصله دارن. اونها مرز مشترک و ادعای ارضی نسبت به هم ندارن. آیا بهتر نیست که ایران از آرمان فلسطینی ها به طور مسالمت آمیز حمایت کنه و جنگ با اسرائیل رو به فلسطینی ها و همسایگان عربِ اسرائیل واگذار کنه؟»

یاسر اما منافع ملی را درک نمی کرد و یا به آن اهمیتی نمی داد.

یاسر گفت: «ما به دو دلیل نمی تونیم این کار رو بکنیم. اولاً مسئله فلسطین یک مسئله اسلامیه و نه ملی. بنابراین، همه مسلمانان جهان وظیفه دارن که برای رهائی فلسطین بجنگند. دوماً، رهبران عرب خایه ندارن که با اسرائیل بجنگند. فقط جمهوری اسلامی می تونه این کار رو انجام بده.»

گفتم: «ولی اعراب ظرف ۲۵ سال چهار بار با اسرائیل جنگیدند: در ۱۹۴۸، ۱۹۵۶، ۱۹۶۷، و ۱۹۷۳. آیا این ثابت نمی کنه که اعراب خایه جنگیدن با اسرائیل رو دارند؟»

گفت: «اعراب خایه داشتند ولی دیگه ندارند. اونا از سال ۱۹۷۳ با اسرائیل نجنگیده اند.»

پرسیدم: «چطور شد که عرب ها یک مرتبه بی خایه شدند؟»

«برای این که رهبراشون فرصت طلبند. اونا به آرمان فلسطینی ها خیانت کردند. خانواده سعودی فاسدترین خانواده در جهان اسلامه. اونا نباید متولی مکان های مقدس اسلامی در مکه و مدینه باشند. سعودی ها درآمدهای نفتی شون رو صرف قمار و خوشگذرانی با فاحشه های گران قیمت می کنند.»

گفتم: «فکر نمی کنی اگر من و تو هم به اندازه سعودی ها پول داشتیم پولمون رو خرج فاحشه های گران قیمت می کردیم.»

قاه قاه خندیدیم.

گفتم: «یاسر جان، می فهمم چی میگی. اما بعضی از تحلیل گرها جمهوری اسلامی رو مسئول انفعال کشور های اسلامی می دونند. اونا میگن که ایران، با تحریک شیعیان علیه حکومت های سنی، باعث شده که این حکومت ها مسئله فلسطین رو کنار بگذارند و با اسرائیل علیه ایران متحد بشن.»

بحث ما ادامه یافت اما به جائی نرسید.

چند روز بعد، هنگام خوردن چای، از او در باره پروژه موشکی اش پرسیدم.

دهانش از حیرت باز ماند: «از کجا می دونی که من روی موشک کار می کنم؟»

جعبه باقلوا را که اخیراً خریده بودم به سویش هل دادم و گفتم: «از این جا که روزهای شنبه و یکشنبه سر کار نمیای. فکر نمی کنم در این دو روز در خانه بیکار بشینی. حتماً روی یک چیزی کار می کنی. از این گذشته، بیشتر سؤال هایی که از من میپرسی در باره موشکه.»

با لحنی تهاجمی پرسید: «چرا میخوای در باره پروژه موشکی بدونی؟»

روزنامه کیهان را که در گوشه میز گذاشته بودم برداشتم و در برابر او گذاشتم. بعد به عکس موشکهای ایران در صفحه اول اشاره کردم و با لحن ستایش آمیزی گفتم: «ایران در زمینه موشکی پیشرفت های بسیاری کرده. در این فکرم که بعد از این که کارم در اینجا تمام شد روی پروژه موشکی کارکنم.»

«چرا از آیت الله میثم نمی پرسی؟»

روزنامه را به کناری گذاشتم و جرعه ای چای نوشیدم و گفتم: «حتماً می پرسم. اما قبل از این کار با شما که مورد اعتماد من هستی و میدونم که به من حقیقت رو میگی صحبت کنم تا ببینم این پروژه به درد من می خوره یا نه. شما مهندس قابلی هستی و من به نطراتت احترام می گذارم. اگر قرار شد که روی پروژه موشکی کار کنم می خوام که معاون من باشی. حقوقت هم بالا می برم چون که لیاقتش رو داری.»

چشمانش از خوشحالی برق زد: «متشکرم. لطف دارید.»

قرصی را که برایش آورده بودم از جیب در آوردم و روی میز گذاشتم. لبخند بزرگی زدم و در گوشش گفتم: «بعد، با این پول، هر تعداد قرص که بخوای می تونی بخری.»

مدتی فکر کرد و بعد گفت: «دوست دارم در باره پروژه موشکی با شما صحبت کنم اما باید اول از آیت الله میثم اجازه بگیرم.»

فنجانش را از چای پرکردم و یک حبه قند در آن انداختم. بعد کمی به سویش خم شدم و در حالی که به چشمانش خیره شده بودم گفتم: «یاسر جان! دوستی خیابان دوطرفه است. اگر محبت های یک طرف با محبت های طرف دیگه جبران نشه دوام نمیاره. قرارداد من برای ساختن بمب رو من ملزم نمی کنه که به تو برای ساختن کلاهک و موشک کمک کنم ولی من هر قدر که تونستم بهت کمک کردم. من بهت نشون دادم که چطور مسائلی که دوستانت نمی تونستند حل کنند رو حل کنی تا بتونی در میان اونها بدرخشی و سریع تر ترفیع بگیری. من قرص هایی رو که خودم بشدت به اونا احتیاج دارم به تو دادم. من این کارها رو کردم چون تو رو دوست صمیمی و قابل اعتماد خودم می دونم. اما حالا که یک خواهش کوچک دارم که انجامش هیچ هزینه ای برات نداره طوری رفتار می کنی که انگار به من اعتماد نداری. اما چطور می تونی به کسی که برای جمهوری اسلامی بمب اتم می سازه اعتماد نکنی؟»

اخمم را در هم کردم و لبهایم را به هم فشردم. قرصی را که روی میز گذاشته بودم برداشتم و در جیب گذاشتم.

یاسر با لحن پوزش خواهانه ای گفت: «من به شما اعتماد دارم اما نمی خوام به درد سر بیفتم.»

یاسر البته حق داشت که بترسد اما خوشبختانه به قرص های من احتیاج داشت و من با گذاشتن قرص در جیبم به او نشان داده بودم که نمی تواند آن را بدون همکاری با من دریافت کند.

دستهایش را در دست گرفتم و به آرامی گفتم: «به درد سر نمی افتی چون هر چی بگی بین ما میمونه. یادت باشه، من هر چه بیشتر در باره پروژت بدونم بیشتر می تونم بهت کمک کنم. من با موشک های روسی و چینی و کره ای آشنائی دارم. اگر بدونم چه نوع موشکی رو داری مهندسی معکوس می کنی می تونم معایبش رو برات توضیح بدهم تا بتونی اونها رو برطرف کنی. اگر حدسم درست باشه فعلاً روی موشک های روسی کار می کنی. درسته؟»

با تعجب گفت: «از کجا فهمیدی؟»

«از نوع سؤالهایی که از من می پرسی. حدسم درست بود؟»

«آره، درست بود. ما چند سال پیش موشک های روسی اسکاد رو مهندسی معکوس کردیم. حالا هم داریم روی موشک اِس ۳۰۰ کار می کنیم.»

گفته هایش احتمالاً درست بود چون مقامهای ایرانی قبلاً گفته بودند که نمونه ایرانی موشک اس ۳۰۰ را ساخته اند.

گفتم: «جالب است. اس ۳۰۰ سامانه دفاعی نیرومندیه اما قدیمیه. این سامانه چهل سال پیش ساخته شده و کارائی سامانه دفاعی گنبد آهنین رو نداره و نمی تونه از آسمان ایران در برابر هواپیماهای رادارگریز آمریکا محافظت کنه. بعد از این که به پروژه شما پیوستم موشک هایی می سازیم که از موشکهای دشمنان جمهوری سلامی قوی تر باشند. آن وقت کشور های دیگه موشکهای ما رو مهندسی معکوس می کنند.»

با خوشحالی گفت: «عالی میشه.»

در این هنگام سعی کردم که محل پایگاه موشکی را پیدا کنم.

گفتم: «اگر قرار شد با پروژه موشکی همکاری کنم ترجیح میدم که در تهران زندگی کنم. تهران تا محل کار چقدر فاصله داره؟»

«با اتومبیل دو ساعت طول می کشه.»

«میدونی کجاست؟»

«نه، نمیدونم. من رو با وَنِ بدون پنجره به اونجا میبرن.»

«هدف نهائی پروژه چیه؟»

«ساختن موشک های بالستیک دوربردی که بتونند کلاهک های هسته ای حمل کنند.»

«حالا کلاهک هسته ای دارید؟»

«نه، اما داریم روش کار می کنیم.»

دلم می خواست سؤال های بیشتری از او بپرسم اما این کار ممکن بود سوء ظن او را بر انگیزد. بنابراین، دیگر درباره کارش صحبت نکردم. پس از خداحافظی ایستاد و منتظر ماند.

راز نیمه شب آخوندها

گفتم: «آه، قرص، ببخشید. به کلی یادم رفت.»

قرص را از جیب بیرون آوردم و به او دادم.

واداشتن یاسر به صحبت در باره پروژه موشکی سرآغاز خوبی بود. او، به احتمال زیاد، به خاطر نیازش به قرص های من، این کار را کرد. برنامه من این بود که روی او کار کنم و سرانجام او را برای سیا عضو گیری کنم.

فصل ۱۶

یک هفته بعد، صبح جمعه، برای تفریحی یک روزه، عازم لواسان شدیم. این شهر که کنار جاجرود، در شمال شرقی تهران، واقع است به داشتن هوای پاک و مناظر زیبا شهرت دارد. نیکا، در کودکی، در لواسان زندگی کرده بود و اکنون می خواست آنجا را به من نشان بدهد.

وَن را من می راندم. محمد در صندلی جلو و نیکا پشت سر من نشسته بودند. رانندگی راحت بود. سفر نیم ساعت طول کشید. ساعت هفت صبح به لواسان رسیدیم. انتظار داشتم که روز آرامی را سپری کنیم. هوا ملایم بود. نسیم ملایمی می وزید و آسمان صاف بود. برنامه این بود که جای مناسبی در دامنه تپه ها برای نشستن پیدا کنیم و بعد در کنار رودخانه و در کوره راهها قدم بزینم.

ماشین پراید سفیدی به فاصله ۵۰ متر پشت سر ما در حرکت بود. باید مطمئن می شدم که ما را تعقیب نمی کند. به آرامی گفتم: «به پشت سر نگاه نکنید. کمربندها تون رو ببندید. ممکنه با مهمانهای ناخوانده درگیر بشیم.»

نیکا که لبهایش را ماتیک می کرد پرسید: «دارند ما رو تعقیب می کنند؟»

«نمیدونم اما به زودی می فهمیم.»

محمد تپانچه اش را از غلاف زیر بغلش بیرون کشید و گفت: «باید مأموران موساد باشند. انا لله و انا الیه راجعون.»

از گوشه چشم به او نگاه کردم. رنگش به کلی پریده بود. گفتم: «لطفاً تپانچه رو غلاف کن. جاده پر از چاله و چوله است. ممکنه به خاطر تکان

راز نیمه شب آخوندها

های ماشین ناخود آگاه شلیک کنی و به خودت یا من و نیکا صدمه بزنی. حرف هم نزنید تا حواسم به کارم باشه.»

من هم نگران حمله از سوی مأموران موساد بودم چون این سازمان دانشمندان بسیاری را کشته بود. موساد، در دهه ۱۹۶۰ میلادی، آلمانی هایی را که در مصر برای پرزیدنت ناصر موشک می ساختند ترور می کرد. بعدتر، در دوران صدام حسین، دانشمندان هسته ای و موشکی عراق را هدف قرار می داد. در ده سال گذشته هم، شماری از دانشمندان هسته ای ایران را با چسباندن بمب های مغناطیسی به اتومبیل هایشان کشته بود. از آنجا که سیا مأموریت من را به موساد اطلاع نداده بود این امکان وجود داشت که موساد، که از هویت من بی خبر بود، تصمیم به ترور من گرفته باشد.

با این افکار، سَرِ اولین چهار راه ایستادم تا پراید به من رسید. دو مرد، که بین سی تا چهل سال سن داشتند، در پراید نشسته بودند. در آنجا و در تقاطع های بعدی به سمت راست پیچیدم تا ببینم که پراید هم همین کار را می کند یا نه. اما پراید، پس از سومین گردش من به راست، به سمت دیگری رفت. نفس راحتی کشیدم و دوباره وارد بلوار خمینی شدم. عرق را از فرمان اتومبیل و پیشانی ام پاک کردم و اعلام کردم که وضع عادی است.

در صندلی ام لَم دادم و شیشه سمت راننده را کمی پائین کشیدم تا از هوای خنک شهر لذت ببرم. در ضمن، با نگاه به آینه وسط اتومبیل، مواظب پشت سرم بودم. ناگهان ماشین پراید سفید از خیابانی فرعی جلو من پیچید و من را مجبور کرد که سرعتم را کم کنم. بی درنگ به آینه وسط نگاه کردم. موتور سیکلتی، که حدود سی متر با من فاصله داشت، به سرعت نزدیک می شد. راننده و شخصی که پشت سرش نشسته بود لباس سیاه موتور سواری پوشیده بودند و کلاه ایمنی بر سر و ماسک بر چهره داشتند. مردِ تَرک نشین جسم سیاه کوچکی که می توانست بمب مغناطیسی باشد در دست داشت. مأموران موساد در چسباندن این گونه بمب ها به ماشین های در حال حرکت استاد بودند.

حضور موتور سواران در پشت سرم می توانست کاملاً تصادفی باشد اما من نمی توانستَم ریسک کنم. فریاد زدم «محکم بنشینید» و پایم را بر

پدال گاز فشردم. جیغ گوشخراش تایرها بلند شد و اتومبیل مانند موشک به پیش رفت. پراید راه را بند آورده بود. ماشین را به گوشه چپ سپر عقب پراید کوبیدم و آن را به سوی اتومبیلهایی که سمت راست خیابان پارک کرده بودند هل دادم و از کنارش گذشتم. موتورسیکلت هم بر سرعت خود افزود. سَرِ اولین تقاطع، در حالی که جیغ تایرها به آسمان رفته بود، به تندی به راست پیچیدم و نزدیک بود که عابری را که، در حال گفتگو با تلفن، از عرض خیابان می گذشت زیر بگیرم. موتورسیکلت هم به راست پیچید. در چهارراه بعدی، بوق زنان، از چراغ قرمز رد شدم و باعث به هم خوردن چند ماشین، که برای جلوگیری از تصادف با من ناگهان ترمز کردند، شدم. یکی دو بار برای سبقت از ماشین هایی که آهسته حرکت می کردند وارد باند مخالف شدم و چیزی نمانده بود که با ماشینهایی که از رو به رو می آمدند شاخ به شاخ شوم. در تقاطع بعدی به سمت راست پیچیدم. موتورسیکلت هم دنبالم آمد. خیابان کاملاً خلوت بود. ناگهان چند گلوله از شیشه عقب وارد شدند و از بیخ گوش نیکا گذشتند و به داشبورد خوردند. نیکا جیغ کشید و محمد دست به دعا برداشت.

خطری بزرگ ما را تهدید می کرد. تعقیب کنندگان ممکن بود ظرف چند ثانیه به ما برسند و کار ما را تمام کنند. فرار فایده ای نداشت. تصمیم گرفتم که به سرعت سر و ته کنم و با آنها رو به رو بشوم. فرمان را به سرعت به سمت چپ چرخاندم و ترمز دستی را کشیدم. وقتی عقبِ وَن ۱۸۰ درجه چرخید ترمز را رها کردم و گاز دادم و به سوی موتورسیکلت که چون گلوله توپ به سمت من می آمد حرکت کردم. موتورسیکلت، برای جلوگیری از تصادف، به تندی به سمت چپ ویراژ داد اما دیگر دیر شده بود. اتومبیل با صدایی هولناک به پهلوی موتورسیکلت خورد و آن را به هوا فرستاد.

می توانستم همان لحظه ترمز کنم تا سرنشینان موتورسیکلت را زیر نگیرم اما من نسبت به کسانی که کمین می کنند تا ماشینم را منفجر کنند احساس همدردی ندارم. لحظاتی بعد انفجار مهیبی ماشین را به شدت تکان داد و شیشه عقب را خورد کرد. خرده شیشه ها همچون سیل به داخل ماشین

راز نیمه شب آخوندها

هجوم آوردند و دیوارهای داخل ماشین و صندلی های چرمی و لباسهای ما را سوراخ کردند.

پایم را بر ترمز فشردم. ماشین با تکان و صدایی شدید توقف کرد. از وَن بیرون پریدم و دوان دوان خود را به موتورسوارها که غرق در خون روی آسفالت خیابان افتاده بودند رساندم. نیکا که دنبال من آمده بود جیغ بلندی کشید و با هر دو دست جلو چشمانش را گرفت. سَرِ یکی از مردها از تن جدا شده بود. منظره هولناکی بود اما فرصت آرام کردن نیکا را نداشتم. کنار مرد دیگر نشستم و تپانچه اش را برداشتم. پُر بود. تپانچه را زیر کمربندم فرو کردم و با شتاب جیب هایش را گشتم. کارت شناسائی نداشت. ماسکش را برداشتم. سرفه کرد. نزدیک به سی سال سن داشت. او را تکان دادم و به فارسی و انگلیسی پرسیدم: «برای کی کار می کنی؟ برای موساد کار می کنی؟»

زیر لب گفت تشنه ام و بی حرکت شد. چشمانش را بستم.

پشت وانتی که کنار خیابان پارک کرده بود سنگر گرفتم و منتظر پراید شدم. نیکا هم به من پیوست. لحظاتی بعد، پراید سفید با صدای گوشخراشی ترمز کرد و دو مردِ اوزی به دست از آن بیرون پریدند و به سوی اجسادِ غرق در خون دویدند. بی درنگ به آنها شلیک کردم. هر دو با صورت بر زمین افتادند. گلوله ای به پشت سرشان زدم تا مطمئن شوم که مرده اند.

جمعیت کوچکی دور ما جمع شده بودند. مرد جوانی مشغول فیلم برداری با تلفنش بود. در حالی که مسلسل ها را بر می داشتم فریاد زدم: «تلفن رو بگیر.»

نیکا به سوی مرد دوید و تلفن را از دستش قاپید. مرد اعتراض کرد اما وقتی مسلسل را به سویش نشانه رفتم پا به فرار گذاشت. دوان دوان به اتومبیلمان برگشتیم و سوار شدیم. محمد که پشت کامیونی پنهان شده بود، با چهره ای شرمسار، به ما پیوست. به سرعت از آنجا دور شدیم.

وَن را زیر سایه درختی کنار جاجرود پارک کردم. صدای آمبولانس و ماشین های پلیس که به محل انفجار بمب می رفتند فضا را پر کرده بود.

دست و صورتمان را در آب رودخانه شستیم و برای خوردن صبحانه عازم دربند، در دامنه کوه البرز، شدیم.

محمد آدم ترسویی بود که به جای محافظت از من و مقابله با مهاجمان پشت یک کامیون مخفی شده بود. با اینهمه، برای این که توجه نیروهای امنیتی را به خودم جلب نکنم، بهتر بود که افتخار پیروزی بر مهاجمان را نصیب او کنم. وقتی به قهوه خانه رسیدیم نقشه ام را با نیکا در میان گذاشتم و از او خواستم که از آن حمایت کند.

هنگام خوردن صبحانه گفتم: «محمد آقا! شما برای نیکا و من مثل برادری. همیشه نگران سلامتی من هستی. امروز به خاطر این که با من بودی چیزی نمانده بود که کشته بشی. دلم می خواد دوستی و وفاداریت رو جبران کنم. می خوام به آیت الله میثم و ژنرال وحید بگم که تو نقشه موساد رو برای کشتن من خنثی کردی. آن وقت، در میان نیروهای امنیتی به یک قهرمان تبدیل میشی و به سرعت ترقی می کنی. موافقی؟»

محمد، انگار که سخنان من را نشنیده بود، گفت: «حادثه هولناکی بود. چقدر سریع اتفاق افتاد. آشهد خودم رو خوانده بودم. نمی دانستم چه کار کنم. هیچ وقت این اندازه نترسیده بودم.»

گفتم: «همه انسان ها گاهی می ترسند. من هم ترسیده بودم. اما خوشبختانه همه ما زنده هستیم. خُب، در باره پیشنهاد من چی فکر می کنی؟»

«پیشنهاد شما سخاوتمندانه است ولی نمی تونم اون رو بپذیرم. من که کاری نکردم. همه کارها رو شما انجام دادید. درست نیست که به خاطر کاری که شما کردید جایزه بگیرم.»

گفتم: «محمد جان، من مهندس هستم. کشتن مأموران موساد جزو وظایف من نیست و کارنامه مهندسی من رو قوی تر نمی کنه. اما تو افسر امنیتی هستی. تو محافظ منی. مقابله با کسانی که می خواهند من رو بکشند جزو وظایف توست. کشتن این افراد کارنامه شغلیت رو قوی تر می کنه.»

بعد رو به نیکا کردم و گفتم: «تو چی فکر می کنی؟»

نیکا گفت: «محمد آقا، به نظرم، خدا می خواست این اتفاق بیفته تا جورج بتونه این هدیه رو به تو بده. این هدیه حق توست. اگر قبول کنی که

راز نیمه شب آخوندها

این آدم کش ها رو کُشتی، قطعاً ترفیع می گیری و حقوق و احترامت بالا می ره. آن وقت بهتر می تونی از مادر پیر و خواهرت نگه داری کنی. حتی ممکنه مشاور امنیتی رهبر بشی.»

دستش را روی دست او گذاشت و چشمکی زد و گفت: «بعد زنهای خوشگل برای ازدواج با تو صف می کِشند.»

محمد کمی فکر کرد و گفت: «چند سال پیش برای دفاع از حرم حضرت زینب به سوریه رفتم. چند روز بعد، واحد ما محاصره شد. اولین بار بود که زیر آتش دشمن قرار می گرفتم. حاج کاظم فرمانده ما بود. دستور حمله داد. همه افراد در حمله شرکت کردند اما من از ترس سر جام خشکم زد. افراد ما دشمن رو تارومار کردند اما همشون، غیر از حاج کاظم و حمید برهان، کشته شدند.»

جرعه ای چای نوشید و ادامه داد: «حاج کاظم می دونه که من آدم بزدلی هستم و هرگز باور نخواهد کرد که من چهار مأمور موساد رو کشته ام.»

حرفی نزدم و به خوردن صبحانه ادامه دادم. سرانجام نیکا سکوت را شکست: «محمد جان، از صداقتت متشکرم. بسیاری از مردم به ضعف هاشون اعتراف نمی کنند اما تو داوطلبانه این کار رو کردی. در نتیجه، اکنون برات احترام بیشتری قائلم. اما تو باید به فکر خودت و خانوادت باشی. وظیفه تو حفظ جان جورج بود. اگر رؤسای تو بفهمند که برای دفاع از جورج کاری نکردی در چشم اونها و همکارانت بی اعتبار میشی. ممکنه به دلیل قصور در انجام وظیفه شغلت رو از دست بدی و حتی محاکمه و زندانی بشی. آن وقت کی از مادر پیر و خواهرت نگهداری می کنه؟ تو که نمیخوای اونها گدائی کنند؟ به نظرم به نفعته که پیشنهاد جورج رو بپذیری. نگران حاج کاظم هم نباش. بهش بگو خیلی ترسیده بودم اما چون جانم در خطر بود ناچار با مهاجمان مقابله کردم.»

محمد کمی چای خورد و گفت: «نیکا خانم. حالا که اصرار دارید حاضرم بگم که من وَن رو به مهاجمان زدم و اونها رو کشتم. این سناریو باورکردنی تره چون که من راننده شما هستم.»

گفتم: «فکر خوبیه. علاوه بر این، باید بگی که من و تو از ون پیاده شدیم و پشت یک ماشین سنگر گرفتیم و به سرنشینان پراید شلیک کردیم. موافقی؟»

«موافقم.»

با هم دست دادیم.

تلاش نافرجام برای کشتن من آیت الله میثم و سردار وحید را متقاعد کرد که من برای سیا یا موساد کار نمی کنم چون این سازمان ها افسران خود را نمی کشند.

حادثه را به سیا گزارش کردم. سیا پاسخ داد که موساد نقشی در این ماجرا نداشته است. سخت نگران شدم. دشمنی بیرحم و ناشناس در پی کشتن من بود.

فصل ۱۷

چند سال پیش، به درخواست سیا، مهندسان آمریکایی، نقشه های جامعی برای ساختن موشکهای دوربرد بالستیک و سیلوهای مدرن موشکی زیرزمینی تهیه کرده بودند. قرار بود یکی از افسران سیا، تحت پوشش مهندس آلمانی، نقشه ها را به مقامات جمهوری اسلامی ارائه کند تا او را استخدام کنند. هدف سیا نفوذ و خرابکاری در صنایع موشکی جمهوری اسلامی بود. اما این عملیات، به دلیل مخالفت برخی از مقامات آمریکا که آن را خطرناک می دانستند، اجرا نشد.

من برخی از این نقشه ها را به یاسر نشان دادم. یاسر به هیجان آمد و آن ها را به رئیسش در برنامه موشکی نشان داد.

چند روز بعد، میثم به من گفت که یکی از دست اندرکاران برنامه موشکی ایران می خواهد با من ملاقا ت کند: «سردار شیرازی می خواد فردا صبح، در دفترش، با شما گفتگو کنه. بهش گفتم شما مهندس هوا فضا هستید و برای کمک به نوسازی صنایع هواپیمائی ایران به اینجا اومدید.»

فردا صبح، وَنی که پنجره نداشت من را سوار کرد و یک ساعت بعد در گاراژی زیرزمینی پیاده کرد. مرد بلند بالای ریشوئی، در لباس سبز پاسداران انقلاب، به من خوش آمد گفت و در حالی که با من دست می داد گفت: «سلام. من دکتر شیرازی هستم.»

برایم چای سفارش داد وگفت: «نقشه هات بی عیبه. کجا درس خواندی؟»

«دانشگاه میثیگان.»

«چه تصادف جالبی. من هم پیش از انقلاب در اونجا در رشته مهندسی تحصیل می کردم. اما بعد از سقوط شاه به ایران برگشتم تا به جمهوری اسلامی خدمت کنم.»

پرسیدم: «دانشگاه میشیگان رو دوست داشتید؟»

«خیلی! برای یادگیری و تحقیق جای ایده آلیه. دختر هاش هم زیبا هستند اما زمستوناش خیلی سرده.»

نقشه ها را با هم بررسی کردیم و در باره طراحی موشک های بالستیک دوربرد صحبت کردیم. سردار شیرازی به شدت تحت تأثیر قرار گرفت و از من خواست که دو هفته دیگر به ملاقاتش بروم.

در ملاقات بعدی، نقشه هایی را که برای احداث سیلوهای زیر زمینی با خود آورده بودم به او نشان دادم. قرار شد که از یکی از سیلوهای موشکی بازدید کنم و پیشنهادهایی در باره بهینه سازی آن ارائه دهم.

چند روز بعد میثم من را به دفترش دعوت کرد و گفت: «سردار شیرازی می خواد که از یک پایگاه موشکی زیرزمینی بازدید کنی تا با برنامه موشکی ما آشنا بشی. به فرمانده پایگاه اطلاع دادم که شما فردا به اونجا میری. البته ایشون نباید بدونه که شما اینجا کار می کنی. یاسر هم با شما میاد.»

روز بعد، یک وَن بدون پنجره من و یاسر را سوار کرد و به سوی پایگاه به راه افتاد. ساعتی بعد، صدای تلق و تولوق بلند شد و ماشین با تکان و لرزش های شدید به راه خود ادامه داد. به جاده خاکی پر دست اندازی وارد شده بودیم.

پس از یک ساعت رانندگی در جاده ی پر پیچ و خم و پر سنگلاخ سرانجام به پایگاه رسیدیم. مرد ریشوی تنومندی در لباس سپاه پاسداران و آخوندی که عبای قهوه ای رنگی بر تن و عمامه ای سیاه بر سر داشت منتظر بودند.

مرد سپاهی به من خوش آمد گفت: «سلام علیکم. من سردار عزیز فرمانده این پایگاه هستم. به شهر موشکی خوش آمدید.» بعد آخوندی را که

راز نیمه شب آخوندها

کنارش ایستاده بود معرفی کرد: «ایشان حجت الاسلام یزدی، رئیس اداره عقیدتی‌-سیاسی پایگاه هستند.»

مسئولان عقیدتی سیاسی در تمام ادارات دولتی جمهوری اسلامی، و به ویژه در نیروهای مسلح و سرویس های امنیتی، حضور داشتنند. آنها باورهای مذهبی خرافی را به پرسنل ادارات تزریق می کردند و آنها را به اطاعت کورکورانه از ولی فقیه فرا می خواندند. تفتیش عقاید و پرونده سازی برای کارمندانی که به زعم آنها در خط ولایت نبودند از وظایف اصلی آنها بود. یزدی حجت الاسلام بود که در سلسله مراتب روحانیت شیعه مرتبه ای پائین تر از آیت الله است.

از پله های سنگی بسیاری پایین رفتیم و به تونل دراز پُر پیچ و خَمی رسیدیم که تا چشم کار می کرد ادامه داشت. صدها موشک روی قفسه های فولادی، پَرتابگرها، و کامیون های کیان قرار داشت. شعار مرگ بر اسرائیل بر دیوارها، کف تونل، و موشک ها نقش بسته بود. این پایگاه به پایگاه های کره ی شمالی شباهت داشت و شاید با کمک این کشور ساخته شده بود.

سردار با لحنی مغرورانه گفت: «این پایگاه یک قلعه ی مستحکم سنگی است.»

حرفش را با تکان سر تأیید کردم و افزودم: «و مکانی مناسب برای پنهان کردن موشک.»

«درسته. اما اینجا فقط انبار نیست. محل ساختن، تعمیر و پرتاب موشک هم هست.»

پرسیدم: «چرا تونل پیچ در پیچ است؟»

«چون زیر خط الرأس کوه ساخته شده که مستقیم نیست.»

موشک های شهاب ۳، خرمشهر، و سِجّیل را به من نشان داد و گفت که اینها ساخت ایران هستند و می توانند اسرائیل را هدف قرار بدهند. طبق اطلاعاتی که داشتم، این موشک ها از روی موشک هایی که کره شمالی در دهه ی ۱۹۸۰ ساخته بود کپی شده بودند.

سهیل روحانی

پرسیدم: «بُردشون چقدره؟»

«دو هزار کیلومتر.»

«قصد دارید بردشون رو بیشتر کنید؟»

«فعلاً نه. مقام معظم رهبری برد موشک ها رو به دو هزار کیلومتر محدود کرده اند. بنابراین، ما موشک با برد بیشتر نمی سازیم اما تلاش می کنیم که توانایی لازم برای چنین کاری رو به دست بیاریم.»

گفتم: «پس باید روی موتور های توربوجت قوی و سیستم های هدایتی دقیق کار کنید.»

گفت: «داریم روشون کار می کنیم.»

سردار من را به دفترش برد و دستور چای داد. پیشخدمت وارد شد و یک سینی گِردِ مِسی را که بر آن سه فنجان چای، مقداری بهار نارنج، و یک قوطی سوهان قرار داشت روی میزِ وسط اتاق گذاشت. روی قوطی سوهان نام و آدرس مغازه سازنده آن در قم حک شده بود.

تکه ای سوهان در دهان گذاشتم که زود آب شد. گفتم: «لذیذ و تازه است.»

سردار گفت: «باید هم تازه باشه. امروز صبح درست شده.»

سردار ندانسته جای پایگاه را لو داده بود. نزدیک قم بودیم.

سردار گفت: «آیت الله میثم خیلی از شما تعریف می کنه. میگه شما مهندس قابلی هستی. درباره این پایگاه چه فکر می کنی؟»

پرسش سردار بی موقع بود چون من فقط چند موشک و بخش کوچکی از یک تونل را دیده بودم و نمی توانستم ارزیابی واقع بینانه ای ارائه دهم. به نظرم، سردار خواهان تعریف و تمجید بود که من هم با کمال میل حاضر به ارائه ی آن بودم. سرداران لافزن سپاه پاسداران همواره می گفتند که موشکهایشان می توانند پایگاه های آمریکا و اسرائیل را در سراسر خاورمیانه نابود کنند. برخی از آنها حتی ادعا می کردند که ایران ابرقدرت است. بنابراین، من هم از پایگاه تعریف کردم: «این پایگاه یک شاهکار مهندسیه. ایجاد پایگاه در کوه سنگی کار آسانی نیست. شما توانائی موشکی

نیرومندی ایجاد کرده اید. ایران تا چند سال پیش در عرصه هوا فضا مطرح نبود اما اکنون انواع موشکها رو میسازه و به یکی از بازیگران اصلی در این عرصه تبدیل شده. شما بزرگترین نیروی موشکی خاورمیانه رو در اختیار دارید. راستی چرا روی ساختن موشک تمرکز کرده اید؟»

سردار به نقشه روی دیوار اشاره کرد و گفت: «ایران در نقطه خطرناکی واقع شده. همسایگان شمالی و شرقی ما، یعنی روسیه و پاکستان، قدرت های هسته ای اند. ترکیه، همسایه غربی ما، عضو پیمان ناتوست. رژیم صهیونیستی هم که دشمن قسم خورده اسلام است به سلاح هسته ای مجهزه.»

کمی چای نوشید و ادامه داد:

«نیروی هوائی ما فرسوده است. این موضوع، ما رو ناگزیر کرده که نیروی موشکی مون رو برای مقابله با آمریکا و متحدانش تقویت کنیم. »

حجت الاسلام یزدی که بی صبرانه منتظر صحبت کردن بود آمریکا را به باد حمله گرفت:

«آمریکا ما رو چون از جنبش های ضد اسرائیلی حمایت می کنیم تحت فشار گذاشته، اما ما افتخار می کنیم که به خاطر حمایت از این جنبش ها تحت فشار باشیم. سیا از طریق عواملش قطعات معیوب موشک به ما میفروشه تا در برنامه موشکی ما خرابکاری کنه، اما ما، به یاری امام زمان، برنامه هامون رو به پیش می بریم. ما برای تأمین مواد مورد نیازمون شبکه هایی درست کردیم که سیا و موساد قادر به رخنه در اونها نیستند. آمریکا و اسرائیل می تونند به برنامه موشکی ما ضربه بزنند اما نمی تونند اون را متوقف کنند.»

پرسیدم: «چه کشوری بزرگترین تهدید علیه جمهوری اسلامیه؟»

حجت الاسلام گفت: «رژیم صهیونیستی.»

با حیرتی ساختگی پرسیدم: «رژیم صهیونیستی؟ مگر امام خامنه ای نگفت که اسرائیل در قد و قواره ای نیست که تهدیدی برای ایران باشه؟»

آخوند پاسخ داد: «درسته. اما این رو هم گفت که رژیم غاصبِ خبیثِ صهیونیستی سگ هاریه که پاچه می گیره و گرگ درنده ایه که انسان های مظلوم رو میکُشه. اگر اسرائیل به ایران حمله کنه جمهوری اسلامی تل آویو و حیفا رو با خاک یکسان می کنه. اون وقت، صهیونیست ها باید در دریای مدیترانه دنبال تکه پاره های تل آویو بگردند. همانطور که امام خامنه ای گفته اسرائیل تا سال ۲۰۴۰ نابود خواهد شد. امیدواریم که موشک های ما، به فضل خدا، کار اسرائیل رو حتی زودتر تمام کنند.»

سخنرانی های این کمیسر سیاسی پرحرات مدتها ادامه یافت و وقتی برای گفتگو در باره موشک و پایگاه زیرزمینی باقی نگذاشت. پس از نهار، از سردار تقاضا کردم که با یاسر پایگاه را ببینم و بعد پیشنهادهایم را با او درمیان بگذارم. سردار پذیرفت و به یاسر گفت که من را همراهی کند.

پایگاه از چند تونل، در عمق صد متری، تشکیل شده بود. تونل اصلی حدود یک کیلومتر طول، ده متر عرض و پنج متر ارتفاع داشت و با دالانهای باریک به انبارها، آزمایشگاه ها، و تعمیرگاه ها وصل می شد. تونل های فرعی کوچکتر بودند و بین صد تا دویست متر طول داشتند.

یاسر به در فولادی بزرگی که در انتهای دالان باریکی قرار داشت و روی آن نوشته شده بود «به کلی سری. فقط افراد مُجاز می توانند وارد شوند» اشاره کرد و آهسته در گوش من گفت: «پشت این در، مرکز تحقیق و توسعه موشکی ما قرار داره. اونجا در باره موشک های دوربردی که قادر به حمل کلاهک های هسته ای باشند تحقیق می کنیم. وقتی به ما ملحق شدی در این جا با هم کار خواهیم کرد.»

گفتم: «عالی میشه.»

آن شب گزارش مفصلی در باره پایگاه برای سیا فرستادم. سیا دستور داد که در صورت امکان در آنجا خرابکاری کنم. از این دستور متعجب نشدم چون با سیاست کلی آمریکا دایر بر جلوگیری از گسترش توان موشکی و هسته ای ایران همخوانی داشت.

به میثم اطلاع دادم که فرمانده پایگاه از من خواسته است که روز پنج شنبه به آنجا بروم. قبول کرد و به یاسر دستور داد که من را همراهی کند.

فصل ۱۸

عصر چهارشنبه با نیکا و محمد به قهوه خانه رفتیم. نیکا سر محمد را گرم کرد تا من بیرون بروم و مقداری مواد معمولی که در بسیاری از فروشگاه ها فروخته می شدند خریداری کنم. پس از بازگشت به خانه، طبق یک فرمول سرّی که دانشمندان سیا ابداع کرده بودند، مواد را مخلوط و دو خمیر مختلف تهیه کردم. اگر این دو خمیر با هم مخلوط و کمی خشک می شدند آتش می گرفتند و با حرارت بالا می سوختند. خمیرها را جداگانه در دو کیسه پلاستیکی گذاشتم و کیسه ها را در کیف چرمی ام قرار دادم.

روز بعد، ساعت پنج و نیم صبح، عازم پایگاه شدم. راننده قبلاً یاسر را سوار کرده بود.

گفتم: «یاسر جان، نیکا تو رو برای شام دعوت کرده. می خواد برات فسنجون بپزه چون می دونه که فسنجون رو خیلی دوست داری. باید مقداری هم برای خانمت ببری.»

«از دعوتشون متشکرم. حتماً خوش خواهد گذشت.»

پرسیدم: «کِی به تهران بر می گردیم؟»

«مثل همیشه. ساعت پنج و نیم عصر راه می افتیم و ساعت هفت و نیم به خانه شما می رسیم.»

من مهندس ساختمان نبودم و درباره تونل چیزی نمی دانستم. اما هفته گذشته، پس از بازدید از تونل، از سیا خواستار پیشنهادهایی برای بهینه سازی آن شده بودم. سیا پیشنهادهایی فرستاده بود تا من به ژنرال عزیز عرضه کنم.

در پایگاه، به دفتر سردار عزیز رفتم تا در باره بهینه سازی تونل ها و سیلوها صحبت کنم. اگر همه چیز به خوبی پیش می رفت، این پایگاه تا چند ساعت دیگر منفجر می شد و پیشنهاد های من دردی را دوا نمی کرد. اما باید وقت کشی می کردم تا فرصت مناسب برای انجام نقشه ام پیدا کنم.

گفتم: «این پایگاه کابوس دشمنان اسلامه. شبکه وسیع تونل های زیرزمینیش یک شاهکار مهندسیه که هر بیننده ای رو شگفت زده می کنه. اما چند مشکل جزئی داره که ممکنه پایگاه رو آسیب پذیر کنند.»

سردار عزیز و حجت الاسلام یزدی با علاقه به من چشم دوختند.

«در دیوارهای سنگی تونل مقدار زیادی رگه های نرم وجود داره که صخره ها رو ضعیف می کنند. اگر در نزدیکی پایگاه انفجار بزرگی رخ بده دیوارها فرو می ریزند. باید دیوارها رو با پیچ و مهره های فولادی مستحکم کنید.»

سردار عزیز در حالی که یادداشت برمی داشت گفت که با مهندس هایش در این باره صحبت خواهد کرد.

پیشخدمت وارد شد و چای و شیرینی آورد. شیرینی را در دهان گذاشتم و جرعه ای چای نوشیدم و ادامه دادم: «در ورودی تونل نازکه و نمی تونه در برابر انفجار های بزرگ دوام بیاره.»

سردار با تعجب اخم کرد: «چرا فکر می کنی نازکه؟ یک بمب صد کیلوگرمی کنار در منفجر کردیم اما در صدمه ای ندید.»

گفتم: «بمب های سنگر شکن آمریکا هر کدام چند تن ماده منفجره بسیار قوی دارند. موج انفجارِ این بمب ها در رو از جا می کنه و از تونل ها میگذره و همه چیز رو سر راهش نابود می کنه.»

متعجب شدند. سردار عزیر، پس از مکثی طولانی، پرسید: «ضخامتِ در چقدر باید باشه؟»

«یک متر یا بیشتر. بستگی به جنس فولادش داره. درِ وروی باید به سمت بیرون باز بشه تا اگر انفجاری در خارج پایگاه رخ داد موج انفجار در رو ببنده و نتونه وارد تونل بشه. در ضمن، بهتره که بخش های مختلف

<h1 style="text-align:center">راز نیمه شب آخوندها</h1>

تونل ها رو با درهای فولادی از هم جدا کنید تا اگر در جایی انفجاری رخ داد موج انفجار تمام پایگاه رو نابود نکنه.»

سرش را به علامت تأیید تکان داد: «حتماً این کار رو می کنیم.»

سردار از جاسیگاری منبت کاری شده اش به ما سیگار تعارف کرد و با فندکش آنها را روشن کرد. پکی به سیگارش زد و از من خواست که به صحبت هایم ادامه بدهم.

ناگهان چراغ های اتاق برای لحظه ای روشن و خاموش شدند. گفتم: «فکر کنم برقتون رو از شبکه سراسری تأمین می کنید. این شبکه در برابر حملات هوائی و خرابکاری آسیب پذیره. سیستم زاپاس دارید؟»

گفت: «چند تا ژنراتور داریم.»

پرسیدم: «در برابر حملات هوائی چطور از پایگاه دفاع می کنید؟»

«از سامانه موشکی زمین به هوای باور ۳۷۳ استفاده می کنیم. این موشک ها دویست کیلومتر برد دارند. آسمان این منطقه نفوذ ناپذیر است»

سخنان سردار عزیز تکرار تبلیغات دروغین سپاه پاسداران در باره توان بالای سیستم پدافند هوایی جمهوری اسلامی بود. پدافند هوایی جمهوری اسلامی فرسوده و ناکارآمد بود. هواپیماهای اسرائیلی سالها بود که مواضع و کامیون های حامل سلاح جمهوری اسلامی را در سوریه بمباران می کردند، اما پدافند هوایی جمهوری اسلامی نتوانسته بود که حتی یکی از این هواپیماها را سرنگون کند.

سرم را به علامت تأیید تکان دادم و پرسیدم: «مرکز کنترل پرتاب موشک کجاست؟»

«همین جا. در همین اتاق.»

چند لحظه با دقت به اطراف نگاه کردم و گفتم: «این اتاق از آجر ساخته شده. اگر بمب بزرگی به پایگاه اصابت کنه این اتاق فرو می ریزه. شما به یک اتاق فولادی احتیاج دارید که روی فنرهای فولادی بزرگ نصب شده باشه تا موقع تکان خوردن فرو نریزه.»

گفت: «می تونی نقشه اش رو بکشی و به ما بدی؟»

۱٦۳

«بله، می تونم. هفته دیگه براتون میارم.»

بعد به سیلوها پرداختم و پرسیدم: «باز کردن در سیلو چقدر طول می کشه؟»

«یک دقیقه. یک دقیقه هم طول می کشه که بسته بشه.»

گفتم: «خیلی زیاده. باید این زمان رو به یک ثانیه برسونید. ماهواره ها تا موتور موشک روشن شد محلش رو پیدا می کنند و به هواپیماهای بمب افکن اطلاع میدن. بنابراین، درِ سیلو باید درست در لحظه روشن شدن موتورِ موشک باز بشه و یک ثانیه بعد از شلیک موشک بسته بشه.»

پرسید: «می تونی در طراحی اون کمک کنی؟»

«بله، می تونم، اما خواهش می کنم که اول با آیت الله میثم صحبت کنید.»

سردار پرسید: «پیشنهاد دیگری نداری؟»

«فقط یک نکته دیگه. اگر پایگاه مورد حمله اتمی قرار بگیره آیا سیستم تهویه شما می تونه مواد رادیواکتیو رو فیلتر کنه و هوای قابل استنشاق به داخل پایگاه بفرسته؟»

سردار پرسید: «فکر می کنی مورد حمله اتمی قرار بگیریم؟»

«اگر موجودیت اسرائیل رو تهدید کنید قطعاً با چنین حمله ای رو به رو می شید؟»

سکوتی طولانی بر اتاق سایه افکند. سرانجام، حجت الاسلام یزدی گفت: «هیچ چیز نمی تونه اسرائیل رو از نابودی نجات بده. نابودی اسرائیل خواست خداست.»

به پشتی صندلی ام تکیه دادم و به لاف و گزاف های حجت الاسلام یزدی در باره موشکهای خیبر شکن سپاه که به ادعای او می توانستند به اسرائیل برسند و آن را نابود کنند گوش دادم. خیبر نام نبردی است که در قرن هفتم میلادی میان یهودیان و سپاه محمد در گرفت و به پیروزی مسلمانان انجامید. یزدی گفت آرزو دارد نخستین فردی باشد که این موشکها

را به سمت اسرائیل شلیک می کند. برایش آرزوی موفقیت کردم و گفتم که دوست دارم هنگامی که این کار را می کند در پایگاه حضور داشته باشم.

بعد از آن که رجزخوانی های حجت الاسلام یزدی به پایان رسید نقشه های چند سیلوی موشکی بسیار مدرن را که از پاکستان آورده بودم به آنها نشان دادم و در باره آنها به تفصیل صحبت کردم. سردار عزیز بشدت تحت تأثیر قرار گرفت.

پس از ناهار، از سردار اجازه خواستم که از موشکها و سیلوی موشکی بازدید کنم. سردار تکنسینی را احضار کرد و به او دستور داد که من را همراهی کند و به پرسشهایم پاسخ بدهد. به سالن کلاهک های جنگی رفتیم. نگهبانی به نام رضا دم در ایستاده بود. با او دست دادم و خودم را معرفی کردم. چند دقیقه با او گرم گرفتم و گفتم که بزودی در آنجا مشغول به کار خواهم شد. بعد وارد سالن شدم و کلاهک ها را بررسی کردم. همه آنها پر از مواد منفجره بودند. هنگام خروج، عینک آفتابی ام را بی آن که تکنسین متوجه بشود کنار یکی از کلاهک ها گذاشتم.

ساعت چهار و نیم بعد از ظهر به اتاق استراحت کارمندان رفتیم. خوشبختانه اتاق خالی بود. از پیشخدمت خواهش کردم که برایمان چای بیاورد. سینی چای را دم در از او گرفتم و دو قرص خواب آور در یکی از فنجان ها انداختم و آن را جلو تکنسین گذاشتم. این قرص ها، که توسط شیمیدان های سیا ساخته شده بودند، بسیار قوی بودند، رنگ و بو نداشتند و فوراً در آب حل می شدند. یک قرص باعث می شد که شخص دوازده ساعت به خواب برود.

تکنسین، یک دقیقه پس از خوردن چای، روی مبلی که نشسته بود به خواب رفت. بی درنگ خمیرها را از کیسه ها در آوردم و با هم مخلوط کردم و در جیب کتم گذاشتم. بعد چراغ اتاق را خاموش کردم و در را بستم و به سوی سالن کلاهک های جنگی به راه افتادم.

نگهبان هنوز کنار در سالن ایستاده بود. گفتم: «سلام آقا رضا، خسته نباشی، فکر می کنم عینکم رو اینجا جا گذاشتم. با اجازه شما می خوام اون رو بردارم.»

بی آن که منتظر پاسخ او بشوم وارد سالن شدم.

نگهبان گفت: «شما نمی تونید بدون همراه وارد سالن بشید.»

حرفش را نادیده گرفتم و به راهم ادامه دادم. به دنبالم آمد و با صدای بلندی گفت: «شما اجازه ورود ندارید.»

وقتی به محل عینک رسیدم به سرعت خمیر را زیر کلاهک گذاشتم و عینک را برداشتم. نگهبان به دو قدمی من رسیده بود.

فریاد زد: «شما باید اینجا رو ترک کنید.»

عینک را به او نشان دادم و خداحافظی کردم و از سالن خارج شدم. از پله های مارپیچ بالا رفتم و سوار ون که در انتظارم بود شدم.

ساعت درست پنج و نیم بعد از ظهر بود.

راننده در را قفل کرد و ماشین را به حرکت در آورد. گمان کردم که یاسر را هم سوار خواهد کرد اما وقتی که ماشین شروع به لرزیدن کرد فهمیدم که پایگاه را ترک کرده و وارد جاده خاکی کوهستانی شده است. با مشت به دیوار ون کوبیدم و فریاد زدم: «نگه دار!»

ماشین با تکانهای شدید در جاده پر از دست انداز متوقف شد. راننده درپوش فلزی پشت سرش را به کناری کشید و از سوراخ کوچکی که به اندازه کف دست بود پرسید: «چیه؟»

با هیجان گفتم: «یاسر رو جا گذاشتی. قرار بود با من به تهران برگرده.»

«یاسر نمیاد. بهش گفتند امشب در پایگاه بمونه. گفت به شما بگم که سهم فسنجونش رو کنار بگذارید اما من فراموش کردم.»

دریچه را بست و به راهش ادامه داد.

با مشت به دیوار کوبیدم و فریاد زدم: «یاسر باید با من بیاد. فردا، سر کار، بهش احتیاج دارم. نگه دار تا باهاش صحبت کنم.»

فریاد زد: «یاسر نمیاد. من هم اجازه ندارم که در راه توقف کنم.»

وقتی به خانه رسیدم نیکا پرسید: «یاسر کجاست؟»

راز نیمه شب آخوندها

گفتم: «یاسر نمیاد.»

«چرا؟ براش شام درست کردم.»

«کاری براش پیش اومد. معذرت خواست. گفت مقداری فسنجون براش کنار بگذاریم.»

یک هفته بعد، تلویزیون دولتی ایران، در اخبار شب، اعلام کرد که انفجار در زاغه مهمات در نزدیکی قم باعث مرگ چند نفر شده است. روز بعد میثم من را به دفترش دعوت کرد و به من اطلاع داد که یاسر مرده است.

چانه ام را در دست گرفتم و مدتی با حیرت به او خیره شدم. بعد پرسیدم: «چطور مرد؟»

«در انفجار کشته شد. تمام پایگاه نابود شده.»

با صدایی که شبیه به فریاد بود پرسیدم: «چطور؟ حمله هوایی در کار بوده؟»

«فکر نمی کنم. رادارهای ما چیزی رو نشان ندادند.»

«فکر می کنی حادثه بود؟»

«حادثه یا خرابکاری. صدها نفر شهید شدند. صدها موشک نابود شدند. مردم نباید بدونند که اونجا پایگاه موشکی بوده.»

«کسی زنده مانده؟»

«فقط شما، راننده ون و نگهبانی که قبل از انفجار پایگاه رو ترک کرده بود.»

هنگامی که از دفترش خارج می شدم گفت: «راننده میگه وقتی فهمیدی که یاسر با شما به تهران برنمی گرده بشدت عصبی شدی. چرا اینقدر ناراحت شدی؟»

نمی دانستم که منظورش از این پرسش چیست اما خونسردی ام را حفظ کردم و گفتم: «یاسر رو برای شام دعوت کرده بودم. نیکا غذای مورد علاقه اش رو درست کرده بود. وقتی او رو ندیدم فکر کردم شاید راننده

یادش رفته سوارش کنه. ایکاش یاسر با من برگشته بود. فقدانش مصیبت بزرگیه.»

میثم سری تکان داد و گفت: «سرنوشت همه ما دست خداست. تقدیر رو نمیشه عوض کرد. یاسر سرانجام به آرزوش برای شهادت در راه اسلام رسید. حالا در بهشت در آغوش فرشته هاست.»

فصل ۱۹

پارک لاله از جاهای دیدنی تهران است و هوای نسبتاً تمیزی دارد. نیکا می خواست پارک را به من نشان بدهد. بنابراین، دو هفته پس از مرگ یاسر، روز جمعه، من و محمد را به خانه اش که در نزدیکی پارک قرار داشت دعوت کرد تا از آنجا به پارک برویم. نیکا به خانواده اش گفته بود که من برادر یکی از هم سلولی هایش هستم و محمد زندانبان خوش قلبی است که با او دوست شده و به او کمک می کند.

پس از خوردن ناهار ساعتی با مینو، خواهر نیکا، ورق و تخته نرد بازی کردیم. مینو زنی بیست و پنج ساله و مجرد بود و به موسیقی، رقص و شنا علاقه داشت. مددکار اجتماعی بود و به قربانیان خشونت های خانگی کمک می کرد.

عصر که شد نیکا به محمد گفت: «محمد آقا! داریم میریم پارک لاله. دوست داری بیای؟»

اما مینو، همان گونه که نیکا از او خواسته بود، گفت: «شما برید. بچه که نیستید که گم بشید. من می خوام با محمد آقا تخته نرد بازی کنم.»

کسی اعتراضی نکرد. نیکا و من ترجیح می دادیم که با هم تنها باشیم. محمد هم ترجیح می داد که با مینو که سینه بند نداشت و دکمه های بالای بلوزش را باز گذاشته بود تنها باشد.

نیکا، بی آن که منتظر پاسخ محمد بشود، گفت: «باشه. میریم و زود برمی گردیم.»

وقتی از خانه بیرون می رفتیم مینو داد زد: «لطفاً وقتی بر می گردید فالوده هم بخرید.»

با تاکسی به پارک رفتیم و در معبر باریکی که از میان باغچه های پر از گل می گذشت شروع به قدم زدن کردیم. پارک به شکل زیبائی درختکاری شده بود. بوی گلها و درختان مسحور کننده بود. پرتو آفتاب که از میان شاخ و برگ درختان می تابید پوستم را گرم می کرد و خطوط و نقطه های درخشانی روی زمین پدید می آورد. فواره ها و ماهی های قرمز بر زیبائی آبگیر ها افزوده بودند. مارمولکها کنار باغچه ها نشسته بودند و زنبورها بر فراز گلها پرواز می کردند.

پارک ساکت بود و جز صدای ماشین هایی که در خیابان های اطراف پارک در حرکت بودند و فریاد کودکانی که بازی می کردند و خش خش برگهایی که زیر پاهای ما له می شدند صدای دیگری به گوش نمی رسید. من با نفسهای عمیق هوای تمیز و عطرآگین را می بلعیدم. از گشت ارشاد خبری نبود اما سایه شومش همه جا احساس می شد چون هیچ دختر و پسر جوانی را ندیدم که دست های یکدیگر را گرفته یا بدون همراهانی مسن تر روی نیمکت ها نشسته باشند. در دو ماه گذشته هرگز اینقدر احساس آرامش نکرده بودم. اما این آرامش دیری نپائید. هنگامی که نیکا ایستاد تا گل سرخ زیبایی را ببوید چهار مرد تنومند هم که به فاصله بیست متر پشت سر ما می آمدند توقف کردند و سر گرم بوئیدن گلها شدند.

ناگهان نگران شدم و احساس نا امنی کردم. باید مطمئن می شدم که ما را تعقیب نمی کردند. در گوش نیکا زمزمه کردم: «چهار مرد پشت سر ما هستند. باید برگردیم و از کنارشان عبور کنیم تا ببینیم که اونها هم برمی گردند یا نه. خونسرد باش و بهشون نگاه نکن.»

از کنارشان که می گذشتیم لحظه ای به آنها نگاه کردم. سنشان از سی سال بیشتر نبود. پیراهن های سرمه ای بر تن و انگشترهای عقیق درشت بر انگشت داشتند و دست و گردنشان را خالکوبی کرده بودند. به نظر نمی رسید که تپانچه داشته باشند اما دست راستشان در جیب شلوارشان بود وپاچه سمت راست شان تا زیر زانو کمی بیرون زده بود. شاید سلاح بُرّنده ای در پاچه هایشان مخفی کرده بودند.

راز نیمه شب آخوندها

پس از آن که از کنارشان رد شدیم کمی صبر کردند و بعد به دنبال ما آمدند.

نیکا پرسید: «به نظرت چی میخوان؟»

«میخوان من رو بکُشن. دلیل دیگری برای حضورشان در این جا پیدا نمی کنم.»

چشمانش گشاد شد و رنگش پرید.

«میدونی کی ین؟»

«نه، نمیدونم. ولی شاید برای کسانی که می خواستند من رو در لواسان بکشند کار می کنند.»

«چرا میخوان تو رو بکشن؟»

«نمیدونم.»

«حالا می خوای چه کار کنی؟»

«ترجیح میدم که همین جا با اونا درگیر بشم چون این جا دست کم می تونم محل درگیری رو انتخاب کنم. ولی نمی خوام تو صدمه ببینی. انتهای این مسیر یک توالت زنانه است. وقتی به اونجا رسیدیم برو داخل و منتظر بمون. اگر تا نیم ساعت بر نگشتم می تونی مطمئن باشی که هرگز بر نمی گردم.»

نیکا با لحنی مصمم گفت: «من در توالت پنهان نمی شم. با تو میام.»

بی باکی و وفاداری اش من را بشدت تحت تأثیر قرار داد. مطمئن شدم که اگر با خطری رو به رو شوم من را تنها نخواهد گذاشت. احساس شادی و غرور کردم.

دستش را کمی فشردم و گفتم: «باشه. اما باید از سر راه من کنار بری تا بتونم با اینها بجنگم.»

نیکا گفت: «نگران نباش! من تنها زمانی که احساس کنم که با خطر مرگ رو به رو هستی دخالت می کنم.»

مسیر را ادامه دادیم و به گذرگاه باریکی که از میان انبوه درختان می گذشت نزدیک شدیم.

به نیکا گفتم: «آماده باش. وقتی علامت دادم به سوی گذرگاه می دویم. وقتی اونجا رسیدیم پشت یکی از درختها پناه بگیر.»

چاقوی ضامن دارم را که بسته بود در دست گرفتم و به نیکا گفتم: «بریم.»

همین که شروع به دویدن کردیم مردان قمه ها را از پاچه شلوارها یشان بیرون کشیدند و دوان دوان به تعقیب ما پرداختند. وقتی به گذرگاه رسیدیم نیکا پشت درختی پنهان شد. من چاقوی ضامن دار را با فشار بر ضامنش باز کردم و ناگهان به عقب برگشتم و به مهاجمی که از همه به من نزدیکتر بود هجوم بردم. مرد قمه را با تمام توان به سمت فرق سرم فرود آورد. جاخالی دادم و بی درنگ با چاقو ساعد و بالای زانوی راستش را پاره کردم. مرد جیغ هولناکی کشید، قمه از دستش افتاد و با بدنی خونین نقش بر زمین شد.

چاقو را به دست چپ منتقل کردم و بی درنگ خم شدم و قمه را از روی زمین برداشتم. بعد، آن را به سرعت بالا بردم و با آن جلو قمه ای را که به سوی گردنم فرود می آمد گرفتم. جرقه ای پرنور از برخورد قمه ها برخاست. هنگامی که مهاجم قمه اش را بالا می برد تا دوباره فرود آورد با دست چپ چاقو را تا دسته در شکمش فرو کردم. فریادی کشید و قمه را رها کرد. دستهایش را روی زخم چاقو که از آن خون می جهید گذاشت و تلوتلوخوران بر زمین افتاد.

مرد سوم در حالی که قمه را بالای سرش می چرخاند و فحش می داد به من نزدیک شد و با ضربه ای مورب گردنم را نشانه رفت. جاخالی دادم و پیشانی اش را با ضربه ای افقی شکافتم. خون صورت و چشمانش را پوشاند. زانو زد و با صورت روی زمین افتاد.

قمه را به طور مورب جلو سینه ام گرفتم و منتظر نفر چهارم شدم. مرد قمه اش را بالا برد، به بدنهای غرق در خون نگاه کرد، و به من زُل زد. چهره و چشمانش نشان می داد که سخت ترسیده و اراده جنگیدن را از

راز نیمه شب آخوندها

دست داده است. از موقعیت استفاده کردم. قدمی به جلو گذاشتم و با ضربه ای محکم قمه را از دستش خارج کردم. نوک قمه ام را زیر چانه اش گذاشتم و پرسیدم: «کی تو را فرستاده؟»

مرد به التماس افتاد: «تو رو به امام زمان من رو نکش. من زن و بچه دارم.»

صدای شلیک گلوله ای در فضا پیچید و مرد بر زمین افتاد. به اطراف نگاه کردم. مرد نقابداری در فاصله بیست متری تپانچه اش را به سویم نشانه رفته بود. بی درنگ به روی زمین شیرجه رفتم. گلوله ای از کنار سرم گذشت و نزدیک من به زمین خورد. سینه خیز خود را به پشت بوته های انبوه رساندم. مرد نقابدار چند گلوله شلیک کرد و ناپدید شد.

مهاجمان، غرق در خون، بی حرکت بر زمین افتاده بودند. خون هایشان به هم پیوسته و عرض گذرگاه باریک را پوشانده بود. چند نوجوان با قیافه های وحشت زده به ما می نگریستند.

به نیکا گفتم: «قبل از این که کسی از ما فیلم بگیره باید از اینجا بریم.»

نیکا چند دستمال کاغذی از کیفش بیرون آورد و لکه های خون را از روی صورت و لباسم پاک کرد. بعد دستم را در یکی از آب نماها شستم و به سوی خانه نیکا به راه افتادیم.

روز بعد، ماجرا را برای میثم شرح دادم. سخت حیرت کرد و پرسید که چطور توانستم از پس چند مرد شرور برآیم.

گفتم: «شانس آوردم. مهاجمان هیکلی مثل گوریل اما مغزی به اندازه گنجشک داشتند. به جای آن که گروهی به من حمله کنند تک تک حمله کردند. فکر می کنی کی بودند؟»

گفت: «نمیدونم. یا دزد بودند یا مأمور موساد. به هر حال، شانس آوردی که زنده ماندی. من نمی تونم امنیت تو رو در خیابان های تهران تضمین کنم ولی می تونم تو رو این جا سالم نگه بدارم. اینجا در میان تعدادی از ساختمان های سپاه و وزارت اطلاعات قرار داره و به خوبی ازش محافظت می شه. لطفاً جز در موارد بسیار ضروری از اینجا بیرون نرو.»

فصل ۲۰

چند روز بعد، هنگامی که در حیاط منزل زیر سایه درختان استراحت می کردیم و نوشابه می خوردیم نیکا گفت: «آیت الله همشهری به تهران برگشته. امروز صبح، از طریق تلفنِ محمد، با من تماس گرفت و گفت که فردا عصر به دیدنش برم.»

«برای چی؟»

با بی حوصلگی گفت: «جاکش ها برای چی فاحشه هاشون رو احضار می کنند؟ برای بهره کشی جنسی.»

«ولی تو زن مَنی. نمی تونه این کار رو بکنه.»

«حالا که داره می کنه.»

همشهری، در نخستین و تنها دیدارمان در پاکستان، هنگامی که با حرارت از ازدواج موقت دفاع می کرد، می گفت که زن صیغه ای، پیش از آن که با مرد دیگری همبستر شود، باید عدّه نگه بدارد. اما خودش هم از این قاعده پیروی نمی کرد. همشهری، همانگونه که ژنرال شوکت و نیکا به درستی گفته بودند، آدمی بی همه چیز و فاقد اصول اخلاقی بود.

پرسیدم: «حالا می خوای چکار کنی؟»

نوشابه اش را سرکشید و انگار که دارد گزینه هایش را بررسی می کند به دوردستها خیره شد و بعد از چند لحظه گفت: «اگر دستورش رو اجرا نکنم چند تا گردن کلفت می فرسته اینجا تا من رو با پس گردنی ببرند پیشش. یا باید تمکین کنم یا او رو بکشم اما دیگه نمی خوام تمکین کنم.»

راز نیمه شب آخوندها

از این حرف قلبم فرو ریخت.

گفتم: «اگر بکُشیش تو رو می کشند.»

«اونا من رو چهار سال پیش کشتند.»

«باید راه حل دیگری پیدا کنیم.»

«راه حل دیگری وجود نداره. من نمی تونم به پلیس مراجعه کنم چون همشهری و دوستاش پلیس رو کنترل می کنند. روزنامه ها هم داستان من رو چاپ نخواهند کرد. اگر هم چاپ کنند اونها رو به اتهام تشویش اذهان عمومی و نشر اکاذیب برای مخدوش کردن چهره ملکوتی روحانیت تحت تعقیب قرار میدن. من رو هم دستگیر و مجبور می کنند که اعتراف کنم که ضد انقلاب و مأمور موساد هستم. بعد هم من رو دار می زنند.»

دستش را در دست گرفتم و چشم در چشمانش دوختم و گفتم: «نیکا جان! همشهری مستحق مرگه اما او آخوند با نفوذیه. جمهوری اسلامی از تمام توانش برای یافتن قاتل او استفاده خواهد کرد. اگر تو رو بگیرند و مجبور به اعتراف کنند فاتحه من و مأموریت من هم خوانده می شه.»

دستش را از دستم بیرون کشید و با عصبانیت گفت: «تنها چیزی که برای تو اهمیت داره مأموریتته.»

گفتم: «نیکا جان! تو حق داری از او انتقام بگیری اما...»

حرفم را برید: «من دنبال انتقام جویی نیستم اما نمی خوام برخلاف میلم مورد بهره کشی جنسی قرار بگیرم. نمی خوام بگذارم این هیولای نفرت انگیز به دختر ای دیگه هم تجاوز کنه و اونها رو هم به بردگی بکشونه.»

به پشتی صندلی ام تکیه دادم و به فکر فرو رفتم. یک راه حل این بود که با همشهری تماس بگیرم و از او بخواهم که دست از سر زن من بردارد. اما همشهری ممکن بود به تقاضای من اعتنایی نکند و هنگامی که در آزمایشگاه بودم افرادش را بفرستد تا نیکا را برباید. می توانستم تهدید کنم که اگر همشهری نیکا را به حال خود نگذارد دست از کار خواهم کشید اما این کار نقض قرارداد بود و رابطه ام را با آیت الله میثم و سردار وحید تیره می کرد و آنها را علیه من بر می انگیخت.

چون راه حلی نیافتم به چهره اش چشم دوختم، انگار که راه حل بر صورتش نقش بسته بود. نیکا به سوی من خم شده بود، آرنجش را روی میز گذاشته و صورتش را به کف دستش تکیه داده بود. آرام و مطمئن به نظر می رسید. گوئی که تصمیمش را گرفته و از رنج تصمیم گیری رهایی یافته بود. صبر کردم که حرفی بزند اما نزد. با او احساس همدردی داشتم اما موضوع به اندازه ای مهم بود که نمی توانستم اجازه بدهم که احساساتم بر داوری ام غلبه کند.

گفتم: «نیکا جان! ناراحتیت رو درک می کنم اما باید واقع بین باشی. ما نباید خودمون و مأموریتمون رو به خاطر یک موضوع جزئی به خطر بندازیم.»

با تمسخر گفت: «به نظرت تجاوز به زنها یک موضوع جزئیه؟»

از کوره در رفتم و صدایم کمی بلند شد: «نیکا خانم، لطفاً حرفم رو درست بفهم. صحبت من در باره زنها نیست، در باره توست. تو چهار سال این آخوند نفرت انگیز رو تحمل کردی، چرا نمی تونی یک ماه دیگه هم تحمل کنی؟ چهار سال با او و هزاران مرد دیگه خوابیدی. چی می شه اگر چند بار دیگه هم بخوابی؟ دنیا که آخر نمیشه.»

ناگهان راست نشست و ابروهایش را به هم کشید و گفت:

«فکر می کردم که تو با مردهای رذلی که زندگیم رو پر کرده بودند فرق داری، اما من رو نا امید کردی. کاخ زیبائی که در ذهنم در باره ات ساخته بودم رو ویران کردی. میدونم که جهت گیری قطب نمای اخلاقی جاسوس ها با مردم عادی فرق داره و سطح معیارهای اخلاقی شون اغلب از سطح معیارهای متعارف پائین تره. اما بعد از آن که قول دادی که از من حمایت می کنی هرگز فکر نمی کردم که از من بخواهی که به خاطر حفظ خودت با یک مشت خوک کثیف بخوابم.»

در موقعیت دشواری قرار گرفته بودم. گیج و منگ شده بودم. نمی دانستم چه بگویم که تنِش را کاهش بدهم. دستم را دراز کردم که دستش را بگیرم اما دستش را عقب کشید. گفتم:

راز نیمه شب آخوندها

«نیکا جانِ، متاسفم که در حد انتظاراتت نیستم. اما من هیچ وقت ادعا نکردم که آدم با فضیلت و اخلاق مداری هستم. من افسر اطلاعاتی ام و دارم در سرزمین دشمن فعالیت می کنم. برای این که زنده بمونم و مأموریتم رو انجام بدم گاهی مجبور می شم دروغ بگم و به قولی که داده ام عمل نکنم. اگر لازم باشه به خشونت متوسل می شم و مأمورانم رو قربانی می کنم. اما هدف هام والا و شرافتمندانه اند. می خوام آمریکا رو امن و نیرومند نگه بدارم تا بتونه به گسترش صلح، پیشرفت، و دموکراسی در جهان کمک کنه.»

بی درنگ دریافتم که گفته هایم غیرمنصفانه، تحقیرآمیز، و بیجا بوده اند. نمی دانم که چطور به این دریافت رسیدم. شاید نگاه تحقیرآمیز و نگران نیکا باعث این نتیجه گیری شده بود. من به او قول داده بودم که در اِزای همکاری با من از او در برابر تبهکاران محافظت کنم. اما با آن که او به قولش وفا کرده و جانش را به خاطر من به خطر انداخته بود تلویحاً به او گفته بودم که ممکن است او را فریب بدهم، از او استفاده ابزاری بکنم، و برای انجام مأموریتم حتی او را قربانی کنم. ناگهان به این فکر افتادم که نکند که همیشه، بی آن که بدانم، آدم دودزه بازی بوده ام. اما به خودم دلداری دادم. نه، من چنین آدمی نبودم. من یک افسر اطلاعاتی قابل احترام بودم. به نیکا نارو نزده بودم. فقط مأموریت و منافع کشورم را در اولویت قرار داده بودم.

نیکا نگاه سرزنش باری به من کرد و گفت: «منطق عجیبی است. مطمئنم که همه جاسوسها برای توجیه کارهای غیراخلاقی شون ادعا می کنند که هدف هاشون شرافتمندانه است. همه ی اونا ادعا می کنند که برحقند. جاسوس های جمهوری اسلامی که در خارج از ایران آدم های بی گناه رو می کشند ادعا می کنند که دارند با استکبار جهانی مبارزه می کنند. جاسوس های کره شمالی هم لابد برای پایان دادن به بهره کشی انسان از انسان مرتکب جنایت میشن. اما من نمی خوام وارد بحث های اخلاقی و فلسفی بشم. می خوام گزینه سومی ارائه کنم. ما می تونیم امشب اورانیوم غنی شده و قطعات بمب رو بدزدیم و فرار کنیم. حتماً در تهران عواملی داری که ما رو پنهان و از کشور خارج کنند.»

سرم را به علامت مخالفت تکان دادم و گفتم «نمی تونم این کار رو بکنم. من در برنامه هسته ای ایران رخنه کرده ام. اعتماد برخی از مقامات بانفوذ ایرانی رو جلب کرده ام. از مهندسانی که با من کار می کنند اطلاعات خوبی در باره برنامه موشکی ایران به دست میارم. اگر همه چیز به خوبی پیش بره شاید بتونم محمد رو برای سیا عضو گیری کنم. نمی تونم عملیاتی رو که به خوبی پیش میره تعطیل کنم.»

پرسید: «اما آیا این چیزها ارزش بهایی که براشون می پردازی رو دارند؟»

گفتم: «منظورت چیه؟»

«منظورم بمبیه که داری برای آخوندها می سازی. تو اومدی ایران که نگذاری آخوند ها به بمب هسته ای دست پیدا کنند اما داری براشون بمب هسته ای می سازی.»

«نگران نباش. نمی گذارم که این بمب دست آخوندها بیفته.»

«اگر افتاد چی؟»

«اون وقت دنیا باید به ایران اتمی عادت بکنه.»

مدت زیادی ساکت ماند. بعد با کلماتی شمرده گفت: «تنها چیزی که از تو می خوام چند تا قرص خواب آوره.»

من از متجاوزان جنسی و بچه بازها متنفر بودم اما اگر همشهری به تمام دخترها و پسرهای تهران هم تجاوز می کرد به من ربطی نداشت. سیا من را برای مقابله با متجاوزان جنسی به ایران نفرستاده بود. اما نیکا گزینه دیگری برای من باقی نگذاشته بود. باید با او می رفتم که نگذارم که خودش را در چاهی بیندازد که نتواند از آن بیرون بیاید. باید با او می رفتم تا نگهبان ها را از سر راه بردارم و او را زنده از خانه همشهری بیرون بیاورم چون اگر دستگیر می شد زندگی و مأموریت من هم به خطر می افتاد.

از این گذشته، نمی خواستم که اعتمادش را نسبت به من از دست بدهد. نمی خواستم در نظر او تبهکار بی عاطفه و خودپسندی جلوه کنم که فقط به

راز نیمه شب آخوندها

فکر منافع خودش است. آخر اگر به او وفادار نمی ماندم نمی توانستم از او انتظار وفاداری داشته باشم.

اما دلیل دیگری هم برای کمک به او داشتم. نیکا، با کشتن همشهری، به نقطه غیر قابل برگشت می رسید و احتمال همکاری اش با رژیم اسلامی علیه من بسیار کاهش می یافت. اما بی درنگ، از این که این گونه درباره نیکا فکر کرده بودم از خودم متنفر شدم چون تردیدی نداشتم که او هرگز به من خیانت نخواهد کرد. با اینهمه، من افسر اطلاعاتی بودم و بهتر بود که برای هر پیش آمدی آماده باشم.

گفتم: «چند تا قرص برای سر به نیست کردن همشهری کافی نیست. من هم باید با تو باشم.»

با تعجب پرسید: «برای چی؟»

«برای این که بهت قول داده بودم که اگر به کمک من احتیاج داشتی بهت کمک کنم.»

لبخند ملیحی بر صورتش نقش بست و من ادامه دادم: «حالا باید عملیات رو با دقت طراحی کنیم. قبل از رفتن به خانه همشهری باید محمد رو دست به سر کنیم. به نظرت چطور باید این کار رو انجام بدیم؟»

«خیلی ساده. فردا میریم خونه من. محمد رو می گذاریم اونجا و بعد برنامه مون رو اجرا می کنیم.»

با دست به محمد که کنارِ درِ خانه ایستاده بود اشاره کرد تا به ما بپیوندد.

نیکا گفت: «محمد آقا، مامانم شما رو برای ناهار دعوت کرده. فردا حدود ساعت دوازده ظهر باید اونجا باشیم.»

محمد گفت: «خیلی ممنون، ولی نمی خوام به ایشون زحمت بدم.»

«زحمتی نیست. از دیدن شما خوشحال می شه. می خواد شما رو بهتر بشناسه.»

«برای چی؟»

چشمکی به محمد زد و گفت: «مادرها رو که می شناسی. همیشه برای دختراشون دنبال شوهرهای خوب می گردند.»

از حضور ذهن و پاسخ مبتکرانه اش خشنود شدم.

محمد کمی سرخ شد و پرسید: «برای مینو خانم؟»

«بله.»

«مینو خانم خیلی خوشگله.»

«معلومه که خوشگله. خواهر من که زشت نمیشه. گل سرخ هم خیلی دوست داره. باید یک دسته گل براش بخری.»

بعد که محمد رفت درباره عملیات صحبت کردیم. پرسیدم: «قراره کجا همشهری رو ببینی؟»

«در کاخی در یکی از مناطق ثروتمند نشین تهران. این کاخ قبلاً مالِ یک کارآفرین نیکوکار بهائی بوده. بعد از انقلاب، آخوندها اون رو مصادره می کنند و در اختیار سازمان های دولتی و آخوندهای متنفذ قرار می دن. حالا خالیه اما همشهری گاهی در اونجا به مشتری های ثروتمندش خدمات جنسی ارائه میده. این کاخ شاهکار معماریه. دادن این کاخ به همشهری مثل اینه که لباس ابریشمی تَن خوک بکنند.»

من قبلاً از دوستان بهائی مادرم که معمولاً در باره سرکوب بهائیان و مصادره اموال آنها سخن می گفتند مطالبی در باره این کاخ شنیده بودم. عکس کاخ را هم دیده بودم و تصویر مبهمی از آن در ذهن داشتم.

پرسیدم: «قبلاً اونجا بودی؟»

پوزخندی زد و سرش را تکان داد: «آره، از مشتری های ثروتمند همشهری پذیرائی می کردم.»

«دیگه کی اونجاست؟»

«دو تا محافظ گردن کلفت که فاحشه خونه هاش رو اداره می کنند.»

«این کاخ چه شکلی یه؟»

»کاخ در وسط یک حیاط بزرگ قرار گرفته. داخل حیاط، دَم در، یک کیوسک نگهبانی وجود داره اما کسی اونجا نیست.«

توصیف خانه، جز کیوسک نگهبانی، با عکسهایی که از خانه دیده بودم تطابق داشت.

نقشه من اِین بود که، همچون ترورهای مافیائی، همشهری را به سرعت بکشم و بی درنگ صحنه عملیات را ترک کنم.

گفتم: »با اَتومبیل میریم اونجا. نرسیده به کاخ پارک می کنیم. تو پیاده میری به سمت خونه. من هم به فاصله چند قدم دنبالت میام. بعد که وارد شدی، اگر تونستَی، در رو باز بگذار. کمی بعد من وارد می شم و گَلَک همشهری و محافظانش رو می کنم.«

اما نیکا نقشه دیگری در سر داشت. نیکا گفت: »قبل از کشتن همشهری می خوام باهاش صحبت کنم. می خوام در چشماش نگاه کنم و بهش بگم که چه موجود پلیدیه و چه بلاهایی سر من و دختر های دیگه آورده.«

مخالفت کردم: »متاسفانه برای این جور درد دل ها وقت نداریم. باید به سرعت کلکش رو بِکنیم و فرار کنیم. هر چه بیشتر کِشش بدیم با خطرات بیشتری رو به رو می شیم.«

نیکا اما مصر بود: »ولی من باید با او مواجه بشم، وگرنه، پرونده ماجرایی که بر من رفته هیچوقت در ذهنم بسته نمیشه.«

»باشه. چطور میخوای این کار رو انجام بدی؟«

»با قرص خواب آور بیهوشش می کنم و دست هاش رو می بندم. بعد بیدارش می کنم، باهاش حرفهام رو میزنم، و می کُشمش.«

سرم را به علامت مخالفت تکان دادم: »قرص لازم نیست. من دستهاش رو می بندم و می گذارمش در اختیارت تا باهاش حرف بزنی. خوبه؟«

»نه، خوب نیست. همشهری مشکل منه، نه تو. خودم باید این مشکل رو حل کنم.«

کوشیدم که آرام بمانم و ناراحتی ام را از یک دندگی اش نشان ندهم. گفتم: «باشه، چند تا قرص بهت می دم، هر کاری خواستی بکن. زن دیگری هم اونجا هست؟»

«همشهری گفت زن دیگری اونجا نیست.»

«عالی شد. چون اگر زنهای دیگری اونجا باشند باید عملیات رو لغو کنیم چون نمی خوایم اونا رو بکُشیم.»

نیکا گفت: «از نگهبان ها می پرسم. اگر گفتند زن دیگری اونجا ست می گم مریضم و برمی گردم.»

«فکر خوبیه. اونجا به دوربین های نظارتی مجهزه؟»

«فکر نمی کنم. همشهری می گفت چون محافظ داره به دوربین احتیاجی نداره. از این گذشته، همشهری می دونه که اگر دوربین کار بگذاره مشتری هاش از ترس شناخته شدن اونجا نمیرن.»

روز بعد حوالی ظهر به خانه نیکا رسیدیم. نیکا مامان و خواهرش را به کناری کشید و آهسته به آنها گفت که سر محمد را گرم کنند تا من و او بدون این که محمد متوجه بشود چند ساعت از خانه بیرون برویم.

نیکا گفت: «مامان! به محمد گفتم شما او رو دعوت کردی تا ببینی شوهر مناسبی برای مینو هست یا نه.»

مینو با حیرت پرسید: «برای من؟ چی باعث شد که فکر کنی من شوهر می خوام؟»

نیکا دستش رو دور شانه او انداخت و گفت: «میدونم که نمیخوای اما باید وانمود کنی که میخوای. بعد، همه چیز رو برات توضیح می دم. من و جورج می خوایم چند ساعت از خونه بریم بیرون اما نمی خوایم محمد بفهمه. بعد از ناهار ببرش تو اتاق خودت و باهاش تخته نرد بازی کن تا ما برگردیم. محمد عاشق تخته نرده. بازیش هم خیلی خوبه. اگر پرسید جورج و نیکا کجا هستند بگو خوابیدند.»

مادرش اخمهایش را در هم کرد و پرسید: «چی شده؟ نکنه میخوای برای خودت دردسر درست کنی؟»

نیکا دستهای مادرش را گرفت و با لحنی مطمئن گفت: «نه، فقط می خوام با جورج تو خیابون ها گشت بزنم و صحبت کنم. ماشین بابا رو هم می برم.»

مینو با چهره ای نگران به او نزدیک شد و گفت: «مواظب گشت ارشاد باشید. این روزها خیلی به زنها گیر میدن.»

نیکا، هنگام صرف ناهار، حسابی از محمد تعریف کرد و گفت که محمد آقا در عراق و سوریه با داعش جنگیده است. محمد هم به تفصیل درباره داعش و داعشی هایی که کشته بود صحبت کرد.

بعد از ناهار، مینو گُرستش را در آورد و بلوز رکابی نازکی پوشید. بعد، محمد را به اتاق مطالعه دعوت کرد، در را بست، و سرگرم بازی تخته نرد شد.

من و نیکا بی درنگ با اتومبیل پدر نیکا عازم خانه همشهری شدیم. نیکا پشت رل بود و با غرور تمام رانندگی می کرد. وی، پس از مرگ حمید، در یک دوره فشرده تعلیم رانندگی ثبت نام کرده و روزی چند ساعت تمرین کرده بود. نیکا شاگرد با استعدادی بود و رانندگی را به سرعت فرا گرفته بود. گرفتن گواهینامه رانندگی در تهران ماه ها طول می کشید اما من با ژنرال وحید صحبت کردم و او ترتیبی داد که گواهینامه نیکا به سرعت صادر شود.

فصل ۲۱

ماشین را کنار خیابان، در صد متری خانه همشهری، پارک کردیم و برای جلوگیری از باقی گذاشتن اثر انگشت دستکش پوشیدیم. نیکا صورتش را با چادر پوشاند و به سوی خانه رفت. من که ریش و سبیل مصنوعی گذاشته بودم، عینک آفتابی زدم، کلاهم را پائین کشیدم و از فاصله پنجاه متری به دنبالش رفتم. نیکا زنگ در را زد و چند ثانیه با شخصی که در را گشوده بود گفتگو کرد و بعد وارد خانه شد.

هنگامی که به در نزدیک شدم ناگهان یک وَنِ گشت ارشاد ظاهر شد و در برابر خانه توقف کرد. تصمیم گرفتم که تا زمانی که ون در آنجا بود وارد خانه نشوم. از جلو خانه گذشتم و خود را پشت بوته های کنار خیابان مخفی کردم. پس از بیست دقیقه، که انگار ساعتها طول کشید، اتومبیل گشت ارشاد آنجا را ترک کرد.

به سرعت خود را به خانه رساندم. نیکا در خانه را پشت سرش قفل نکرده بود. در را کمی هل دادم و به داخل حیاط وسیع خانه که با دیوار های بلند سنگی احاطه شده بود نگاه کردم. هیچ کسی در حیاط نبود. وارد شدم و در را بستم.

خانه بزرگ دو طبقه ای در وسط حیاط قرار داشت. دو پلکان سنگی، هر کدام در یک طرف خانه، حیاط را به اِیوان جلو خانه متصل می کرد. دیوار سنگی کوتاهی، به شکل نیم دایره، در پیشگاه ایوان قرار داشت. ستونهای بلندِ کنار درهای ورودی بر شکوه و ابهت خانه افزوده بود.

راز نیمه شب آخوندها

شتابان، در پناه دیوار حیاط، به پشت خانه رفتم و از پنجره ای وارد اتاق بزرگ باشکوهی شدم. گُلهای زیبایی روی در اتاق کنده کاری شده و گچ بری های شکیل و خاتم کاری های ظریف سقف و دیوارها را تزیین کرده بود. اتاق به راهرو نیمه تاریکی راه داشت. هیچ کسی در راهرو دیده نمی شد.

ناگهان مرد ریشویی از اتاقی بیرون آمد و در انتهای راهرو ناپدید شد. بی درنگ خود را به در اتاق رساندم و به داخل سرک کشیدم. آنجا آشپزخانه بود. مرد تنومندی، پشت به من، روی مبلی نشسته بود و تلویزیون تماشا می کرد. باید سریع و پیش از بازگشت مرد ریشو عمل می کردم. وارد شدم، دهانش را با دست چپ گرفتم، و با ضربات چاقو او را از پای در آوردم. مرد به پهلو روی مبل افتاد. تپانچه اش را از زیر بغلش بیرون آوردم و آن را چِک کردم. پُر بود. صداخفه کن را از جیب در آوردم و به تپانچه وصل کردم. بعد، در را بستم و پشت در منتظر شدم. دقیقه ای بعد، مرد ریشو در را گشود و وارد شد. تپانچه را پشت سرش گذاشتم، در را بستم، و او را به طرف مبلِ غرق در خون هل دادم.

آهسته گفتم: «خفه شو وگرنه مغزت رو متلاشی می کنم.»

بر مبل نشست و از دیدن جسد غرق در خون همکارش بدنش به لرزه افتاد.

پرسیدم: «کی اینجاست؟»

از شدت ترس قادر به صحبت نبود. تپانچه را به پیشانی اش فشردم و گفتم: «کی اینجاست؟»

با صدای لرزانی گفت: «آیت الله همشهری و نیکا. تو رو به امام حسین من رو نکُش.»

پرسیدم: «کس دیگری هم قراره اینجا بیاد؟»

«بله. دو نفر روحانی.»

«محافظ دارند؟»

«نمی دونم.»

«زن هم قرار است بیاد؟»

«نه، تو رو به پیغمبر قسم من رو نکش. هر کاری بگی می کنم.»

ماشه را فشردم و او بر زمین افتاد. تپانچه اش را برداشتم و زیر کمربندم گذاشتم. همین که وارد راهرو شدم نیکا را به سوی آشپزخانه می آمد.

پرسید: «چرا انقدر طولش دادی؟»

«ماشین گشت ارشاد جلو خونه ایستاده بود.»

رنگش پرید و با هیجان گفت: «گشت ارشاد!» بعد، بی درنگ، با دست جلو دهانش را گرفت.

گفتم: «نگران نباش. رفتش. همشهری کجاست؟»

« توی سالن. با قرص خواب خوابوندمش.»

«چرا منتظر من نشدی؟»

«منتظر شدم، ولی نیومدی. نمی تونستم بیشتر صبر کنم. لباسش رو در آورده بود تا به من تجاوز کنه.»

«حالا کجا میری؟»

قرص ها را به من نشان داد و گفت: «میرم با نگهبان ها چای بخورم.»

گفتم: «زحمت نکش. اونها دیگه نمی تون چای بخورن. ترتیبیشون رو دادم. دستهای همشهری رو بستی؟»

«نه، نبستم. می خواستم اول نگهبان ها رو بیهوش کنم.»

همشهری، برهنه، روی صندلی، در سالنی بزرگ به خواب رفته بود. نیکا او را به صندلی بست.

تپانچه نگهبان را روی گل کنار میز مبل گذاشتم و گفتم: «این تپانچه پُره. صدا خفه کن هم داره. اَزش استفاده کن. من پشت در سالن می ایستم و حیاط رو زیر نظر می گیرم.»

راز نیمه شب آخوندها

نیکا سطلی از آب پر کرد و روی صورت همشهری ریخت. همشهری چشمانش را گشود و هنگامی که دریافت که نمی تواند تکان بخورد با حیرت پرسید: «کی من رو بسته؟»

نیکا در برابرش روی مبل نشست و با چشمانی که شراره های خشم از آنها می بارید به او نگریست و گفت: «من.»

همشهری ابروانش را بالا برد و با حیرت پرسید: «برای چی؟»

«برای این که می خوام حسابهام رو با تو تصفیه کنم.»

همشهری به اطراف نگاه کرد و فریا زد: «مجتبی، عزّت، کمک، کمک!»

نیکا گفت: «اونا به درک واصل شدند.»

رنگ از صورت همشهری پرید و با صدای لرزانی پرسید: «چی میخوای؟»

«می خوام که تو نباشی. می خوام به زندگی ویرانگرت پایان بدم تا دیگه نتونی به من و زنهای دیگه صدمه بزنی.»

چشمان همشهری گشاد شد. ابروانش بالا رفت و دهانش باز ماند. «مگه من چه صدمه ای به تو زدم؟»

«تو جوانی و خانواده و آرزوهام رو از من دزدیدی. تو قلبم رو شکستی. تو من رو موقعی که فقط شانزده سال داشتم برده جنسی کردی.»

همشهری سرش را به علامت مخالفت تکان داد: «اشتباه می کنی. من آتش تقوای اسلامی و ایمان رو در قلبت شعله ور ساختم. من به تو فرصت دادم که با همخوابگی با مؤمنان در های بهشت رو به روی خودت بازکنی. تو برده جنسی نیستی، زن صیغه ای هستی. به هر مرد مؤمنی که می دی خداوند یکی از گناهانت رو می بخشه. لطفاً من رو باز کن.»

«گفتی لطفاً؟ هرگز فکر نمی کردم که روزی این کلمه رو از دهنت بشنوم.»

همشهری به التماس افتاد: «خواهش می کنم من رو باز کن. من روحانی ام، سیّدم، اولاد پیغمبرم، لباس پیامبر رو در بر دارم. می تونم در روز قیامت از تو شفاعت کنم تا خداوند تبارک و تعالی گناهانت رو ببخشه.»

نیکا زهر خندی زد و گفت: «من رو به یاد اولین دیدارمان، در دفترت، در بازداشتگاه گشت ارشاد انداختی. مأموران تو من رو به بهانه بدحجابی دستگیر کرده بودند. فقط شانزده سالم بود. یادت میاد؟»

«نه، نمیاد. به امام علی قسم که یادم نمیاد.»

«الان یادت میارم. سَرَم داد کشیدی، تهدیدم کردی، به من سیلی زدی، من رو آشغال، سوسک، و یک گناهکار کثیف نامیدی. بعد، مردی رو که هرگز ندیده بودم به اتاقت احضار کردی تا بگه من فاحشه ام. گفتم این مرد دروغ میگه. من باکره ام. چطور می تونم فاحشه باشم؟ آن وقت از من خواستی که شورتم رو پائین بکشم تا ببینی راست می گم یا نه. گفتم تو نامحرمی. حق نداری به من دست بزنی. اون وقت شروع کردی به موعظه که من اولاد پیغمبرم و اشکالی نداره که به تو دست بزنم. حالا یادت اومد.»

همشهری به گریه افتاد:

«به امام رضا قسم نمی خواستم به تو صدمه بزنم. من زن و بچه دارم. اگر من رو بکشی کسی نیست که از اونا نگه داری کنه. به من رحم کن. من رو باز کن تا روی پاهات بیفتم و تقاضای عفو کنم. اگر من رو بکشی خداوند تو رو به جهنم می فرسته. فرشتگان عذاب آب جوش بر سرت می ریزند و بدنت رو در آتش کباب می کنند. دلم نمی خواد به عذاب ابدی دچار بشی.»

دلم می خواست بدانم که حالا که این مرد التماس کنان تقاضای بخشش می کرد در ذهن نیکا چه می گذشت.

نیکا پرسید: «بعد با من چه کار کردی؟»

«یادم نیست. شاید عشقبازی کرده باشیم.»

می دانستم که همشهری مردی فریبکار و فاسد است و انتظار نداشتم که به جنایاتش اعتراف کند. با اینهمه، وقتی که از تجاوز با عنوان عشقبازی یاد کرد حالم به هم خورد.

راز نیمه شب آخوندها

نیکا سرش را به علامت مخالفت تکان داد: «نه، ما عشقبازی نکردیم. تو به من تجاوز کردی. آخوندهائی هم که تو دفترت بودند من رو به زور کردند. تو به دخترهای زیادی تجاوز کردی. بعضی از اونا فقط ۹ سالشون بود. شنیدی چی گفتم؟ دختر ۹ ساله. شرم آوره.»

همشهری با چشمان اشکبار و لبهای لرزان گفت: «ما نمی تونیم گذشته رو تغییر بدیم. بیا گذشته رو فراموش کنیم و به فکر آینده باشیم.»

نیکا با عصبانیت فریاد زد: «این دقیقاً همون کاری بود که می خواستم بکنم، اما تو نگذاشتی. تو من رو برای بهره کشی جنسی احضار کردی و با این کارت تمام خاطرات تلخی رو که تلاش می کردم فراموش کنم در ذهنم زنده کردی.»

همشهری گفت: «من مرد با نفوذی هستم. اگر فرصت دیگری به من بدی کمکت می کنم که به آرزوهات برسی. روز قیامت هم از خداوند تقاضا می کنم که گناهات رو ببخشه و تو رو به بهشت بفرسته.»

از تکبر، فریبکاری و عوام فریبی همشهری به خشم آمدم. وی در همان حالی که برای زنده ماندن گریه و زاری می کرد با لاف و گزاف از قدرتش در این جهان و در آخرت سخن می گفت. نیکا اما زیرکتر از آن بود که فریب این مزخرفات را بخورد.

نیکا پوزخند خشم آلود و تحقیر آمیزی زد و پرسید: «تو به بهشت میری؟»

«البته که میرم. من نواده پیامبر و بنده مطیعِ الله هستم.»

«فکر نمی کنم اگر بهشتی وجود داشته باشه پای تو به اونجا برسه. اما اگر تونستی سر خدا کلاه بگذاری و به بهشت بری، از خدا درخواست می کنم که من رو به جهنم بفرسته.»

من نیاز نیکا به مواجه شدن با رباینده اش را درک می کردم اما صلاح نمی دانستم که در آنجا زیاد معطل شویم. نمی دانستم که چند نفر کلید این خانه را داشتند و نگران بودم که ناگهان جاکش های همشهری یا افرادی از سپاه پاسداران وارد خانه شوند. من فقط دو تپانچه که از نگهبان های همشهری گرفته بودم داشتم و اگر مورد حمله قرار می گرفتم نمی توانستم

مدت زیادی از خودم دفاع کنم. می خواستم به نیکا اشاره کنم که کار را تمام کند که زنگ در به صدا در آمد.

نیکا با غیظ گفت: «مهمون دعوت کردی که مَنو بُکُنن. درسته؟»

برقی از شادی در چهره همشهری پدیدار شد. شاید گمان می کرد که مهمانهای تازه وارد او را نجات خواهند داد. گفت: «به آیت الله حلبی و آیت الله مصباح گفتم که تو میای اینجا. اونا رو که میشناسی؟»

«مگر میشه نشناسم. چهار سال پیش که من رو دستگیر کردند و آوردند به مقر گشت ارشاد اونا هم تو دفترت بودند.»

نیکا دکمه ای را فشرد و در باز شد. دو مرد در لباس آخوندی وارد حیاط شدند و در را پشت سرشان بستند. آنها بلند قد و کمی چاق بودند، سنشان از پنجاه تجاوز نمی کرد، و عمامه شان سیاه بود. خوشبختانه محافظ نداشتند. راه را بلد بودند که نشان می داد که قبلاً هم به این خانه آمده بودند. از پله های سنگی بالا آمدند، از ایوان گذشتند، و وارد ساختمان شدند. بعد از جلو اتاقی که در آن مخفی شده بودم رد شدند و به سالن رفتند. من هم، بی درنگ، از اتاق بیرون آمدم و از پشت در سالون آنها را تحت نظر گرفتم.

وقتی همشهری را دیدند با دهان های باز و چشمان از حدقه در آمده خشکشان زد.

همشهری فریاد زد: «مواظب باشید. پشت سرتونه.»

برگشتند و با حیرت به نیکا که تپانچه را به سویشان نشانه رفته بود خیره شدند. یکی از آنها گفت: «نیکا جان، چی شده؟ ما رو به یاد میاری؟ من آیت الله مصباح هستم. این هم آیت الله حلبیه.»

همشهری گفت: «شیطان رفته تو جلدش. میگه من او رو برده جنسی کردم. من رو با دارو خواب کرد و به صندلی بست. می خواد من رو بُکُشه.»

لبخند شریرانه ای بر چهره آیت الله مصباح نقش بست. در حالی که آرام به سوی نیکا پیش می رفت گفت: «نه، نیکا جان این کار رو نمی کنه. من نیکا خانم رو خوب می شناسم. زن متدیّن خوش قلبیه. آدمکش نیست. می

راز نیمه شب آخوندها

دونه که آیت الله ها نمایندگان امام زمان هستند و اگر اونها رو بکشه به جهنم می‌ره.»

نیکا با خطری فوری رو به رو بود. مصباح ناگهان دست نیکا را گرفت و با او گلاویز شد تا اسلحه را از دستش بگیرد.

همشهری فریاد زد: «این فاحشه کثیف رو بکش. بفرسش به جهنم.»

وارد سالن شدم و مشت محکمی به صورت آیت الله مصباح زدم. مصباح روی گل میز افتاد، آن را خرد کرد، و با صورت خونین کنار صندلی همشهری بر زمین افتاد.

آیت الله حلبی دستهایش را بالا برد و التماس کنان گفت: «نزن، نزن.»

فریاد زدم: «به خواب رو زمین.»

بی درنگ اطاعت کرد. کاغذ کوچکی را که با خود آورده بودم روی زمین جلو او گذاشتم. خودکاری در دستش گذاشتم و گفتم بنویس: «دودوزه باز.»

حلبی سرش را بلند کرد و با دستی لرزان کلمه را نوشت.

به نیکا که هنوز به دلیل درگیری با مصباح می لرزید گفتم: «وقت نداریم. تمومش کن.»

نیکا اسلحه را به سوی آخوندهایی که روی شکم دراز کشیده بودند نشانه رفت و شلیک کرد. آخوندها لحظه ای ناله کردند، بشدت تکان خوردند و بی حرکت شدند. نیکا اسلحه را به سمت همشهری گرفت.

در این هنگام همشهری من را شناخت و با تعجب پرسید: «اینجا چه کار داری؟»

«آمدم که در باره بمب ازت سؤال کنم.»

«پس تمام این بازی ها به خاطر بمبه. تو نیکا رو فریب دادی که این بلا رو سر من بیاره.»

تپانچه را بر پیشانی اش فشردم: «میخواهید با بمب چه کار کنید؟»

با لحنی وحشت زده گفت: «نمیدونم. آیت الله میثم می دونه. از او بپرس.»

با کف دست به دهانش کوبیدم و سؤالم را تکرار کردم.

با صدای لرزانی گفت: «میخوان اسرائیل رو بزنن.»

«برای چی؟»

«برای این که با ایجاد هرج و مرج و خونریزی مقدمات ظهور امام زمان رو فراهم کنند. لطفاً من رو نکش. هر چی بخوای بهت میدم.»

اسلحه را از روی پیشانی عرق کرده اش برداشتم و گفتم: «من با تو دشمنی ندارم. مشکل تو با من نیست، با نیکاست. با هم حلش کنید.»

با التماس گفت: «لطفاً بهش بگو من رو نکشه. من زن و بچه دارم.»

گفتم: «خودت بهش بگو.»

همشهری با چشمان ملتمس به نیکا نگاه می کرد. چهره اش سفید شده بود و دندانهایش به هم می خورد. عرق از سر و رویش می ریخت. با صدای لرزانی گفت: «سرنوشت ما رو الله تعیین می کنه و از اون گریزی نیست. اتفاقی که چهار سال قبل برای تو افتاد سرنوشت تو بود. خواست الله بود.»

نیکا ساکت ایستاده بوده و به او می نگریست. نمی دانستم در ذهنش چه می گذشت. سرانجام گفت: «اتفاقی هم که حالا برای تو می افته سرنوشت توست. خواست الله است.»

ماشه را کشید. سوراخ سرخی در پیشانی همشهری ظاهر شد و خون از آن بیرون جهید. همشهری لحظه ای تکان خورد و در صندلی مچاله شد.

نیکا سلاح را به من داد، سرش را روی سینه ام گذاشت و های های گریست. چند دقیقه او را در آغوش گرفتم تا کمی آرام شد. بعد کاغذ را به سینه همشهری چسباندم. آن گاه، صداخفه کن را از تپانچه جدا کردم و تپانچه را در دست آیت الله مصباح قرار دادم و دستش را بالا بردم تا تپانچه بر زمین افتاد.

نیکا من را به اتاق کوچکی برد و به صندوقی اشاره کرد و گفت: «همشهری پولهاش رو اینجا پنهان می کنه.»

راز نیمه شب آخوندها

قفل صندوق را شکستم. یک تپانچه، یک دفترچه آدرس، و مقدار زیادی دلار و پول ایرانی در صندوق بود.

نیکا گفت: «فاحشه های همشهری این پولها رو ساختند. خواهرم می تونه با این پولها به زنهای آزاردیده کمک کنه.»

گفتم: «فکر خوبیه اما اگر خواهرت پرسید این همه پول رو از کجا آوردی چی میخوای بگی؟»

مدتی فکر کرد و گفت: «نمیدونم. به نظرت چی باید بِگَم؟»

«جواب خوبی به نظرم نمیرسه. بهتره که کیفت رو با دلار پرکنی و به بقیه اش کاری نداشته باشی. اگر خواهرت پرسید بگو مالِ جورجه. بهش بگو پولها رو یک جای امن مخفی کنه.»

نیکا دفترچه آدرس را برداشت و گفت: «اسم مشتری هاش توشه. می تونیم آبروشون رو بریم.»

گفتم: «وِلش کن. بهتره ریسک نکنیم. اگر پلیس این دفترچه رو پیش ما پیدا کنه به درد سر می افتیم.»

به آشپزخانه رفتم و چاقوی ضامن دار را از بدن نگهبان بیرون آوردم و آن را شستم و با حوله خشک کردم و در جیب گذاشتم. آنگاه، با کمک نیکا، آشپزخانه، راهرو، و سالن را با دقت بررسی کردم تا مطمئن شوم که چیزی جا نگذاشته ایم. بعد، در خانه را کمی گشودم و به خیابان نگاه کردم. مردی سوار بر دوچرخه از آنجا می گذشت و چند نوجوان در گوشه ای سرگرم بازی بودند. تپانچه را در اتاقک نگهبان انداختم و صبر کردم تا ماشین پر سرو صدایی که از آنجا می گذشت دور بشود. بعد، از خانه خارج شدیم، در را بستیم، سوار اتومبیلمان شدیم و حرکت کردیم.

چند دقیقه به سکوت گذشت. سرانجام نیکا گفت: «ممنون که با من اومدی. به تنهایی نمی تونستم این کار رو انجام بدم.»

گفتم: «کاری که کردی باید انجام می شد. به تو افتخار می کنم. همشهری دیگه نمی تونه به زنها لطمه بزنه.»

پرسید: «وقتی جسدش کشف بشه چی میشه؟»

«چون همشهری آخوند مهمی بود و با برنامه هسته ای هم ارتباط داشت نیروهای امنیتی بسیج میشن تا قاتلش رو پیدا کنند.»

ترافیک خیابان سنگین و هوا آلوده بود. یک بار چیزی نمانده بود که نیکا با اتومبیل جلویی که ناگهان ترمز کرده بود تصادف کند. باید هر طور شده از تصادف اجتناب می کردیم چون وقوع تصادف در آن منطقه نشانگر حضور ما در نزدیکی خانه همشهری بود. به نیکا پیشنهاد کردم که بهتر است حرف نزنیم تا او حواسش به رانندگی اش باشد اما او چنان هیجان زده بود که نمی توانست مدت زیادی ساکت بماند.

پرسید: «فکر می کنی ما رو پیدا کنند؟»

«امیدوارم که نکنند. ما اثر انگشت یا چیز دیگری که ما رو لو بده بر جای نگذاشتیم. فکر نمی کنم که کسی هم ما رو موقع ورود به خانه یا خروج از آن دیده باشه. اگر مرتکب اشتباه احمقانه ای نشیم، فکر نمی کنم ما رو پیدا کنند.»

«اگر فهمیدند که ما این کار رو کردیم چی؟»

«اون وقت باید پیش از دستگیری مخفی بشیم. البته پلیس ممکنه که تلافی ماجرا رو سر خانواده ات در بیاره. بهتره اونها رو قانع کنی که ایران رو ترک کنند.»

رنگش پرید: «چند بار سعی کردم این کار رو بکنم اما موفق نشدم. اونا ایران رو خیلی دوست دارن.»

«فکر می کنی اگر بفهمن که چه بلائی بر سرت اومده ایران رو ترک میکنن؟»

سرش را به علامت مخالفت تکان داد: «نمی خوام خانوادم بفهمن چون خیلی اذیت میشن.»

«اگر اتفاقی که برای تو افتاد برای خواهرت افتاده بود دلت نمی خواست بهت بگه تا کمکش کنی؟ مطمئنم دوست داشتی که به تو اطلاع بده. تو این بار سنگین رو چهار ساله به تنهایی به دوش می کشی. دیگه کافیه.

اول با خواهرت صحبت کن. بعد، با کمک او، خانوادت رو قانع کن که که از ایران برن.»

نیکا حرفی نزد و من هم ادامه ندادم. وقتی به خانه رسیدیم اتومبیل را کنار پیاده رو پارک کرد و کلید را در کیفش گذاشت. بعد رو به من کرد و گفت: «به خواهرم چی بگم؟»

از این حرف خشنود و متعجب شدم. گفتم: «بگو که مورد آزار جنسی قرار گرفتم. زیاد وارد جزئیات نشو. بعداً می تونی بیشتر براش توضیح بدی. در باره همشهری، مأموریت من، و کاری که امروز کردیم هم حرفی نزن. بگو می خوام از ایران فرار کنم و نمی خوام که پلیس تلافیش رو سر خانواده ام در بیاره.»

«کجا باید برن؟»

«پاکستان یا هر کشور دیگری که بخوان. بعد ترتیبی میدم که به آمریکا برن. وقتی به خونه رسیدیم محمد رو میبرم بیرون تا تو بتونی راحت با خواهرت صحبت کنی.»

نیکا گفت: « شب سختی در انتظار خواهرم است.»

فصل ۲۲

سه روز بعد، تلویزیون دولتی ایران خبر مرگ آخوندها را منتشر کرد:

«بسم الله الرحمن الرحیم. انا لله و انا الیه راجعون. امروز پیکر پاک حضرت آیت الله همشهری، آیت الله مصباح، و آیت الله حلبی در دفتر کار آیت الله همشهری پیدا شد. تحقیقات انجام شده در باره این جنایت شنیع نشان میدهد که استکبار جهانی نقشه گسترده ای برای از میان برداشتن خدمتگزاران نظام مقدس اسلامی کشیده است. زمان و مکان تشییع و خاکسپاری این شهیدان متعاقباً اعلام خواهد شد. مجلس یادبود این عزیزان، جمعه آینده، در حسینیه امام خمینی، با حضور مقامات دولتی برگزار خواهد شد.»

دو روز بعد، سخنگوی دولت اعلام کرد که سربازان گمنام امام زمان، در عملیاتی پیچیده و برق آسا، قاتلان را دستگیر و نقشه های شوم آنها را برای ترور دیگر مقامات جمهوری اسلامی نقش بر آب کرده اند.

یک هفته بعد، تلویزیون دولتی اعلام کرد که موساد پشت عملیات کشتن آیت الله ها بوده است. تلویزیون سه گذرنامه اسرائیلی را نشان داد که به ادعای مقامات امنیتی از خانه قاتلان کشف شده بود. در عکس روی گذرنامه ها جوان ها، به جای نگاه کردن به دوربین عکاسی، به زمین چشم دوخته بودند.

مقام معظم رهبری، رئیس جمهور، رئیس مجلس، و خانواده آخوندهای مقتول در تلویزیون ظاهر شدند و از نیروهای امنیتی به خاطر دستگیری

راز نیمه شب آخوندها

سریع قاتلان تشکر کردند. رئیس قوه قضائیه به سربازان گمنام امام زمان تبریک گفت و قول داد که تروریستها را به سرعت محاکمه و مجازات کند.

تلویزیون اعتراقات از پیش ضبط شده افشین، سرکرده تیم ترور، را پخش کرد. افشین رنگ پریده، خسته، و گیج به نظر می رسید. در بخشی از اعترافات صورتش تراشیده و در بخش های دیگر نتراشیده بود که نشان می داد که اعترافاتش را در زمان های مختلف ضبط و به هم متصل کرده اند.

افشین با چشمانی اشکبار گفت: «موساد در اسرائیل به من آموزش داد و من و همدستام رو با پول و سلاح برای کشتن مقامات جمهوری اسلامی به ایران فرستاد. من جوان و ناپخته بودم. فریب خوردم. از خودم خجالت می کشم. خوشحالم که مقامات امنیتی من رو دستگیر کردند تا نتونم مرتکب جنایات بیشتری بشم. از امام خامنه ای و خانواده محترم روحانیون شهید تقاضای عفو دارم.»

افشین سپس به تفصیل درباره چگونگی پیوستن به موساد و آموزش هایی که دیده بود سخن گفت. صبح روز بعد، افشین و همدستانش در زندان اوین در تهران به دار آویخته شدند. روز بعد، سردار وحید به دیدن میثم آمد. بی درنگ به دفترم رفتم و از طریق دستگاه شنود به سخنانشان گوش کردم.

وحید گفت: «نشانه ای در دست نیست که کسی قفل در خانه رو شکسته و وارد شده باشه. به نظر می رسه که همشهری در خانه رو روی کسی که می شناخته باز کرده و اون شخص کارش رو تمام کرده. در اتاق همشهری دو تا فنجان چای پیدا کردیم که یکی از اونها حاوی داروی خواب آوری بود که همشهری رو بیهوش کرده بود. لبه فنجان دیگر ماتیکی بود که نشون میده که مهمان همشهری زن بوده.»

از این که موقع پاک کردن آثار حضور در خانه همشهری به این موضوع توجه نکرده بودم احساس بی کفایتی کردم. آخر نیکا به من گفته بود که می خواهد برای خواب کردن همشهری با او چای بخورد.

میثم گفت: «برهنه بودن همشهری هم ثابت می کنه که مهمانش زن بوده چون بسیار بعیده که همشهری برای یک مرد لخت شده باشه.»

پوزخندی زدم و سرم را از روی ناباوری تکان دادم چون از لواط در حوزه های علمیه اطلاعات دقیقی داشتم.

سردار وحید حرف میثم را تأیید کرد: «درسته. اما بقیه ماجرا روشن نیست. به نظرم قاتل فقط در پی کشتن همشهری بوده اما محافظان او و آیت الله مصباح و حلبی را هم می کشه تا نتونند بعداً او رو شناسائی کنند.»

سرم را به علامت تأیید تکان دادم. وحید درست حدس زده بود.

میثم گفت: «باور نمی کنم که یک زن به تنهائی این همه مرد رو کشته باشه. حتماً همدستانی داشته.»

سرم را باز هم تکان دادم. این حرف میثم هم درست بود.

سردار گفت: «موافقم. کاملاً هم حرفه ای عمل کردند. اثر انگشت آیت الله مصباح روی تپانچه بود اما فکر نمی کنم که او قاتل باشه. به نظرم، قاتل، بعد از کشتن مصباح، تپانچه رو در دست او می گذاره تا این تصور رو ایجاد کنه که او مرتکب این قتل ها شده.»

«چرا این طور فکر می کنی؟»

«برای این که کارشناسان جنائی میگن که تمام گلوله ها از یک اسلحه شلیک شدند. اگر مصباح قاتل بود باید دوبار هم به پشت خودش شلیک کرده باشه و این کار غیر ممکنه. از این گذشته، آیت الله ها با هم دوست صمیمی بودند و از هم دلخوری نداشتند.»

آهی از روی استیصال کشیدم. نقشه ام برای این که آیت الله مصباح را قاتل نشان بدهم شکست خورده بود.

میثم گفت: «باید دی ان ای روی فنجان چای رو تعیین کنیم.»

«وقتی رفتم به دفترم میگم این کار رو بکنند.»

اگر دی ان ای نیکا را روی فنجان چای پیدا می کردند نیکا باید بی درنگ پنهان می شد و یا کشور را ترک می کرد. سیا می توانست به او در خروج از ایران کمک کند.

میثم پرسید: «فکر می کنی کی همشهری رو کشته؟»

راز نیمه شب آخوندها

«نمیدونم. همشهری دشمنان بسیاری داشت. موقعی که قاضی دادگاه انقلاب بود خیلی ها رو اعدام کرد. خیلی ها میخواستند ازش انتقام بگیرن. روی کاغذی که به سینه اش چسبانده بودند نوشته بود «دودوزه باز.»»

گوشهایم را تیز کردم تا ببینم در باره این یادداشت چه می گویند اما آنها به آن نپرداختند.

میثم پرسید: «با همسایه های همشهری صحبت کردید؟»

«نیروهای امنیتی با همه همسایه ها صحبت کردند. یک نوجوان گفت که یک زن قد بلند چادری رو دیده که وارد خونه شده اما صورتش رو ندیده. یکی از همسایه ها هم یک زن و مرد رو دیده که نزدیک منزل همشهری سوار یک پراید سفید شدند. بیشتر از این چیزی نمیدونیم.»

از این خبر نگران شدم. اگر نیروهای امنیتی می فهمیدند که پدر نیکا پراید سفید دارد می توانستند نتیجه بگیرند که شاید نیکا در زمان قتل در خانه همشهری بوده است.

میثم پرسید: «مصباح و حلبی برای چی اونجا بودند؟»

«رفته بودند صیغه کنند.»

«از کجا میدونی؟»

«منشی آیت الله مصباح میگه که مصباح، روز قبل از مرگشن، تلفنی با همشهری در باره یک زن صیغه ای به نام نیکا صحبت کرده بود.»

از شنیدن این حرف عرق سرد بر پیشانی ام نشست.

میثم گفت: «فکر نمی کنم این خبر خیلی به ما کمک بکنه. هزاران زن اسمشون نیکاست.»

«اما فقط یکی از فاحشه های همشهری اسمش نیکاست و اون هم زن جورجه.»

میثم گفت: «نیکا نمی تونه این کار رو کرده باشه. روزی که همشهری کشته شد نیکا خونه پدرش بود. محمد و جورج هم اونجا بودند. شاید منشی مصباح اشتباه کرده باشه.»

وحید گفت: «شاید هم همشهری نیکای دیگری رو می شناخته که ما او رو نمی شناسیم. پلیس داره از فاحشه های همشهری بازجوئی می کنه. قرار شده که اونا رو به شاهدها نشون بدن تا ببینن چی میگن.»

میثم با حالتی عصبی در حالی که به سرعت با مهره های تسبیحش ور می رفت پرسید: «فکر می کنی قتل همشهری ارتباطی به بمب داشته باشه؟»

«نمیدونم اما خیلی نگرانم. اگر اسرائیل بفهمه که ما داریم اینجا بمب می سازیم با تمام توان تلاش خواهد کرد که ما و پروژه رو نابود کنه. باید این بمب لعنتی رو هرچه زودتر بسازیم. هر چه این پروژه بیشتر طول بکشه احتمال لو رفتنش بیشتر میشه. می تونی جورج رو بیاری اینجا تا به ما بگه بمب کِی آماده میشه؟»

یک دقیقه بعد نگهبانی به من اطلاع داد که آیت الله میثم منتظر من است. به اتاقش رفتم. از حالم پرسید. گفتم: «افسرده ام. نمی تونم به آیت الله همشهری فکر نکنم. خیلی به من محبت کرده بود.»

میثم حرفم را تأیید کرد: «او با همه مهربان بود. معلم اخلاق بود. امیدوارم که خداوند او رو مورد رحمت و مغفرت قرار بدهد.»

گفتم: «وقتی خبر مرگش رو شنیدم فکر کردم کار پاکستانی هاست. اما اشتباه می کردم. ظاهراً اسرائیلی ها زودتر از پاکستانی ها به سراغش رفتند.»

میثم و وحید با دهان باز به من خیره شدند اما من سکوت کردم. سرانجام، میثم پرسید: «منظورت چیه؟»

گفتم: «یک شب با ژنرال شوکت شام می خوردم. اول از انسانیت و تقوای همشهری تعریف کرد اما بعد که مشروب خورد و مست شد لحنش تغییر کرد. شوکت گفت همشهری با قاچاقچی های مواد مخدر کار می کنه و میلیون ها دلار در حساب های سرّیش در بانک های سویس داره. شوکت گفت شرکای همشهری از او دلخورند چون فکر می کنند که او خائنه.»

لحظه ای فکر کردم و گفتم: «البته شوکت از واژه خائن استفاده نکرد اما من فراموش کرده ام که چی گفت.»

راز نیمه شب آخوندها

وحید گفت: «دودوزه باز؟»

«بله، بله، دودوزه باز. شوکت گفت همشهری دودوزه بازه. به شریک هاش نارو زده و اونا دنبالش هستن که ترتیبش رو بدن. من بیش از این چیزی نمیدونم اما شوکت می تونه به شما اطلاعات بیشتری بده. لطفاً بهش نگید که من این اطلاعات رو به شما دادم چون از من دلخور میشه.»

آیت الله میثم و سردار وحید به اندازه ای شوکه شده بودند که فراموش کردند که در باره بمب از من بپرسند. وقتی به خانه آمدم به نیکا هشدار دادم که برای رو به رو شدن با مأموران امنیتی آماده باشد: «اگر درباره همشهری ازت پرسیدند قیافه غمگین به خودت بگیر و بگو که از مرگش خیلی ناراحتی. کم حرف بزن. داوطلبانه بهشون چیزی نگو و مواظب باش که حرفات متناقض نباشه. انکار نکن که همشهری بهت تلفن کرده بود چون مأموران امنیتی به فهرست تماس های تلفنی همشهری دسترسی دارن. اما اصرار کن که از زمانی که از پاکستان رو ترک کردی همشهری رو ندیدی. بگو همشهری با زنی به نام نیکا آشنا بود اما نمیدونی که اون زن کیه.»

نیکا چهره اش در هم رفت و گفت: «دارم دچار هراس می شم.»

به او دلداری دادم: «ترس پدیده ای طبیعی است که حتی می تونه مفید باشه اما اجازه نده که بر تو غلبه کنه. نگران نباش. طوریمون نمیشه.»

روز بعد، مأموران امنیتی از نیکا خواسته بودند که چادر بر سر کند و در برابر نوجوانی که نیکا را هنگام ورود به خانه همشهری دیده بود راه برود. بعد بزاق دهانش را برای مقایسه با بزاقی که روی فنجان چای دیده شده بود گرفته بودند.

عصر که به خانه آمدم نیکا با نگرانی پرسید: «حالا باید چه کار بکنیم؟»

گفتم: «خطر داره نزدیک میشه. پیش از آن که دیر بشه باید از اینجا بریم.»

فصل ۲۳

روز بعد، بمب را به آیت الله میثم تحویل دادم. میثم من را بغل کرد و بوسید: «دستت درد نکنه. چطور تونستی بمب رو به این زودی بسازی؟»

«لطف امام زمان شامل حالم شد.»

پرسید: «بمب رو چطور منفجر می کنی؟»

«خیلی ساده. اول کد چهاررقمی رو در صفحه ی کلید تایپ می کنیم. بعد دسته رو به پائین فشار میدیم تا ضامن آزاد بشه. بعد ضامن رو بیرون می کشیم. اگر دسته رو رها کنیم تایمر بمب فعال میشه و نیم ساعت بعد بمب رو منفجر می کنه. خب، کجا میخواید اون رو آزمایش کنید؟»

میثم، انگار که اصلاً به این موضوع فکر نکرده بود، گفت: «آزمایش کنیم؟ نمیدونم. پیشنهاد شما چیه؟»

«کویر لوت. باید برای کسانی که انفجار رو تماشا می کنند و فیلم بردارانی که از این رویداد تاریخی فیلم می گیرند لباس مخصوص تهیه کنیم و پناهگاه بسازیم.»

میثم سری تکان داد و گفت: «این انفجار یک رویداد تاریخیه. هر چیزی که باعث ظهور امام زمان بشه تاریخیه.»

میثم به یکی از تکنسین ها دستور داد که بمب را در کوله پشتی بگذارد و در گاو صندوق آزمایشگاه قرار بدهد. بعد، به جشن کوچکی که به مناسبت تمام شدن پروژه برپا کرده بودم پیوست. سعی کردم که در باره آزمایش بمب با او صحبت کنم اما علاقه ای به این موضوع نشان نداد.

راز نیمه شب آخوندها

بعد از تمام شدن جشن، سردار وحید به دیدن میثم آمد. همانطور که ابزارم را تمیز می کردم از طریق وسیله شنود به آنها گوش دادم.

سردار گفت: «فردا صبح، ساعت ۸، چهار نفر از افسران سپاه میان اینجا که بمب رو تحویل بگیرند و با هواپیما به بغداد ببرند. بعد، اون رو از طریق سوریه به اسرائیل می برند و در حیفا منفجر می کنند.»

میثم گفت: «بسیار خوب. به محمد می گم که فردا صبح بمب رو به اتاق افسر نگهبان ببره و به پاسدارها تحویل بده. راستی تکلیف جورج چی میشه؟»

«حاج کاظم اصرار داره که هر چه زودتر از جورج بازجوئی کنه. امروز صبح به من اطلاع داد که روی مسلسلی که باهاش پاکستانی ها رو کشتند اثر انگشت جورج وجود داره. روی قمه ای هم که در سینه عدنان فرو رفته بود اثر انگشت نیکا رو پیدا کرده.»

میثم پرسید: «چرا این قدر دیر انگشت نگاری کرد؟»

«همین سؤال رو ازش کردم. گفت: "بعد از این که جورج در پارک لاله توانائی اش رو برای کشتار نشون داد به فکر افتادم که شاید پاکستانی ها رو هم او کشته. به این خاطر، مسلسل و قمه رو انگشت نگاری کردم."»

آیت الله میثم متقاعد نشد: «من به تحقیقات حاج کاظم اعتماد ندارم. ممکنه مدارک رو دست کاری کرده باشه تا جورج رو جاسوس جلوه بده. حاج کاظم دنبال منافع خودشه. هدفش اینه که رئیس سازمان حفاظت اطلاعات سپاه بشه. اگر جورج رو وادار کنه که به جاسوسی اعتراف کنه به هدفش نزدیک تر میشه.»

سردار وحید گفت: «حاج کاظم میگه که دی ان ای روی فنجان چای که در خانه همشهری پیدا کردیم به نیکا تعلق داره.»

میثم مدتی فکر کرد و گفت: «حاج کاظم از راه اجاره دادن زنهای صیغه ای به پولدارها پول هنگفتی به جیب میزنه. ممکنه این داستان رو جعل کرده تا نیکا رو بترسونه و وادار کنه که براش کار کنه. در هر حال، بهتره تا بمب منفجر نشده علیه جورج کاری نکنیم چون اگر بمب، به دلیل

نقص فنی، منفجر نشه برای تعمیرش به جورج احتیاج خواهیم داشت. بعد تصمیم می گیریم که با جورج و نیکا چه کار کنیم.»

وقتی به خانه آمدم به نیکا گفتم که فردا با بمب فرار خواهیم کرد. نیکا سخت دچار حیرت شد و پرسید: «چرا؟ مگر نمیخوان بمب رو آزمایش کنند؟»

«میخوان بمب رو در اسرائیل آزمایش کنند.»

وضعیت را به سیا گزارش کردم و تقاضا کردم که به کریم اطلاع دهند که فردا صبح، ساعت ۹، با اتومبیل، نزدیک میدان تجریش منتظر من باشد.

صبح روز بعد، در ساعت هفت و نیم، دو نفر از نگهبان ها کوله پشتی را از آزمایشگاه به اتاق افسر نگهبان بردند. نیکا به سراغ نگهبان ها رفت و آنها را برای صرف چای به خانه ما دعوت کرد. محمد می خواست کنار کوله پشتی بماند اما بعد از آن که نیکا خودش را به او چسباند و گونه اش را بوسید و به او گفت که مهمانی بدون او لطفی ندارد تصمیمش را عوض کرد و به ما پیوست.

نگهبان ها روی مبلهای شیک لم دادند و به پستانهای خوش ترکیب نیکا که از زیر بلوز نازکش بیرون زده بود خیره شدند. من فنجانها را با چای زعفرانی پر کردم و دو قرص خواب در هر کدام انداختم. نگهبان ها دقیقه ای پس از خوردن چای سر جایشان به خواب رفتند.

تپانچه یکی از نگهبان ها را برداشتم و صداخفه کنم را به آن وصل کردم و زیر کمربندم قرار دادم. به نیکا گفتم که تپانچه ها و تلفن ها را جمع کند و در حوض بیندازد. به اقامتگاه نگهبان ها رفتم و دوربین های نظارتی را خاموش کردم. بعد، دوان دوان به آزمایشگاه رفتم و لوله گاز را شکستم تا گاز وارد آزمایشگاه شود. یک منقل برقی را، دور از لوله شکسته گاز، روی میزی قرار دادم و آن را روشن کردم. بعد، به سرعت به اقامتگاه برگشتم و برق تمام ساختمان را قطع کردم.

چند دقیق بعد، وَن سپاه جلو در خانه ایستاد و چهار مرد ریشوی قد بلند، با لباس شخصی، از آن پیاده شدند. در خانه را گشودم و به استقبالشان رفتم.

راز نیمه شب آخوندها

فرمانده گفت: «سلام علیکم. برای بردن کوله پشتی آمده ایم.»

با او دست دادم: «خوش آمدید. لطفاً تشریف بیارید داخل چای میل کنید تا من کوله پشتی رو آماده کنم.»

«ممنون. ما چند لحظه پیش صبحانه و چای خوردیم. عجله داریم.»

نیکا به ما پیوست و پاسدارها را به داخل دعوت کرد. مردان از دیدن او به هیجان آمدند و وارد منزل شدند و در اتاق افسر نگهبان روی مبلها نشستند. بی درنگ برایشان چای آوردم. دیری نپائید که همه آنها به خواب رفتند. نیکا اسلحه و تلفن هایشان را در حوض انداخت. من یک مسلسل کلاشنیکف و چند جعبه فشنگ بر داشتم و در یک ساک گذاشتم. بعد ساک، کوله پشتی و کیف ابزار جاسوسی را در وَنی که در حیاط پارک شده بود قرار دادم. نیکا در خانه را باز کرد. ماشین را روشن کردم و بیرون آمدم. نیکا در را بست و سوار شد. به راه افتادیم.

نیکا پرسید: «کجا میریم؟»

«میدان تجریش. یک نفر اونجا منتظرمه.»

«بهش اعتماد داری؟»

«آره. مدتهاست برام کار می کنه.»

«از بمب خبر داره؟»

«نه، نداره.»

«قصد داری بهش بگی؟»

«نه. لازم نیست بدونه.»

هنگامی که در خیابانهای باریک و پیچ در پیچ می راندم احساس می کردم که دیگر این خیابانها را نخواهم دید. دلم می خواست بیشتر در ایران بمانم تا به اطراف مسافرت کنم و خویشاوندانم را ببینم اما متاسفانه این کار امکان نداشت. باید پیش از این که بمب یا جانم را از دست میدادم ایران را ترک می کردم.

نیکا پرسید: «میخوای با بمب چه کار کنی؟»

«می خوام از ایران ببرمش بیرون.»

«کِی از ایران خارج می شیم؟»

«خیلی طول نمی کشه. بعد از این که اطلاعاتی در باره یک پایگاه سری زیرزمینی به دست آوردم از ایران میریم.»

نیکا با ناراحتی و هیجان گفت: «خواهش می کنم عملیات سری رو بگذار کنار. تو مأموریتت رو با موفقیت انجام دادی. ژنرال شوکت رو دستگیر کردی، بمب رو دزدیدی، اسرائیل رو هم از حمله هسته ای نجات دادی. حالا باید هرچه زودتر از ایران خارج بشی. اما باز هم به فکر یک مأموریت تازه هستی. فکر کنم میخوای هر دومون رو به کشتن بدی.»

گفتم: «نگران نباش. این آخریشه.»

فصل ۲٤

    ماشینم را پشت اِس یو وی قرمزی که در خیابانی فرعی، نزدیک میدان تجریش، پارک کرده بود متوقف کردم و نور بالا را سه بار روشن و خاموش کردم. لحظه ای بعد، آخوند تنومندی که ریش کوتاه مرتبی داشت از اِس یو وی پیاده شد.

نیکا فریاد زد: «آخوند!»

گفتم: «آرام باش. این آخوند مأمور من در تهرانه. اسمش کریمه.»

به سرعت کیف و ساک را به ماشین کریم منتقل کردم و کنارش نشستم. نیکا پشت سر من نشست.

کریم ماشین را به راه انداخت و پرسید: «چی شد اومدی تهران؟»

«اومدم که نگذارم چند تا دیوانه حمام خون راه بندازن.»

«موفق شدی؟»

«هنوز معلوم نیست. همانطور که میدونی، عملیات مخفی شبیه مسابقه بوکسه. تا تمام نشه نتیجه اش معلوم نیست. راستی، آیت الله میثم و سردار وحید رو می شناسی؟»

«یک چیزای در باره شون شنیدم.»

«چی شنیدی؟»

«شنیدم که آخوندهای متوهمی هستند که گمان می کنند با به راه انداختن جنگ و خونریزی می تونن باعث ظهور امام زمان بشن.»

«هنوز در آرامگاه خمینی کار می کنی؟»

«آره. اونجا کلاسهای عقیدتی سیاسی می گذارم. کارم شبیه کار کمیسرهای سیاسی در کشورهای کمونیستیه. اعضای بسیج و سپاه پاسداران رو شستشوی مغزی میدم تا از آمریکا و فرهنگ غربی متنفر بشن و گمان کنند که اسلام نوشداروی تمام دردهای جامعه است. به اونا می گم که مقام معظم رهبری رو بپرستند و از او کورکورانه پیروی کنند.»

ماشین سفیدی که از کنارمان می گذشت بوق زد. نوجوانی سرش را از پنجره ماشین بیرون آورد و خطاب به کریم گفت: «تو نباید این ماشین قشنگ رو برونی. برو عربستان شتر سواری کن.» بعد گاز داد و دور شد.

کریم گفت: «روحانیون شیعه در ایران روز به روز بی اعتبارتر میشن. بیشتر ایرانی ها، به ویژه جوانها، به این باور رسیدن که آخوندها مثل زالو خون مردم رو می مکند.»

«ایران چند تا آخوند شیعه داره؟»

«درست نمیدونم. شاید نیم میلیون. روز به روز هم تعدادشون بیشتر میشه چون مدارس مذهبی در قم و مشهد و بقیه جاها هر سال هزاران آخوند تولید می کنند.»

«چطور امرار معاش می کنند؟»

«بیشترشون برای دولت کار می کنند. اونها بخش مهمی از قاضی ها، بازجوها و خبرچین های رژیم رو تشکیل میدن. خیلی هاشون امام جمعه مساجد هستن یا به عنوان مربی سیاسی عقیدتی در دانشگاه ها و ادارات دولتی کار میکنند. در سرکوب تظاهرات خیابانی هم شرکت میکنند و مردم رو کتک می زنند.»

نیکا که تا آن موقع ساکت بود پرسید: «شما هم میزنی؟»

کریم از من پرسید: «ایشون کی هستند؟»

«نیکا. ببخشید که معرفیش نکردم.»

کریم رو به نیکا کرد و گفت: «سلام علیکم. بله، من هم میزنم.»

کریم ماشین را در گاراژ خانه ای قدیمی پارک کرد. ما از در پشت گاراژ وارد خانه شدیم.

راز نیمه شب آخوندها

کریم گفت: «شما می تونی تا موقع خروج از ایران اینجا بمونی. گیو و گودرز از ساختمانی، در آن طرف خیابان، خانه شما را زیر نظر دارند.»

کریم پیجرِ کوچکی را که قبلاً برایش فرستاده بودم و به راحتی در مشت جا می گرفت به من داد. بعد به دکمه روی پیجر اشاره کرد و گفت: «اگر به کمک احتیاج داشتی این دکمه رو دوبار به سرعت فشار بده. گیو و گودرز ظرف یک دقیقه خودشون رو به اینجا می رسونن. اونا کلید خونه رو دارن.»

کریم گیو و گودرز را فراخواند و به من معرفی کرد. به آنها گفتم که می خواهم پیجر را امتحان کنم. چند دقیقه پس از خروج گیو و گودرز دکمه را دوبار فشردم و آنها ظرف یک دقیقه به سراغم آمدند.

کریم آدرس یک مخفی گاه دیگر و کلید بنزی که در گاراژ پارک شده بود را به من داد و گفت: «این ماشین کهنه است اما خوب کار می کنه. اگر به این خانه حمله شد می تونی با اون به مخفی گاه جدید بری.»

آدرس اکبر و محسن را به او دادم و از او خواستم که محل کار آنها را پیدا کند. کریم دستگاه شنودی را که از پاکستان برایش فرستاده بودم به من داد و رفت.

شماره تلفن میثم و وحید را در دستگاه وارد کردم تا به گفتگوهای آنها گوش کنم. بعد، با نیکا از خانه بازدید کردم. خانه قدیمی بود و معماری اش فرهنگ ایرانی را منعکس می کرد. در چوبی خانه دو لنگه ای بود و گنده کاری و کوبه آهنی داشت و در هر طرف آن یک سکوی کوتاه سنگی قرار گرفته بود. بالای در با نیم طاقی آجری تزئین شده بود. دالان سرپوشیده باریکی درِ ورودی خانه را به حیاط مستطیلی شکلی که با دیوارهای بلند آجری احاطه شده بود وصل می کرد. در وسط حیاط، در میان درختان نارنج، یک حوض قرار داشت.

پلکانی مارپیچ طبقه همکف را به زیرزمین مرطوب و بدبوی خانه وصل می کرد. زیرزمین پنجره نداشت و حتی پس از روشن کردن لامپی که از سقف آویزان بود نیمه تاریک و ترسناک به نظر می رسید. یک

تختخواب بزرگ آهنی با تشکی پنبه ای و سه صندلی آهنی اثاثیه زیرزمین را تشکیل می داد.

روی مبل کهنه ای در اتاق نشیمن نشستم و کوله پشتی را روی زمین، پشت مبل، قرار دادم و آن را با پتو پوشاندم. نیکا کف اتاق روی قالی نشست، به بالشی که کنار دیوار قرار داشت تکیه داد، پاهایش را دراز کرد و گفت: «نشستن در کنار بمب هسته ای خیلی ترسناکه.»

«درسته. تجربه ترسناکیه.»

«چطور اون رو فعال می کنی؟»

شیوه فعال کردن تایمر را برایش توضیح دادم. پرسید: «چه کسانی گذرواژه رو می دونن؟»

«فقط من.»

با حیرت پرسید: «میثم و وحید چطور؟»

«نه، نمی دونند. اونها گفتند که از ۱۹۴۸ استفاده کنم که سال تأسیس کشور اسرائیله اما من نکردم چون می خواستم منفجر کردن بمب رو براشون دشوار کنم. حالا به یک مهندس قابل احتیاج دارند که صفحه کلید رو باز کنه تا بتونند دسته رو پائین بکشند و ضامن رو در بیارند. این کار مدتی وقت میگیره.»

فصل ۲۵

ساعت چهار بعد از ظهر چراغ کوچک روی دستگاه شنود شروع به چشمک زدن کرد. آیت الله میثم و سردار وحید روی خط بودند. من و نیکا با اشتیاق و کنجکاوی به گفتگوی آنها که از بلند گوی دستگاه پخش می شد گوش دادیم.

سردار وحید: «سلام علیکم. کجائی؟»

آیت الله میثم: «در یک جکوزی گرم و نرم در دوبی، دور از مشکلات تهران. همین چند لحظه پیش یک دختر زیبای جوان یک ماساژ با حال به من داد. تو هم باید...»

من و نیکا به هم نگاه کردیم و لبخند زدیم. هر دوی ما بی صبرانه منتظر شنیدن واکنش میثم به خبر گم شدن بمب بودیم.

وحید گفت: «کوله پشتی گم شده.»

میثم، انگار که حرف وحید را نشنیده، ادامه داد: «تو هم باید بیایی این جا حال کنی. دختراش خیلی با حالن. اگر سر کیسه رو شل کنی پاهاشون هم برات باز میکنن.»

وحید فریاد زد: «کوله پشتی گم شده.»

میثم با لحنی حیرت زده پرسید: «چی؟ کوله پشتی گم شده؟ چطور؟»

«نمی دونم. یک ساعت قبل، نماینده من در بغداد به من اطلاع داد که بسته به دستش نرسیده. به افسرانی که قرار بود کوله پشتی رو به فرودگاه ببرند تلفن زدم اما جواب ندادند. به سکونتگاه محافظان اومدم و دیدم که

افسران و محافظان خوابیدند. اونا رو بیدار کردم اما نتونستند کوله پشتی رو پیدا کنند.»

«چرا خوابیده بودند؟»

«گفتند بعد از خوردن چایی که نیکا صبح به اونا داد به خواب رفتند.»

«با جورج صحبت کردی؟»

«نتونستم پیداش کنم.»

«نیکا چی؟»

«او هم ناپدید شده.»

«فکر می کنی کی کوله پشتی رو دزدیده؟»

«جورج! ژنرال شوکت باید بهای معرفی کردن جورج رو با جانش بپردازه.»

لبخند بزرگی بر صورت نیکا نقش بست. بی تردید نیکا از کشته شدن شوکت خوشحال می شد.

میثم پرسید: «میخوای من چکار کنم؟»

«فوراً برگرد تهران. باید کوله پشتی رو پیدا کنیم.»

گوشی را گذاشتند.

چند دقیقه بعد سردار وحید دوباره تلفن زد و گفت: «آزمایشگاه منفجر شد.»

«چی؟»

«یک نفر برق ساختمان رو قطع کرده بود. وقتی برق رو وصل کردیم آزمایشگاه منفجر شد.»

میثم با لحنی خشمگین گفت: «با یک خرابکاری بزرگ رو به رو هستیم. جورج ما رو فریب داد. باید قبل از این که از ایران خارج بشه دستگیرش کنیم. باید عکسش رو در تلویزیون نشون بدیم تا مردم او رو رو شناسائی کنند. اگر این خارکسده رو بگیریم خودم زیر شکنجه می کشمش.»

راز نیمه شب آخوندها

حدود ساعت ۸ شب صدای انفجار بزرگی به گوش رسید. چند دقیقه بعد تلویزیون دولتی گزارش داد که چند نفر نمازگزار در جریان انفجار بمب در مسجدی در شمال تهران کشته شده اند. صحن مسجد از خون و بدنهای سوخته و متلاشی شده پوشیده شده بود. دقایقی بعد، عکس من و نیکا بر صفحه تلویزیون ظاهر شد. گوینده گفت: «این عکس تروریستهایی است که مسجد را منفجر کردند. اگر آنها را دیدید بی درنگ به پلیس اطلاع بدهید. کسانی که به آنها کمک کنند بشدت مجازات خواهند شد.»

رنگ از روی نیکا پرید و زبانش بند آمد. فشار های چند روز گذشته او را بشدت خسته کرده بود. کنارش نشستم و دستم را دور شانه هایش گذاشتم و گفتم: «ناراحت نباش. طوریمون نمیشه. تو رو سالم از ایران خارج می کنم.»

فکری به خاطرم رسید. به نیکا گفتم: «باید میثم رو گمراه کنیم. می خوام بهش تلفن کنی و بگی که بر خلاف میلت با من هستی. بعد، اگر دستگیر شدی، این موضوع می تونه بهت کمک کنه.»

گفتگوی تلفنی را چند بار تمرین کردیم. من نقش میثم را بازی می کردم. بعد، نیکا با تلفنی که کریم به من داده بود به میثم تلفن کرد:

نیکا گفت: «آیت الله میثم؟»

«بفرمائید.»

«من نیکام.»

«کی؟»

«نیکا. زنِ جورج.»

میثم فریاد زد: «کجائی؟»

نیکا با صدای لرزانی گفت: «نمیدونم. عکسم رو توی تلویزیون دیدم.»

«با جورج هستی؟»

«جورج چند لحظه پیش با چند نفر از اینجا رفت. گفت زود برمیگرده.»

«کجایی؟»

«توی یک خانه قدیمی در تهران ولی نمیدونم کجاس. جورج من رو با یک ونِ بدون پنجره آورد اینجا.»

«نیکا، به من گوش کن. از خونه برو بیرون و از یکی از همسایه ها آدرس اونجا رو بگیر و به من خبر بده. می تونی این کار رو بکنی؟»

«نمی تونم اینجا رو ترک کنم. جورج در اتاق رو قفل کرده.»

«چرا با جورج رفتی؟»

«برای این که زنش هستم و طبق قانون اسلام زن باید از شوهرش اطاعت کنه. از این گذشته، جورج گفت شما محل کارش رو عوض کردید.»

«جورج دروغ گفت. امروز صبح، چی با خودش برد؟»

«یک کوله پشتی و یک مسلسل.»

«کوله پشتی کجاست؟»

«روی میز.»

«تو اتاقت؟»

«آره.»

«چی توشه؟»

«یک جعبه فلزی که یک دسته و یک صفحه کلید داره.»

«جورج گفت که این جعبه چیه؟»

«گفت یک ماده شیمیائی خطرناک توشه. گفت بهش دست نزنم.»

میثم، انگار که فکر می کرد، چند ثانیه سکوت کرد. بعد، با لحن محبت آمیزی پرسید: «چرا زودتر تلفن نزدی؟»

«دلیلی برای تلفن زدن نداشتم. اما امشب وقتی عکسم رو در تلویزیون دیدم تصمیم گرفتم به شما تلفن کنم و بگم که من مسجد رو منفجر نکردم.»

میثم می دانست که نیکا مسجد را منفجر نکرده است اما هیچ تلاشی برای آرام کردن او نکرد.

میثم پرسید: «گفتی جورج با چند تا مرد بود. می تونی اونها رو توصیف کنی؟»

«اونا رو ندیدم ولی میدونم که جورج تلفنی با شوکت صحبت کرد.»
هدف از ارائه ی اطلاعات غلط درباره شوکت گمراه کردن نیروهای امنیتی جمهوری اسلامی بود.

میثم پرسید: «با کی؟»

«با شوکت. ژنرال پاکستانی.»

«مطمئنی؟»

«مطمئنم.»

از کجا می دونی که شوکت بود؟»

«چون صداش رو می شناسم.»

«در باره چی صحبت کردند؟»

«درباره جعبه ای که توی کوله پشتیه.»

میثم با لحن محبت آمیزی گفت: «نیکا جان. خوشحالم که به من تلفن کردی. جورج جاسوس سیا ست. خیلی خطرناکه.»

نیکا با هیجان و لحنی ترسیده گفت: «جاسوس سیا؟ پس من رو می کُشه. حالا چکار کنم؟»

«اگر کمک کنی پیداش کنیم نمی تونه بهت صدمه بزنه. بهش اعتماد نکن. بهش نگو به من تلفن زدی چون اگر بفهمه که با من تماس گرفتی تو رو میکُشه. آدرس خونه رو پیدا کن و به من خبر بده.»

به نیکا اشاره کردم که تلفن را تمام کند. نیکا با صدای لرزانی آهسته گفت: «صدای پا میاد. جورج داره میاد. باید برم. وقتی بتونم به شما تلفن میزنم.»

تلفن را قطع کرد.

فصل ۲۶

تپانچه صامتم را در شکاف میان پُشتی و تشکِ مبل پنهان کردم. نخ نازکی را که به پیجِر وصل بود دور مچ دستم پیچیدم و پیجر را در مشت گرفتم. بعد، با کفش و لباس روی مبل دراز کشیدم و پتو را روی خودم کشیدم. نیکا چراغ سقف را خاموش کرد و روی مبلی که نشسته بود دراز کشید.

مدتی بعد، از نور لامپِ سقف بیدار شدم. مرد نقابداری تپانچه اش را به سمت من نشانه رفته بود. بی درنگ دکمه پیجر را دوبار فشردم. اکنون باید سعی می کردم که تا زمان دریافت کمک زنده بمانم.

پرسیدم: «فرمایشی داشتید؟»

مرد با حرکتی ناگهانی پتو را کنار کشید و دستور داد که روی مبل بنشینم. وقتی که می نشستم مرد چاق خپله ای را دیدم که تپانچه اش را به سوی نیکا نشانه رفته بود. نیکا گیج و مبهوت روی مبل نشسته و با چشمان ترسیده و خواب آلود به مردان مسلح خیره شده بود.

مرد نقابدار پرسید: «جورج! بمب کجاست؟»

تجاهل در برابر مردی که مخفیگاهم را کشف کرده بود و می دانست که اسمم چیست و چه چیزی دارم نابخردانه بود. بنابراین، با دست به سوی بمب اشاره کردم و گفتم: «پشت مبل، زیر پتو.»

همانطور که سلاحش را به سویم نشانه رفته بود پتو را کنار زد، کوله پشتی را برداشت و روی میز گذاشت و آن را باز کرد.

پرسید: «چطور فعالش می کنی؟»

راز نیمه شب آخوندها

گفتم: «گذرواژه رو در صفحه کلید وارد می کنیم، دسته رو به پائین فشار می دیم، ضامن رو بیرون می کشیم و دسته رو رها می کنیم.»

«گذرواژه ‌اش چیه؟»

بیش از یک دقیقه از زمانی که دکمه پیجر را فشرده بودم گذشته بود اما از گیو و گودرز خبری نشده بود. در وضعیت ترسناکی قرار گرفته بودم. نگران بودم که اگر گذرواژه را به او بدهم بی درنگ به زندگی ام خاتمه دهد.

گفتم: «اگر بگی من رو چطور پیدا کردی گذرواژه رو بهت میدم.»

پوزخندی زد و گفت: «آدم زیرکی مثل تو باید بدونه که وقتی سلاحی به طرفش نشانه رفته نمی تونه شرط بگذاره. من برای این بازیها وقت ندارم. گذرواژه رو بده وگرنه مغزت رو داغون می کنم.»

چند ثانیه ای منتظر ماند و چون پاسخی نشنید سلاحش را به سمت نیکا گرفت و گفت: «فکر کنم باید زن قشنگت رو بِکُشم تا بفهمی شوخی نمی کنم.»

می خواستم گذرواژه را به او بدهم که نیکا با عصبانیت گفت: «من زنش نیستم، برده جنسیش هستم. او من رو در پاکستان از آخوندی به نام آیت الله همشهری خرید و به ایران آورد تا براش نقش پرستو رو بازی کنم. من رو مجبور کرد که با آدم های کله گنده در بیت رهبری بخوابم و اونا رو تخلیه اطلاعاتی کنم. پولی هم به من نمیداد. اگر من رو بکُشی گَکُش هم نمی گزه. راستش رو بخوای، من هم به مرگ او اهمیتی نمیدم.»

حدس زدم که نیکا دارد وقت کشی می کند تا گیو و گودرز به یاری ما بشتابند. نقشه ماهرانه ای کشیده بود اما اجرای آن بدون شرکت من امکان نداشت.

رو به مرد نقابدار کردم و گفتم: «به حرفهاش گوش نکن. دیوونَس.»

نیکا فریاد زد: «گذرواژه لعنتی رو بهش بده و جونمون رو نجات بده.»

بعد، خطاب به مرد نقابدار گفت: «نمیدونم شما آیت الله میثم و سردار وحید رو میشناسی یا نه. اونا رئیس های جورج بودند. گذرواژه ای که به بهش

داده بودند ۱۹۴۸ بود. اما جورج بهشون نارو زد و گذرواژه رو تغییر داد تا اونا نتونن بمب رو منفجر کنن. حالا هم می خواد بمب رو...»

فریاد زدم «خفه شو!»

مرد به نیکا گفت: «ادامه بده.»

نیکا گفت: «حالا هم می خواد بمب رو به قیمت ۱۰۰ میلیون دلار به اسرائیل بفروشه.»

به مرد گفتم: «همین حالا گفتی که من آدم زیرکی هستم. به نظر تو، آدم زیرکی مثل من اسرار هسته ای رو با این فاحشه در میون میگذاره؟»

نیکا گفت: «درست میگی. تو چیزی با من درمیون نگذاشتی. اما من صدات رو موقعی که تلفنی در باره فروش بمب حرف میزدی شنیدم. این رو هم شنیدم که می خوای من رو به یک فاحشه خونه در دوبی بفروشی.»

جرعه ای از لیوان آبی که در کنارش روی گل میز قرار داشت نوشید و گفت:

«تو یک نامرد دودوزه بازی. تو پاکستان به من قول دادی که با من ازدواج می کنی و من رو به آمریکا میبری اما حالا میخوای من رو به فاحشه خونه بفروشی.»

قاه قاه خندیدم و گفتم: «اگر یک ذره شعور داشتی می فهمیدی که من با فاحشه ازدواج نمی کنم. حالا هم نباید شکایت کنی. دوبی که جای بدی نیست. عرب های حشری، با کیرهای کلفتتشون، ترتیب جلو و عقبت رو میدن و انعام خوبی هم بهت میدن.»

نیکا، خشمگین، ناگهان لیوان آب را به سوی من پرتاب کرد. بعد، از جا پرید و ناسزاگویان به من حمله کرد و من را زیر باران مشت و لگد گرفت. مردها در حالی که تپانچه هایشان را به سمت من نشان رفته بودند با کنجکاوی به دعوای ما می نگریستند.

صورتم را با دست هایم پوشاندم تا جلو ضربات مشت را بگیرم. بعد دستهای نیکا را گرفتم و ناگهان او را به سوی مرد نقابدار که پشت سرش ایستاده بود هل دادم. نیکا از پشت به او خورد و در همان حال دست او را

گرفت و به هوا برد. بی درنگ اسلحه صامتم را از شکاف میان تشک و پشتی مبل بیرون کشیدم و به سینه مرد خپله شلیک کردم. بعد تپانچه را روی پیشانی مرد نقابدار گذاشتم و اسلحه اش را از دستش بیرون آوردم.

در این هنگام، گیو و گودرز نفس زنان وارد شدند و سلاح هایشان را به سوی او نشانه رفتند.

لباسش را گشتم و خنجری از غلاف مچ پایش بیرون کشیدم. بعد عقب رفتم تا نتواند تپانچه را با یک خیز از دستم درآورد.

پرسیدم: «چند نفر با خودت آوردی؟»

مرد به سلاح هایی که به سویش نشانه رفته بودند نگاهی کرد و گفت: «کسی با من نیست.»

از او خواستم که نقابش را بردارد. حاج کاظم بود.

به دستور من، گیو و گودرز چشمانش را بستند. بعد او را به زیر زمین بردند و به صندلی بستند.

از گیو پرسیدم: «چرا اینقدر طولش دادین؟»

«ماشین گشت پلیس بیرون ایستاده بود. معطل کردیم تا بِره.»

گیو و گودرز اتاقها، حیاط، و گاراژ را به سرعت گشتند اما چیز مشکوکی نیافتند. از گیو خواستم که با من بماند و به گودرز گفتم به خانه اش برگردد و خیابان را زیر نظر بگیرد. گفتم: «حواست رو کاملاً جمع کن. حاج کاظم ممکنه همدست هایی داشته باشه که اگر ازش خبری نشنوند به سراغ ما بیان.»

به گیو گفتم که مواظب اوضاع باشه. بعد، کوله پشتی را برداشتم و به زیرزمین بردم و روی تخت گذاشتم.

چشم بند را از روی چشمان حاج کاظم برداشتم و گفتم: «تبریک میگم. خوب بلدی صدات رو عوض کنی.»

چیزی نگفت.

گفتم: «حاج کاظم، من معمولاً آدم هایی که وقتی خوابیدم روی من اسلحه می کِشند رو زنده نمی گذارم. اما اگر با من رو راست باشی قول میدم که تو رو نکُشم.»

پرسید: «چطور می تونم به قولت اعتماد کنم؟»

«باید اعتماد کنی چون گزینه دیگری برای زنده ماندن نداری. من با تو دشمنی شخصی ندارم. من جاسوسم و تو جاسوس گیر. دوتّامون داریم کارمون رو انجام میدیم. اگر به همه سؤال هام صادقانه جواب بدی می گذارم زنده بمونی. البته میدونم که دست از تعقیب من بر نمی داری که اشکالی نداره چون به من فرصت میدی که بالاخره گَلَکِت رو بکنم. حالا بگو چطور من رو پیدا کردی؟»

«در کوله پشتی ردیاب گذاشته بودم.»

داخل کوله پشتی را گشتم اما چیزی پیدا نکردم.

گفت:«ته کوله پشتی، سمت راست. باید بخیه اش رو بازکنی تا اون رو ببینی.»

با چاقو بخیه ها را شکافتم و ردیاب را بیرون آوردم.

«چرا در کوله پشتی ردیاب گذاشتی؟»

«برای این که اگر بمب رو دزدیدی بتونم پیدات کنم.»

«چرا فکر کردی که من بمب رو می دزدم؟»

«چون حدس می زدم که مأمور سیا هستی و هرگز اجازه نمیدی که آخوندها بمب اتم داشته باشند.»

حاج کاظم آدم باهوشی بود. اگر آیت الله میثم و سردار وحید حتی به اندازه نصف او باهوش بودند نمی توانستم بمب را به این آسانی بدزدم.

پرسیدم: «دیگه کی از ردیاب خبر داره؟»

«هیچکس.»

«چرا نفرات بیشتری با خودت نیاوردی؟»

راز نیمه شب آخوندها

شانه هایش را بالا انداخت و گفت: «فکر نمی کردم لازم باشه. از این گذشته، می خواستم که افتخار دستگیری تو و یافتن بمب نصیب من بشه.»

اگر راست می گفت تکبرش احتمالاً زندگی و مأموریت من را نجات داده بود. وی، صرفاً برای این که بتواند بگوید که این کار بزرگ را خودش به تنهایی انجام داده است، به جای این که خانه را با صدها مرد مسلح محاصره کند، فقط با یک نفر برای دستگیری من آمده بود. توجیهش البته قابل قبول بود اما من می دانستم که انسان ها معمولاً برای هر کاری دلایل متعددی دارند. بنابراین، به بازجویی از او ادامه دادم تا این که، نیم ساعت بعد، توجیه دیگری آورد که من را سخت دچار حیرت کرد.

حاج کاظم گفت: «نمی خواستم کسی بدونه که بمب رو پیدا کردم چون می خواستم اون رو به شرط دریافت پناهندگی از آمریکا به این کشور بفروشم. من مدت هاست به این نتیجه رسیده ام که جمهوری اسلامی به زودی سقوط می کنه. من بسیاری از مخالفان رژیم رو شکنجه کرده و کشته ام. نمی خوام پس از سقوط رژیم با انتقام جوئی مردم رو به رو بشم.»

نمی دانستم که سخنانش را باور کنم یا نه. اگر به راستی در پی پناهنده شدن به آمریکا بود چرا قبلاً به من نگفته بود. اما اگر هم گفته بود حرفش را باور نمی کردم چون گمان می کردم که می خواهد از این راه به هویتم پی ببرد. شاید هم این توجیه را ساخته بود تا من را گول بزند که او را آزاد کنم. بااینهمه، بهتر بود که او را زنده نگه بدارم. بعد از خروج از ایران می توانستم با او تماس بگیرم تا اگر به راستی خواهان پناهندگی بود به او و در برابر جاسوسی برای سیا پناهندگی بدهم.

پرسیدم: «کی یا میدونن که اینجا هستی؟»

«هیچ کسی نمی دونه.»

«چی شد که به من مشکوک شدی؟»

«ژنرال شوکت، از سالها پیش، هفته ای یک بار با رابط های ایرانیش تماس می گرفت اما بعد از اون شبی که تو با تو از خونه همشهری رفت تماسش قطع شد. این موضوع باعث شد که به تو مشکوک بشم. روزی که حمید برهان کشته شد یکی از مأمورهای من تو رو تا در مسجد تعقیب کرد اما

برای دو ساعت تو رو گم کرد. حدس من این بود که در مسجد قیافه و لباست رو تغییر دادی و رفتی حمید رو گُشتی و برگَشتی. خیلی سعی کردم که میثم و وحید رو قانع کنم که تو جاسوسی اما اونها حرف من رو باور نکردند. بنابراین، تلاش کردم که تو را در لواسان و پارک لاله بکشم اما موفق نشدم.»

حاج کاظم را از صندلی باز کردم و در حالی که گیو سلاحش را به سمت او نشانه رفته بود به دستشوئی بردم. تشنه بود. دو قرص خواب در لیوان آب انداختم و به او دادم. روی تخت دراز کشید و به خواب رفت. دست و پایش را با ریسمان نایلونی به تخت بستم. کوله پشتی را برداشتم و از زیر زمین بیرون آمدم.

نیکا پرسید: «برای حاج کاظم چه برنامه ای داری؟»

در حالی که با دست جلو خمیازه ام را می گرفتم گفتم: «خیلی خستمه. فردا در باره اش صحبت می کنیم.»

او را در آغوش گرفتم و گفتم: «کارِت عالی بود. خیلی مبتکرانه عمل کردی. بهت افتخار می کنم. راستی چطور به فکرت رسید که با اون نقشه زیرکانه حواس حاج کاظم رو پرت کنی؟»

لبخندی زد و گفت: «از رمان دانولد هَمیلتون الهام گرفتم. خواهرم این رمان رو به زبان انگلیسی برای یکی از کلاسهای دانشگاهش خوانده بود و داستانش رو برام تعریف کرده بود. هیچکدام از کتابهاش رو خواندی؟»

«نه، نخواندم. اما خوشحالم که خواهرت اونها رو خوانده بود.»

روی مبل دراز کشیدم و به سرعت به خواب رفتم.

فصل ۲۷

صبح، پس از خوردن صبحانه، گیو را مرخص کردم. بعد، با نیکا به حیاط رفتم و کنار حوض، روی نیمکت، زیر درختان نارنج نشستم و مشغول خوردن چای شدم. آسمان صاف و آفتابی بود. فقط صدای ماشین هایی که از خیابان جلو خانه می گذشتند و جیرجیر پرندگان به گوش می رسید.

نیکا گفت: «اون بالا رو نگاه کن. یک پسر داره به ما نگاه می کنه.»

نگاه کردم. نوجوانی که تلفنی در دست داشت از پشت بام خانه همسایه به ما نگاه می کرد.

گفتم: «بریم داخل. نباید خودمون رو در معرض دیدِ دیگران قرار بدیم.»

ظهر کریمِ با لباس آخوندی آمد و در باره اکبر و محسن گزارش داد.

کریم گفت: «اونا رو یک ون، دَمِ در خونه شون، سوار کرد و به حرم خمینی برد. اونجا وارد یک راهرو شدند. سه ساعت منتظر شدم اما بیرون نیومدند.»

عکسی را که با تلفنش از آنها به هنگام ورود به راهرو گرفته بود به من نشان داد. پیشنهاد کردم به حرم برویم و سر و گوشی آب بدهیم.

هنگامی که حرف می زدیم هلیکوپتری در ارتفاع زیاد از بالای خانه گذشت و در دوردست ها ناپدید شد.

کریم نمی خواست که حاج کاظم را آزاد کنم. با هیجان گفت: «حاج کاظم چهره گیو و گودرز رو دیده. اگر آزادش کنی اونا رو دستگیر می کنه و شبکه من رو از بین می بره.»

گفتم: «حرف درسته. بیا بریم حرم. تو راه در باره حاج کاظم صحبت می کنیم.»

هلیکوپتر در ارتفاع پائین از بالای خانه ما گذشت و دوری زد و دوباره به سوی ما آمد.

از کریم پرسیدم: «اینجا مسیر پرواز هلیکوپتره؟»

«نه، اولین باره که اینجا هلیکوپتر می بینم.»

نیکا در صندلی عقب ماشین کریم نشست و دستگاه شنود را کنار خود گذاشت. من کوله پشتی و ساک را در ماشین گذاشتم.

هلیکوپتر دوباره برفراز خانه ظاهر شد. این بار به اندازه ای پائین آمده بود که صورت خلبان دیده می شد.

فریاد زدم: «اینجا لو رفته. هلیکوپتر ما رو تحت نظر داره.»

تلفن کریم زنگ زد. کریم به تلفن جواب داد و رنگ از رویش پرید. با دستپاچگی گفت: «نیروهای امنیتی محله رو محاصره کردن.»

نیکا فریاد زد: «دارند با هم حرف میزنن.»

به دو خود را به نیکا رساندیم.

سردار وحید گفت: «به لطف خدا، پیداشون کردیم. یک پسر بچه که عکسشون رو در تلویزیون دیده بود اونا رو می بینه و به پلیس خبر میده. یک هلیکوپتر اونها رو تحت نظر داره.»

گوشی را گذاشتند.

در حالی که در صندلی عقب می نشستم فریاد زدم: «کریم آقا، سوار شو. وقت نداریم.»

ناگهان نیکا از ماشین به بیرون پرید و در حال دویدن به سوی خانه فریاد زد: «یک چیزی رو فراموش کردم. الان بر می گردم.»

راز نیمه شب آخوندها

فریاد زدم: «برگرد. وقت نداریم.» اما او رفته بود.

کریم، بنا به ماهیت آخوندی زن ستیزش، زیر لب گفت: «زنها مایه دردسرند. موقع شکار...»

حرفش را قطع کردم و گفتم: «باید از دست این هلیکوپتر خلاص بشیم. سانروف رو باز کن. به محض این که گفتم بریم، از گاراژ برو بیرون و بلافاصله توقف کن.»

مسلسل را از ساک بیرون آوردم و بی صبرانه منتظر نیکا شدم. نیکا یک دقیقه بعد، نفس زنان، برگشت و سوار شد. نمی دانستم چرا به داخل خانه رفته بود. از دستش عصبانی بودم اما چیزی نگفتم. فریاد زدم: «بریم.»

کریم اتومبیل را به خارج هدایت کرد و سر خیابان ایستاد. همین که هلیکوپتر به بالای سر ما رسید لوله کلاشنیکف را از سانروف خارج کردم و به رویش آتش گشودم. هلیکوپتر تعادلش را از دست داد و معلق زنان در وسط خیابان سقوط کرد. دود و آتش فضا را پرکرد.

از آنجا دور شدیم. عینک آفتابی ام را به چشم زدم و ریش مصنوعی را بر صورتم گذاشتم. نیکا موهای سر و بخشی از صورتش را با روسری پوشانده و چادر بر سر کرده بود. در چهارراه اول به پست بازرسی رسیدیم. پلیس خیابان را بسته بود و ماشین ها را تفتیش می کرد. چند مرد مسلسل هایشان را به سوی ما نشانه رفتند.

کریم به فرمانده آنها سلام کرد و کارت شناسائی اش را نشان داد و خودش را معرفی کرد: «اسم من حجت الاسلام کریم عباسی است. من در سپاه و بسیج مسئول سیاسی-عقیدتی هستم. چی شده؟»

فرمانده گفت: «دنبال دو تا تروریست می گردیم. یک زن جوان و یک مرد.»

کریم گفت: «انشاالله به زودی اونها رو می گیرید.»

فرمانده به من و نیکا اشاره کرد و گفت: «اینها کی هستند؟»

«دستیاران من هستند. داریم میریم به برادران پاسدار درس بدیم. اگر ممکنه اجازه بفرمائید زودتر بریم چون داره دیرمون می شه.»

سهیل روحانی

فرمانده اجازه عبور داد. افرادش سلاح هایشان را پائین آوردند و کنار رفتند.

کریم پرسید: «هنوز هم میخوای به حرم خمینی بری؟»

گفتم: «نه، امروز به اندازه کافی ماجرا داشتیم. فردا میریم.»

کریم در راه ناهار خرید و ما را به مخفیگاه جدیدمان برد. در گاراژ خانه سمندی پارک شده بود. کریم کلید سمند را به من داد و گفت که فردا صبح زود به سراغم خواهد آمد.

بعد که کریم رفت ناگهان چشمم به لکه های قرمز روی شلوار نیکا افتاد. نگران شدم:

«نیکا جان این لکه ها چیه؟»

نیکا نگاهی به لکه ها کرد و گفت: «ای وای. خون. خاک بر سرم. اصلاً متوجه نشدم. باید نوار بهداشتیم رو عوض کنم.» بعد، در حالی که به دستشوئی می رفت گفت: «خوش به حال شما مردها که پریود نمیشین.»

پیامی از سیا دریافت کردم:

«*جورج: چون دولت ایران تو را به بمب گذاری در مسجد متهم کرده و عکست را در تلویزیون نشان داده است حضورت در ایران غیرعاقلانه و بسیار خطرناک است. فوراً با امید تماس بگیر تا تو را از ایران خارج کند. به عنوان آخرین چاره، می توانی در سفارت بریتانیا مخفی شوی. دولت بریتانیا در جریان ماجرا قرار دارد و سفارت بریتانیا در تهران در آماده باش به سر می برد. بی درنگ از ایران خارج شو.*»

در پایان پیام اطلاعات لازم در باره تماس با امید داده شده بود.

کریم، روز بعد، صبح زود آمد و گفت: «حرم خمینی، امروز و فردا، به دلیل برگزاری یک سمینار دو روزه برای نمایندگان گشت های ارشاد، به روی بازدیدکنندگان بسته است. بیش از سه هزار روحانی از سراسر کشور در این سمینار شرکت دارند. سمینار ساعت ۹ صبح شروع میشه و تا پنج عصر ادامه داره. ورود افراد بشدت کنترل میشه اما من می تونم شما و نیکا رو ساعت ۷ صبح به اونجا ببرم. شما می تونی تا ساعت ۸ صبح که

راز نیمه شب آخوندها

درها به روی شرکت کنندگان باز میشه در صحن حرم باشی اما در این ساعت باید به دفتر من برگردی چون آخوندها ممکنه تو رو بشناسن.»

گفتم: «باید کوله پشتیم رو هم به داخل حرم ببرم.»

پرسید: «چی توشه؟»

«یک جعبه.»

«می تونم ببینمش؟»

در کوله پشتی را باز کردم و جعبه را به او نشان دادم.

«چرا اون رو در خونه یا ماشین نمیگذاری؟»

«چون همیشه باید بهش دسترسی داشته باشم.»

«بسیار خوب. من اون رو حمل می کنم. نگهبان ها من رو میشناسن و کوله پشتی رو نمیگردن. اما اگر گشتند و پرسیدند که چیه چی بهشون بگم؟»

مدتی فکر کردم اما جواب مناسبی نیافتم. گفتم: «نمیدونم. خودت چی پیشنهاد می کنی؟»

کریم کمی فکر کرد و گفت: «من هم چیزی به فکرم نمیرسه. این جعبه شکل عجیبی داره. بالاخره یک چیزی میگم. اما نمی تونی کوله پشتی رو به صحن ببری چون بهت مشکوک میشن. باید اون رو در دفتر من بگذاری. کلید دفتر رو بهت میدم.»

ریش و سبیل مصنوعی ام را بر صورتم گذاشتم. نیکا هم روسری ابریشمی و چادر رنگ و رو رفته اش را سر کرد. سوار سمند شدیم و پشت سر ماشین کریم به سوی آرامگاه خمینی حرکت کردیم.

آرامگا خمینی، یا حرم مطهر، در جنوب تهران، کنار بهشت زهرا واقع شده است. این بنا به شکل مسجد ساخته شده و دارای گنبد طلا و چهار مناره است. حرم مطهر بخشی از یک مجموعه دینی است که چند کیلومتر مربع وسعت دارد.

ورود به حرم بدون دردسر انجام شد. نگهبان ها کریم را می شناختند و بی آن که از ما کارت شناسائی بخواهند یا سؤالی کنند اجازه ورود دادند. از راهرویی که پر از مردان مسلح بود و از کنار تصویر بزرگ خمینی گذشتیم و به شبستان وسیعی که با هزاران قالی زیبای ایرانی فرش شده بود وارد شدیم. دیوار های مرمری، چلچراغ ها، و خطاطی های روی دیوار ها بر زیبائی حرم افزوده بودند. با اینهمه، شاید به این دلیل که خمینی را آخوندی عوام فریب می دانستم، آرامشی که معمولاً در مکان های مقدس به انسان دست می دهد به من دست نداد. آخر خمینی، برخلاف وعده ای که به ایرانیان داده بود، رژیمی سرکوبگر و بی کفایت ایجاد کرده بود.

در انتهای دالانی پیچ در پیچ و دراز به دفتر وسیع کریم رسیدیم. کریم روی صندلی چرخدار، پشت میز بزرگش، نشست و به ما تعارف کرد که روی مبل چرمی قرمزی که جلو میزش قرار داشت بنشینیم. پشت سر کریم، کنار دیوار، یک جا کتابی چوبی، پر از کتابهای دینی و سیاسی، قرار داشت. اتاق با قالی ابریشمی فرش شده بود. عکس های قاب گرفته خمینی و خامنه ای از دیوار آویزان بود. یک عبا و یک عمامه در قفسه کتاب قرار داشت.

نیکا گفت: «چه اتاق قشنگی. نون آخوندها همیشه توی روغنه.»

کریم چشم غره ای به او رفت اما چیزی نگفت.

به نیکا سفارش کردم که اگر کسی در زد جواب ندهد و در را به روی هیچ کسی باز نکند. قرآنی از جاکتابی برداشتم و با کریم دفتر را ترک کردم. کریم در را قفل کرد و کلید را به من داد. بعد، من را به صحن حرم برد، دالان محل عبور اکبر و محسن را نشان داد و رفت.

دالان به در فولادی بزرگی منتهی می شد. پیچ گوشتی مخصوص را از جیب بیرون آوردم و شنودی رها کردم و آن را به سوی در فولادی هدایت کردم اما نتوانستم شنود را از در عبور دهم. بعد، روی قالی، دور از راهرو، نشستم و به ظاهر مشغول خواندن قرآن شدم. چند دقیقه بعد، اکبر و محسن همراه با چهار محافظ غول پیکر وارد صحن شدند و دالان را پیمودند و جلو در فولادی توقف کردند. در باز شد و آنها وارد راهرو پهنی شدند. پیش از بسته شدن در، شنود را به داخل راهرو فرستادم.

راز نیمه شب آخوندها

مردان، پس از عبور از محل بازرسی بدنی، از پلکانی سنگی پایین رفتند و وارد سالن بزرگی شدند که هزاران سانتریفیوژ در آن مشغول به کار بودند. دهانم از تعجب باز ماند. جمهوری اسلامی وجود این مرکز غنی سازی را به آژانس بین المللی انرژی اتمی اطلاع نداده بود.

در ساعت ۸، آخوندها چون مور و ملخ وارد صحن شدند. بی درنگ به دفتر کریم برگشتم. نیکا که پشت میز کریم نشسته بود پرسید: «چیزی رو که دنبالش بودی پیدا کردی؟»

«آره، پیدا کردم.»

«عالی شد. کِی از ایران میریم؟»

«به محض این که کریم ما رو از اینجا ببره بیرون.»

گزارش کوتاهی برای سیا فرستادم و تا ظهر به رصد کردن سالن غنی سازی ادامه دادم. سَرِ ظهر، کریم تلفن کرد و اطلاع داد که دارد ناهار می آورد. چند دقیقه بعد ضربه آهسته ای به در خورد و صدای کریم به گوش رسید: «منم. ناهار آورده ام.»

کریم در را گشود و وارد شد. دو پیشخدمت تنومند، با پیش بندهای سفید، وارد شدند و سینی های غذا را روی میز گذاشتند. دهان من از بوی پلو و کباب آب افتاد. اما همین که برای خوردن غذا از روی مبل بلند شدم پیشخدمت ها تپانچه هایشان را از زیر پیش بند بیرون کشیدند و به سوی من نشانه رفتند. یکی از آنها تپانچه ام را برداشت و به من دستبند زد. بعد من را تفتیش بدنی کرد و روی مبل نشاند.

آیت الله میثم و سردار وحید وارد شدند و در را پشت سرشان بستند.

نیکا که پشت میز کریم نشسته بود با دهان باز سر جایش خشکش زد. سرانجام، پس از چند ثانیه، گفت: «خدا رو شکر که اومدید. چرا اینقدر طولش دادید.»

میثم از کریم پرسید: «کوله پشتی کجاست؟»

کریم به پشت مبل اشاره کرد. میثم کوله پشتی را برداشت و روی میز گذاشت. بعد در آن را باز کرد و بمب را به وحید نشان داد.

با حیرت پرسیدم: « چطور من رو پیدا کردید؟»

وحید نگاه پیروزمندانه ای به من کرد و لبخندزنان گفت: «خیلی ساده. دیروز موقعی که از پست بازرسی عبور می کردید دوربین های ما از شما فیلم گرفتند. کارشناسان فیلم رو بررسی کردند و شما و کریم رو تشخیص دادند. امروز صبح کریم رو دستگیر کردیم و بهش گفتیم که بین همکاری با ما و اعدام یکی رو انتخاب کنه. کریم گزینه همکاری رو انتخاب کرد و اسم و آدرس همدستهاش رو لو داد. کریم اعتراف کرده که تو جاسوس سیا هستی. حالا می خوام این معما رو حل کنی. چرا برای ما یک چیزی ساختی و بعد اون رو دزدیدی؟»

«من بمب رو دزدیدم تا شما نتونین اسرائیل رو مورد حمله اتمی قرار بدین و جنگی راه بندازین که موجب مرگ میلیونها ایرانی و اسرئیلی بشه.»

وحید چیزی در گوش مرد مسلحی که کنارش ایستاده بود گفت و او بی درنگ گلوله ای به سینه کریم زد و او را نقش بر زمین کرد.

فریاد زدم: «برای چی کُشتیش؟»

وحید گفت: «برای این که چیزی رو فهمید که نباید می فهمید. تو باعث مرگش شدی. اگر از حمله اتمی به اسرائیل صحبتی نکرده بودی کریم الان زنده بود.»

با چشمانی پر از خشم و نفرت به من نگاه کرد و گفت: «جورج، تو به ما نارو زدی. ما رو تو دردسر انداختی. باید بهای خیانتت رو با زندگیت بپردازی.»

گفتم: «اگر من رو بکشید باید همیشه نگران جانتون باشین. دولت آمریکا شما رو می شناسه و از نقشه ها تون خبر داره. آمریکا شما رو تعقیب می کنه، پیداتون می کنه، و شما رو میکُشه. اگر بمب رو در اسرائیل منفجر کنید تمام دنیا علیه ایران بسیج می شن. روسیه و چین و بقیه دوستانتون هم به شما پشت میکنن.»

میثم گفت: «ما به این چیزها اهمیت نمیدیم. ما میخوایم در راه خدا شهید بشیم.»

راز نیمه شب آخوندها

گفتم: «اما هنوز هم دیر نشده. بیائید با هم معامله کنیم. من ترتیبی میدم که دولت آمریکا این بمب رو از شما به قیمت ۱۰۰ میلیون دلار بخره. از این گذشته، دولت آمریکا به شما ویزای اقامت میده، براتون مقرری ماهانه تعیین می کنه، و شمارو تحت تعقیب قضائی قرار نمیده.»

وحید از میثم پرسید: «چی فکر می کنی؟»

میثم گفت: «گر این بمب مال ما بود حتماً این پیشنهاد سخاوتمندانه رو قبول می کردیم. اما چون این بمب متعلق به امام زمان است نمی تونیم اون رو بفروشیم.»

وحید به میثم نگاه کرد و میثم سرش را تکان داد. وحید به مردهایی که سلاحشان را به سمت من نشانه رفته بودند گفت: «کلکش رو بکنید.»

نیکا فریاد زد: «نکشیدش! اول گذرواژه رو ازش بگیرید. اگر بمیره نمی تونین بمب رو منفجر کنید.»

میثم گفت: «به گذرواژه احتیاجی نداریم.»

«نیکا با هیجان گفت: «چرا، احتیاج دارید. بهش گفته بودید که از شماره ۱۹۴۸ استفاده کنه اما او نکرد چون نمی خواست که شما بمب رو منفجر کنید. نگاه کنید. من این شماره رو در صفحه کلید وارد می کنم اما دسته بمب آزاد نمی شه.»

وحید فریاد زد: «دست بهش نزن.»

«باشه. نمی زنم. اما قبل از این که او رو بکشید گذرواژه رو ازش بگیرید.»

وحید و میثم به هم نگاه کردند و پوزخند زدند.

وحید گفت: «ما به گذرواژه او احتیاج نداریم. بعد از این که جورج بمب رو به ما تحویل داد اکبر و محسن گذرواژه رو به یک عدد دو رقمی تغییر دادند.»

پرسیدم: «چرا از من نخواستید که این کار رو بکنم؟»

«برای این که به تو مشکوک شده بودیم. حالا، پیش از این که تو رو به درک واصل کنیم، حرف دیگری برای گفتن داری؟»

من هرگز در چنین وضعی قرار نگرفته بودم. دهانم تلخ شده بود. حالت تهوع داشتم. می خواستم خودم را بی باک و بی اعتنا نشان بدهم اما عرق سردی که از سر و صورتم فرو می ریخت ترس و درماندگی ام را بر ملا می کرد.

گفتم: «اجازه بدین با مقام معظم رهبری صحبت کنم.»

میثم و وحید به هم نگاه کردند و لبخند زدند.

میثم گفت: «مقام معظم رهبری گاهی از روی مصلحت مکنونات قلبی شون رو در باره برخی موضوعات حساس بیان نمی کنند اما انتظار دارند که خواص با بصیرت مکنونات قلبی ایشان رو استنباط و اجرا کنند.»

متحیر شدم. گفتم: «درست متوجه نشدم. منظورت اینه که...»

حرفم را برید: «برای تو که تا جهنم بیشتر از چند ثانیه فاصله نداری چه اهمیتی داره که بدونی منظور من چیه؟ اگر به ما خیانت نکرده بودی ...»

حرفهایش را نمی شنیدم. احساس ترس و درماندگی بر من چیره شده بود. هیچ ترفندی برای نجات خود در آستین نداشتم. با آن که هنوز چهل سالم نشده بود باید با زندگی وداع می کردم. ایکاش همان طور که پدرم می خواست حرفه دیگری انتخاب کرده بودم. ایکاش به رئیسم گوش کرده و به ایران نیامده بودم. ایکاش، طبق توصیه نیکا، پس از دزدیدن بمب ایران را ترک کرده بودم. اما من به خودم غره شده بودم و فکر می کردم که هماوردی ندارم. اکنون باید بهای این تکبر و غرور را با جانم می پرداختم.

فقط یک معجزه می توانست من را نجات بدهد اما من به معجزه باور نداشتم.

فصل ۲۸

اما معجزه رخ داد. ناگهان نیکا، که ظاهراً بی اعتنا به صحبت های ما مشغول خوردن چلو کباب بود، از زیر لباسش تپانچه ای بیرون کشید و به یکی از مردانی که سلاحشان را به سویم نشانه رفته بودند شلیک کرد. من هم بی درنگ از جا پریدم و تپانچه را از دست مرد دیگر قاپیدم و به او شلیک کردم. نیکا گلوله ای به سینه سردار وحید که دست به اسلحه برده بود زد و او را نقش بر زمین کرد. بعد کلید دستبند را از جیب مردی که به من دستبند زده بود بیرون آورد و قفل دستبند را باز کرد.

در این میان، میثم کاری کرد که هرگز گمان نمی کردم بکند. میثم گذرواژه دو رقمی اش را در صفحه کلید وارد کرد و ضامن را کشید. بعد، در حالی که وزنش را روی دسته انداخته بود، به من گفت: «اگر به من شلیک کنی دسته رها میشه و تایمر رو فعال می کنه. اون وقت، خون تمام کسانی که کشته میشن روی دست توست. اما اگر بمب رو به من بدی قول میدم که تو رو سالم از ایران خارج کنم.»

مات و مبهوت سر جایم خشکم زد. به سرعت گزینه ها را در ذهنم مرور کردم اما گزینه مناسبی نیافتم. می توانستم به طرف میثم خیز بردارم و دستش را بگیرم تا نتواند تایمر را فعال کند. اما اگر موفق نمی شدم و تایمر فعال میشد نمی توانستم آن را متوقف کنم چون ابزار لازم برای این کار را نداشتم. اگر تایمر به کار می افتاد می توانستم فریادزنان به نگهبان ها و آخوندها هشدار بدهم که حرم را ترک کنند اما این کار بسیار خطرناک بود. تلویزیون دولتی عکس من و نیکا را بارها نشان داده بود. گاردها و آخوندها به احتمال زیاد چهره ما را تشخیص می دادند و ما را دستگیر می

کردند و یا می کشتند. جمهوری اسلامی هم از این موضوع استفاده می کرد که ثابت کند که آمریکا ایران را هدف حمله هسته ای قرار داده است.

تنها گزینه عملی این بود که با این آخوند انتحاری حرف بزنم تا شاید تصمیمش را عوض کند.

پرسیدم: «اگر بمب رو به تو بدم میخوای با اون چه کار کنی؟»

«جوابش رو میدونی. می خوام اون رو در حیفا منفجر کنم.»

با لحنی آرام گفتم: «میدونم که به امام زمان اعتقاد داری و میخوای ظهورش رو تسریع کنی. اما از کجا می دونی که امام زمان با کاری که میخوای بکنی موافقه؟»

«من با برخی از علمای بزرگ قم مشورت کردم. همه اونا کارم رو تأیید کردند.»

نیکا پوزخندی زد و سرش را تکان داد. به یاد گفته اش در باره شباهت آخوندها با شیطان افتادم. شاید از نظرخواهی شیطانی کوچک از شیطانهای بزرگتر در باره عملیاتی شیطانی خنده اش گرفته بود.

گفتم: «اگر این بمب رو در اسرائیل منفجر کنی فقط صهیونیست ها رو نمیکُشی، مسلمونها رو هم میکُشی. مکان های مقدس اسلامی رو هم به مواد رادیواکتیو آلوده می کنی. به این موضوع فکر کردی؟»

با خونسردی گفت: «مسلمان هایی که کشته می شن میرن به بهشت. آلودگی هم چیز مهمی نیست. هیروشیما و ناکازاکی هم در سال ۱۹۴۵ به مواد رادیو اکتیو آلوده شدند اما حالا شهرهای تمیز و پر رونقی هستند. از این گذشته، اگر امام زمان صلاح بدونه آلودگی رو برطرف می کنه.»

چون موفق به جلب همدردی اش نسبت به مسلمان ها نشدم از راه دیگری وارد شدم. گفتم: «فرض کنیم که بمب رو منفجر کردی اما امام زمان نیومد. اون وقت، چطور میخوای ویرانی و کشتاری رو که به وجود آوردی توجیه کنی؟»

شانه اش را بالا انداخت و گفت: «لازم نیست که چیزی رو توجیه کنم. من وظیفه دارم که برای ظهور حضرت مهدی تلاش کنم. تصمیم امام بر عدم ظهور این وظیفه رو از روی دوش من بر نمی داره.»

بحث با او بی فایده بود. نمی توانستم ذهنی را که بر پایه قرن ها خرافات مذهبی شکل گرفته بود تغییر دهم. پس از لحظاتی سکوت گفتم: «حالا چرا حیفا؟ تل آویو که از حیفا مهم تره. اگر میخوای اسرائیل رو تحریک کنی که به ایران حمله کنه چرا مهم ترین شهرش رو هدف قرار نمیدی؟»

پرسید: «اسم باب به گوشِت خورده؟!»

اسم باب البته که به گوشم خورده بود. باب بازرگانی بود که در قرن سیزده خورشیدی ادعای قائمیت کرد. حکومت ایران، به تحریک آخوندهای شیعه، بسیاری از پیروانش را کشت و خودش را اعدام کرد. سالها بعد، پیروان باب بقایای جسدش را به فلسطین بردند و در شهر حیفا که آن زمان بخشی از امپراتوری عثمانی بود به خاک سپردند. آخوندهای شیعه از اسرائیل به دلیلِ آن که به بهائیان اجازه داده است که مکان های مقدس خود را در این کشور داشته باشند نفرت دارند.

گفتم: «نه، اسم باب به گوشم نخورده.»

گفت: «باب شیادی بود که ادعای قائمیت کرد. او در حیفا مدفون است. انفجار بمب در حیفا آرامگاه این امام زمان دروغین را ویران خواهد کرد.»

سرم را به علامت موافقت با سخنانش تکان دادم و گفتم: «به نظرم می تونیم راه حلی که برای هر دومون قابل قبول باشه پیدا کنیم. لطفاً ضامن رو سر جاش بگذار تا بمب ناخواسته فعال نشه. بعد می شینیم و صحبت می کنیم.»

پوزخندی زد و گفت: «من هر چی باشم احمق نیستم. به محض این که ضامن رو وصل کنم من رو می کُشی.»

گفتم: «این طور نیست. من پای حرفم وای میسم. میگی نه، از حاج کاظم بپرس. حاج کاظم دو شب پیش اومد تو اتاقم که من رو بکشه. او رو

خلع سلاح کردم و بهش قول دادم که اگر با من رو راس باشه او رو نکُشم و پای حرفم هم ایستادم.»

میثم با تمسخر گفت: «اگر تو او رو نکشتی پس کی کشت؟»

با حیرت پرسیدم: «مگر حاج کاظم مرده؟»

«البته که مرده. جسدش رو در زیر زمین پیدا کردیم.»

«ولی من او رو نکشتم. اگر باور نمی کنی از نیکا بپرس.»

نیکا گفت: «جورج راست میگه. او حاج کاظم رو نکشت، من کشتم.»

گمان کردم که نیکا قتل حاج کاظم را به گردن گرفته بود تا میثم را متقاعد کند که می تواند به قولی که من به او داده بودم اعتماد کند. اما از شنیدن بقیه حرفهایش شوکه شدم.

نیکا با خونسردی ادامه داد: «با کارد آشپزخانه رفتم سراغش. روی تخت، با دست و پای بسته، خوابیده بود. بیدارش کردم. گفتم: "یادته چهار سال پیش من رو در خیابان دستگیر کردی و با وَن گشت ارشاد به ستاد امر به معروف و نهی از منکر بردی و به من تجاوز کردی؟ حالا اومدم بکشمت که دیگه نتونی به هیچ زنی صدمه بزنی." به التماس افتاد اما من وقت شنیدن حرفهاش رو نداشتم. با چند ضربه به زندگی ننگینش پایان دادم. بدبختانه، خون کثیفش هنوز روی شلوارمه.»

از تعجب دهانم باز ماند. تازه فهمیدم که چرا نیکا، هنگام فرار از مخفیگاه، ناگهان به داخل خانه دوید و چرا گفت که پریود شده است. نیکا، نقشه اش را سَرخود، بی آن که با من در میان بگذارد، اجرا کرده بود. می خواستم از او بازخواست کنم که چرا بدون اجازه من چنین کاری را کرده است اما موقع این کار نبود. اکنون باید جلو انفجار بمب را می گرفتم.

به میثم گفتم: «اگر بمب اینجا منفجر بشه اسرائیل و متحدانش دلیلی برای حمله به ایران نخواهند داشت. آیا این موضوع نقشه های تو رو به هم نمی زنه.»

گفت: «اشتباه می کنی. بعد از انفجار بمب، دولت ایران تقصیر رو به گردن اسرائیل میندازه و این کشور رو موشک باران می کنه. اسرائیل و

متحدانش هم تلافی می کنند و خشونت و هرج و مرج ادامه پیدا می کنه تا منجی عالم بشریت ظهور کنه.»

نیکا از کوره در رفت: «دیگه حوصله شنیدن این مزخرفات رو ندارم. فقط یک هیولای سنگدل برای ظاهر کردن یک موجود خیالی شهری رو با بمب هسته ای نابود می کنه. امام بزدلی که بیش از هزار ساله از ترس دشمناش مثل موش توی چاه مخفی شده چطور می خواد دنیا رو نجات بده؟»

دهان آیت الله میثم از تعجب باز ماند. از نیکا پرسید: «تو چطور کافر شدی؟»

نیکا با عصبانیت گفت: «ظلمی که شما آخوندهای شیعه به مردم کرده اید من رو کافر کرد.»

میثم، با قیافه ای درمانده، گفت: «نیکا، تو جوان و بی تجربه ای. دوران سیاه پهلوی رو ندیدی که بفهمی که انقلاب اسلامی و روحانیون چه خدمت بزرگی به مردم ایران کرده اند.»

نیکا تفی روی زمین انداخت و گفت: «حاج آقا، بچه که بودم برای دیدن بابابزرگم رفتم جنوب. هر روز از صبح تا شب با بچه ها در باغ بابا بزرگ بازی می کردم. یک روز بعد از ظهر هوا تاریک شد. ملخ اومده بود. آنقدر زیاد بودند که خورشید به زحمت دیده میشد. درختها پر از ملخ شدند. فردا صبح که رفتم توی باغ سر جام خشکم زد. از اون باغ سرسبز فقط تنه درخت ها باقی مانده بود. انقلاب اسلامی و آخوندهای شیعه با مردم ایران همان کاری رو کردند که ملخ ها با باغ های سرسبز می کنند.»

قیاس جالبی بود. باید آن را برای مادرم نقل می کردم. مسلماً از شنیدنش کیف می کرد.

میثم از این حرف شوکه شد و گفت: «باید از این حرفی که زدی استغفار کنی. روحانیون شیعه ملخ نیستند، وارثان پیامبر اسلامند. کسی که به آنها توهین کنه به رسول خدا توهین کرده. انقلاب اسلامی و روحانیون به ملت ایران حیات معنوی بخشیدند و فضای ایران رو با اجرای قوانین شریعت معطر کردند.»

نیکا گفت: «حاج آقا، ما در حیاط خونمون یک چاه مستراح داشتیم. وقتی کنّاس سرش رو باز می کرد بوی تعفن محله رو برمی داشت و مردم رو مریض می کرد. سوسکها و موشها از توش بیرون می آمدند و تمام محله رو آلوده می کردند. انقلاب اسلامی سر چاه خرافات شیعی رو برداشت و فضای ایران رو متعفن و ملت ایران رو بیمار کرد. آخوندهایی که از توی این چاه کثیف بیرون اومدند ایران زیبای من رو آلوده کردند.»

حالت استیصال در چهره آیت الله میثم هویدا بود. تلاشش برای جلب همکاری نیکا به جائی نرسیده بود. با صدای لرزانی گفت: «دخترم، به من گوش کن...»

نیکا حرفش را برید: «اگه دخترت بودم چرا به من تجاوز می کردی؟»

چند ثانیه به سکوت گذشت. سرانجام میثم گفت: «نیکا جان! این جاسوس آمریکائی به کشته شدن مسلمان ها اهمیتی نمی ده. بهش شلیک کن تا خداوند گناهانت رو ببخشه و تو رو به بهشت بفرسته. اگر او رو نکُشی این بمب منفجر می شه و هزاران نفر از برادران مسلمانت رو میکُشه.»

نیکا گفت: «من برادرانم رو این جا نمی بینم. فقط یک مشت آخوند مفتخور تبهکار رو می بینم که خون زن ها رو در شیشه کردن. اگر دلت برای برادران مسلمانت می سوزه ضامن رو بگذار سرِجاش و قال قضیه رو بکن.»

سکوت سنگین و ناراحت کننده ای بر اتاق سایه افکند. ناگهان میثم فریاد زد «یا صاحب الزمان» و به سوی در دوید. نیکا و من بی درنگ به او شلیک کردیم. میثم پشت در بر زمین افتاد.

تایمر بمب به کار افتاده بود و من نمی توانستم آن را متوقف کنم.

فریاد زدم: «باید هرچه زودتر از این جا دور بشیم.»

نیکا از لای در به بیرون نگریست و گفت: «کسی تو راهرو نیست. زود باش.»

عبا و عمامه کریم را از روی قفسه جاکتابی برداشتم و پوشیدم و کارت شناسائی اش را در جیبم گذاشتم. از اتاق خارج شدم و در را قفل کردم. نیکا

در جلو می رفت و من، به فاصله چند قدم، او را دنبال می کردم. از راهرو باریک گذشتیم و وارد شبستان حرم شدیم. شبستان از آخوندها، پاسدارها، و لباس شخصی هایی که تپانچه هایشان از زیر کتشان پیدا بود پر شده بود. آنها دور ضریح خمینی جمع شده بودند. برخی از آنها به میله های ضریح چنگ زده بودند و به آن لیس می زدند و زیر لب دعا می خواندند. برخی هم به امید این که خمینی آرزوهایشان را برآورده کند به پنجره های ضریح دخیل می بستند.

من، به دلیل لباس آخوندی ام، توجه کسی را به خودم جلب نکردم اما نیکا، که تنها زن در آنجا بود، با وجود داشتن چادر سیاهی که سر تا پایش را پوشانده بود، توجه بسیاری از آخوندها را به خود جلب کرده بود. از این موضوع سخت نگران شدم. می ترسیدم که کسی او را بشناسد.

نیکا به سوی خروجی خواهران و من به سوی خروجی برادران رفتم. عکسهای من و نیکا روی دیوار، نزدیک در خروجی، به چشم می خورد. ناگهان نگهبانی که در کیوسکی ایستاده بود با اشاره دست من را به سوی خود فرا خواند. قلبم به تپش افتاد و عرق سردی بر پیشانی ام نشست. دستم را دور قبضه هفت تیری که در جیب داشتم گره کردم و به او نزیک شدم. خوشبختانه، نگهبان می خواست یک سؤال دینی بپرسد. از او معذرت خواستم. گفتم که برای کار مهمی باید فوراً از شبستان خارج شوم و قول دادم که نیم ساعت دیگر برگردم تا به پرسش هایش جواب بدهم.

به راهم ادامه دادم و با گذاشتن پا بر پرچم های آمریکا و اسرائیل که کنار در خروجی روی زمین نقاشی شده بودند وارد حیاط شدم. به اطراف نگاه کردم اما از نیکا خبری نبود. به ساعتم نگاه کردم. تا انفجار بیست دقیقه باقی مانده بود.

به سوی خروجی خواهران دویدم. گاردها و آخوندهایی که در حیاط بودند با چشمانی کنجکاو به من نگاه می کردند. نفس زنان کارت شناسائی کریم را لحظه ای به نگهبان های دم در نشان دادم و سراغ نیکا را گرفتم. آنها به اتاقی که در ته راهرو قرار داشت اشاره کردند. با شتاب به آنجا رفتم و در را گشودم و وارد شدم.

نیکا با چهره ای رنگ پریده، در میان سه پاسدار، روی صندلی نشسته بود. یکی از پاسدارها عکس او را در دست داشت و دیگری پای تلفن بود. نیازی به پرسش نبود. معلوم بود که چه اتفاقی افتاده است. تپانچه صامتم را بیرون کشیدم و سه گلوله شلیک کردم.

من و نیکا شتابان از اتاق بیرون آمدیم و به سوی در خروجی به راه افتادیم. پاسدارها با کنجکاوی به ما نگاه می کردند اما ما بی اعتنا به آنها به راهمان ادامه دادیم. به ساعتم نگاه کردم. فقط ده دقیقه وقت داشتیم. با گامهای سریع به سوی اتومبیلمان رفتیم. هر دویمان با دهان نفس می کشیدیم چون بینی هایمان نمی توانستند اکسیژن کافی به ما برسانند. صدای ضربان قلب نیکا را می شنیدم و مطمئن بودم که او هم صدای تپش قلب من را می شنید. ناگهان دچار هراس شدیم و شروع به دویدن کردیم. هنگامی که به اتومبیلمان رسیدیم سر و صدای فراوانی پشت سرمان بلند شد. پاسدارها، مسلسل به دست، احتمالاً در جست و جوی ما، به این طرف و آن طرف می دویدند. به ساعتم نگاه کردم. تنها دو دقیقه به انفجار مانده بود.

اتومبیل پرایدی پشت اتومبیل من توقف کرده و راننده اش، از شیشه سمت راننده، با آخوندی که کنار ماشین ایستاده بود سرگرم صحبت بود. به راننده پراید گفتم که حرکت کند و سوار اتومبیلم شدم. کمربندها را بستیم و دنده عقب گرفتم. ماشین پراید هنوز از جایش تکان نخورده بود. بوق زدم اما راننده اعتنایی نکرد. به نیکا هشدار دادم که محکم بنشیند و پایم را بر پدال گاز فشردم. صدای جیغ تایرها بلند شد و اتومبیل غرش کنان عقب رفت و به پراید خورد و آن را به اندازه نیم متر عقب برد. کاپوت پراید خم شد و بالا رفت و شیشه سمت مسافر خرد شد و فرو ریخت. اما هنوز جای کافی برای بیرون رفتن از محلی که پارک کرده بودم نداشتم. اندکی جلو رفتم. بعد دوباره دنده عقب گرفتم و ماشین را به پراید کوبیدم و آن را از سر راه دور کردم. فقط سی ثانیه تا انفجار باقی مانده بود.

نیکا که صورتش سرخ شده بود و لبهایش می لرزید دیوانه وار فریاد زد: «گاز بده!»

هنگامی که از پارکینگ خارج می شدیم نور خیره کننده ای آسمان را روشن کرد و صدای مهیبی به گوش رسید. اتومبیل از جا کنده شد و به نرده

راز نیمه شب آخوندها

کنار خیابان خورد. موج انفجار پارکینگ را درنوردید و رهگذران را بر زمین کوبید. پنجره ها شکست و خرده شیشه ها همچون تیغ های تیز در بدن مردم فرو رفت. درختان ریشه کن شدند و روی رهگذران و اتومبیلها افتادند. عینک های عابران در هوا به پرواز در آمدند. مردم در حالی که خون از سر و رویشان می ریخت بی هدف می دویدند و فریاد می زدند. اتومبیلها به هم می خوردند و راه را بند می آوردند. ابر عظیمی از دود و گرد و خاک به آسمان رفته بود. مردم گیج شده بودند و نمی دانستند چه باید بکنند.

اتومبیل را رها کردیم و پای پیاده از آنجا دور شدیم.

می خواستم نسبت به قربانیان انفجار ابراز همدردی کنم اما منصرف شدم چون فکر کردم که ممکن است حمل بر ریاکاری شود. اگر به نیکا گوش کرده و ایران را زودتر ترک کرده بودم این انفجار رخ نمی داد. با اینهمه، وجدانم آسوده بود چون هر کاری که می توانستم بکنم کرده بودم تا نگذارم که آیت الله میثم بمب را منفجر کند.

خوشبختانه بمب کوچک بود و، آن گونه که بعد ها فهمیدم، تنها حرم و ساختمان های مجاورش را ویران کرده بود. از آنجا که حرم، به دلیل برگزاری سمینار نمایندگان گشت ارشاد، به روی مردم بسته بود هیچ کودکی در آنجا نبود که صدمه ببیند و غیر از چند زن نگهبان زنان دیگری کشته نشده بودند.

امید، رابط من در تهران، آماده بود که من را با اتومبیل به مرز افغانستان برساند. شب راه افتادیم و روز بعد به مرز رسیدیم. افسران سیا منتظر بودند. به فرودگاه هرات رفتیم و به اسلام آباد پرواز کردیم.

روز بعد، در سفارت آمریکا، تصاویر ماهواره ای انفجار را دیدم. در محل انفجار گودال عظیمی ایجاد شده بود. از حرم خمینی و مرکز غنی سازی اورانیوم اثری باقی نمانده بود. بیش از سه هزار آخوند گشت ارشاد و صدها پاسدار معدوم شده بودند.

رژیم اسلامی آمریکا و اسرائیل را متهم به بمب گذاری کرد اما دولت آمریکا، بر پایه اطلاعاتی که در اختیارش گذاشتم، نشان داد که بمب در ایران ساخته شده بود. آخوندهای حاکم بر ایران که قدرت ویرانگر سلاح

هسته ای را به چشم دیده و به هراس افتاده بودند چند راه پیمائی اعتراضی علیه آمریکا به راه انداختند و موضوع را مسکوت گذاشتند.

من و نیکا، با کمک پلیس پاکستان، به خانه همشهری هجوم بردیم و دخترهای ربوده شده را آزاد کردیم. من برایشان ویزای آمریکا گرفتم تا با من و نیکا به آمریکا بروند.

دو هفته پس از خروج از ایران در فرودگاه اسلام آباد سوار هواپیما شدیم. هنگامی که منتظر بلند شدن هواپیما بودم از نیکا که کنارم نشسته بود تشکر کردم: «نیکا جان، نمی دونم چطور ازت تشکر کنم. انجام این مأموریت بدون کمک تو غیر ممکن بود.»

نیکا گفت: «من که کاری نکردم.»

«در ضمن، از این که جونم رو نجات دادی ازت متشکرم.»

لبخندی زد و گفت: «می دونستم که بدون من دوام نمیاری.»

پرسیدم: «راستی تپانچه رو از کجا آورده بودی؟»

«چه تپانچه ای؟»

«همونی که توی شورتت بود.»

«مالِ یکی از نگهبان هایی بود که با قرص خواب بیهوش کردیم.»

«چرا به من نگفتی؟»

چشمکی زد و گفت: «از قانون نیار به دانستن که به من یاد دادی پیروی کردم. فکر کردم برای انجام مأموریتت احتیاج نداشتی بدونی توی شورت من چیه.»

«جدی میگی؟»

خندید و گفت: «نه بابا، شوخی کردم.»

«راستش رو بگو. چرا به من نگفتی؟»

«فکر کردم اگر این موضوع پیش خودم بمونه بهتر می تونم با خطرهای غیر منتظره رو به رو بشم.»

با کنجکاوی به او نگاه کردم و گفتم: «منظورت چیه؟»

راز نیمه شب آخوندها

با انگشتانش پشت دستم را نوازش کرد و گفت: «چیز مهمی نیست.»

اما من دست از اصرار بر نداشتم: «خواهش می کنم بگو منظورت چی بود؟»

«باشه، میگم. یادت هست که گفتی برای انجام مأموریتت اگر لازم باشه فریب میدی، دروغ میگی، از خشونت استفاده می کنی و حتی مأمورانت رو قربانی می کنی؟ این—»

حرفش را قطع کردم و گفتم: «نیکا جان، گوش کن! خوشحالم که این موضوع رو مطرح کردی تا بتونم توضیح بدم. من تحت فشار بودم و حرفهایی زدم که هرگز نباید میزدم. من انسانم و مثل همه انسانها اشتباه می کنم. اما می خوام بدونی که هرگز به تو صدمه نمی زدم. از این که اون حرف احمقانه رو زدم ازت معذرت می خوام. می بخشی که حرفت رو قطع کردم. چی می گفتی؟»

«داشتم می گفتم که اون حرف احمقانه ات زندگیت رو نجات داد.»

منظورش را نفهمیدم و با تعجب منتظر شدم که بیشتر توضیح بدهد.

نیکا ادامه داد: «من از حرفت این طور برداشت کردم که اگر لازم دیدی من رو هم از سر راه بر میداری. بنابراین، تصمیم گرفتم که خودم رو مسلح کنم تا اگر کار به جای باریک کشید بتونم از خودم دفاع کنم. واضح است که نمی تونستم در باره تپانچه چیزی به تو بگم چون این کار نقشه ام رو نقش بر آب می کرد.»

این حرف من را چنان شوکه کرد که متوجه پرواز هواپیما نشدم و فقط زمانی که بر فراز ابرها رسیدیم موفق به صحبت شدم.

گفتم: «خوشحالم که تپانچه رو برداشتی. جانم را نجات داد. معجزه کرد.»

چشمکی زد و گفت: «چیزی که زنها در شورتشون دارند همیشه معجزه می کنه.»

از خنده رودد بر شدم.

پرسیدم: «میخوای در آمریکا چه کار کنی؟»

سهیل روحانی

«می خوام زندگی کنم.»

گفتم: «تو تمام ویژگی های افسران زبده اطلاعاتی رو داری. جسوری. مبتکر و تیزبینی. رازدار و قابل اعتمادی. قدرت تحلیل و حضور ذهن داری. میتونی در شرایط دشوار به سرعت تصمیم های درست بگیری و اجرا کنی. دوست داری برای سیا کار کنی؟»

«دنیا رو چه دیدی. شاید بکنم. آخه من هنوز همه حسابهام رو با آخوندها تصفیه نکرده ام.»

دستم را در دست گرفت. به پشتی صندلی تکیه داد و چشمانش را بست.